Rosalie heeft sinds haar jeugd voorspellende dromen, waar ze van haar strenggelovige ouders niet over mocht praten. Inmiddels is ze getrouwd met Jeroen en werkt ze als kapster in Amsterdam. Tijdens een vakantie in Marrakech droomt ze over een vliegtuigongeluk, waarna ze de retourvlucht wil omboeken. Jeroen wil daar niets van weten en het vliegtuig waarin hij alleen terugkeert, stort neer. Terug in Nederland beseft Rosalie dat ze haar dromen niet langer kan negeren. Na een droom over een terroristische aanslag tijdens een evenement in Amsterdam, gaat ze naar de politie. Ze heeft waardevolle informatie om die aanslag te voorkomen, maar er wordt niet naar haar geluisterd. Rosalie beseft dat de tijd begint te dringen.

Simone van der Vlugt (1966) is een van Nederlands bekendste schrijfsters. Ze ontving diverse prijzen, waaronder de NS Publieksprijs. In totaal werden meer dan twee miljoen exemplaren van haar boeken verkocht.

Eveneens van Simone van der Vlugt:

De reünie

Schaduwzuster

Het laatste offer

Blauw water

Herfstlied

Jacoba, Dochter van Holland

Op klaarlichte dag

Rode sneeuw in december

Aan niemand vertellen

Morgen ben ik weer thuis

Vraag niet waarom

De ooggetuige & Het bosgraf

De lege stad

Nachtblauw

Toen het donker werd

Met Wim van der Vlugt:

Fado e Festa. Een rondreis door Portugal

Friet & Folklore. Reizen door feestelijk Vlaanderen

# SIMONE VAN DER VLUGT

## In mijn dromen

DWARSLIGGER 434

De dwarsligger® is een initiatief van VBK Uitgevers Groep bv en Royal Jongbloed.

Voor dit product is een octrooi verleend: octrooinummer 1032073.

Dit boek is gedrukt op Indoprint van Bolloré Thin Papers

(www.bollorethinpapers.com).

Indoprint draagt het keurmerk Forest Stewardship Council® (FSC®).

Bij dit papier is het zeker dat de productie niet tot bosvernietiging heeft geleid.

Ook is het papier 100% chloor- en zwavelvrij gebleekt.

Deze dwarsligger® is tot stand gekomen in samenwerking met Ambo|Anthos *uitgevers*

ISBN 978 90 498 0512 8 | NUR 305
© 2011 Simone van der Vlugt
© Uitgave in dwarsligger® oktober 2016 (achtste druk)
Omslagontwerp Roald Triebels, Amsterdam
Omslagillustratie © Vanessa Ho/Trevillion Images
Foto auteur © Wim van der Vlugt
Zetwerk Het Steen Typografie, Maarssen
Drukkerij Jongbloed, Heerenveen

Verspreiding voor België: Veen Bosch & Keuning uitgevers nv, Antwerpen
Alle rechten voorbehouden

**www.dwarsligger.nl**
**www.simonevandervlugt.nl**

# 1

Het vliegtuig gaat neerstorten. Vanaf het moment dat ik aan boord stap, weet ik dat er iets verschrikkelijks staat te gebeuren. De drukte van passagiers die hun stoel zoeken, handbagage in de bakken leggen en opstoppingen in het gangpad veroorzaken is hetzelfde als altijd, en toch lijkt de sfeer chaotischer en nerveuzer dan normaal.

Ik hou niet van vliegen, al kan ik de verontrusting die me bekruipt als ik me in mijn stoel vastgesp niet als vliegangst beschrijven. Het is het lichte ongemak waar niemand helemaal vrij van is, dat mensen een kruisje doet slaan, een alcoholisch drankje doet bestellen bij de stewardess en dat applaus veroorzaakt als de piloot het toestel veilig aan de grond zet.

Ondanks dat gevoel stap ik twee keer per jaar aan boord om op de een of andere vakantiebestemming te komen. Zoals nu ook weer.

Misschien komt het doordat ik deze keer alleen reis. Ik heb nog nooit alleen gevlogen, ik zag geen reden om zonder Jeroen te gaan, en eigenlijk zie ik die nu ook niet. Wat bezielde me? Wat doe ik hier, in die verdraaide kist die me de kriebels gaf zodra ik hem door het raam bij de gate zag staan?

Terwijl we vliegen probeer ik me te ontspannen met een tijdschrift, maar het lukt me niet om mijn aandacht bij de oppervlakkige artikeltjes te houden. Uiteindelijk stop ik het blad terug in het netje van de stoel voor me en kijk ik wat rond naar de passagiers in mijn directe nabijheid. De stoelen naast me zijn leeg, maar aan de andere kant van het gangpad zit een echtpaar met een meisje van een jaar of tien. Ze zien er zonverbrand uit, de vrouw heeft haar zonnebril nog op het hoofd en is gekleed in een mouwloos shirtje op een fleurige rok. Het meisje draagt een zomerjurkje en een roze hoofddoekje dat haar lange blonde haar uit haar gezicht houdt. Ze zit bij het raampje en kijkt in opgewonden afwachting naar buiten. Haar vader zit op de stoel aan het gangpad, in korte broek en met slippers. Hij glimlacht naar me als hij mijn blik vangt, en een beetje betrapt glimlach ik terug.

Om mijn onrustige gedachten te verzetten, kom ik overeind en maak het bagagebakje open. In mijn rolkoffertje zit een boek, *Twilight*, waarvan ik tot nu toe alleen de titel en de flaptekst gelezen heb.

Ik trek mijn koffer uit het kastje en terwijl ik hem openmaak kijk ik onderzoekend de cabine in. Alle plaatsen zijn bezet, behalve dus die naast mij, wat wel vreemd is in vakantietijd.

Achter me zit een ouder echtpaar, verdiept in lectuur en kruiswoord-puzzel. De vrouw knikt me vriendelijk toe. Ik knik terug en laat mijn ogen over de rijen achter hen glijden. Dan laat ik me weer op mijn plaats bij het raampje zakken en sla mijn boek open. Ik weet niet hoe het komt, maar uit het niets verschijnt het beeld van een explosief op mijn netvlies. Een voorwerp dat zich ergens in dit vliegtuig bevindt.

Ik schud mijn hoofd en sla mijn boek open. Belachelijk, alsof iemand daarmee door de veiligheidscontrole zou komen. Resoluut schud ik die gedachte van me af en concentreer me op mijn boek. In plaats van het beeld dat de schrijver voor me probeert op te roepen zie ik een pakketje explosieven voor me.

Geïrriteerd verdring ik het beeld en lees verder. Na een kwartiertje heb ik nog geen letter in me opgenomen. Steeds sneller en hinderlijker schuiven de beelden van het pakketje voor mijn geestesoog.

Uiteindelijk gooi ik mijn boek op de stoel naast me en sta op. Terwijl ik zo rustig mogelijk in de richting van het toilet achterin loop, neem ik de mensen die ik passeer in me op. Niemand speciaal trekt mijn aandacht.

Ik open de deur en ga naar binnen. Nu ik er toch ben, kan ik net zo goed even plassen. Met tien seconden ben ik klaar en sta ik weer buiten. In plaats van mijn stoel op te zoeken, loop ik helemaal naar voren. Ook daar bestudeer ik de passagiers, al weet ik niet goed waar ik op moet letten.

Dat er mensen met een bezweet voorhoofd zitten te draaien op hun stoel heeft weinig te betekenen. Statistisch gezien is de kans groot dat de helft van de mensen hier aan boord vliegangst heeft.

Slecht op mijn gemak zoek ik mijn stoel weer op en plof neer. Het boek blijft lange tijd opengeslagen naast me liggen. Maar de vlucht verloopt rustig, zodat ik na een halfuur toch maar afleiding zoek in de wereld van vampiers en weerwolven.

Als we de daling hebben ingezet, doet een enorme dreun het vliegtuig trillen. Mijn boek vliegt uit mijn hand, een paar bagagevakken schieten open en koffers en tassen vallen naar beneden.

Een paar seconden lang is het doodstil, dan begint iedereen te schreeuwen. Mensen springen overeind en iemand roept: 'Een bom, een bom!'

Wie niet staat, hangt over zijn stoelleuning of probeert in het gangpad te komen. Tevergeefs trachten de stewardessen orde in de chaos te scheppen.

Pas als de stem van de gezagvoerder door de intercom klinkt, gaat iedereen weer zitten. Zo kalm alsof hij turbulentie aankondigt, deelt de piloot mede dat een van de motoren is uitgevallen. Op geruststellende toon voegt hij eraan toe dat er geen reden is tot paniek, dat het vliegtuig in staat is om met één motor verder te vliegen, maar dat het verstandig is als wij de riemen weer vastmaken.

Daarmee bezweert hij de grootste paniek, al zit iedereen nu rechtop en wordt er druk gepraat. Zelf houd ik gespannen alle activiteiten van de stewardessen in de gaten. Ik zie ze geagiteerd heen en weer lopen, links en rechts geruststellend naar de passagiers knikken en weer verdwijnen in hun privézone.

Voor het eerst in mijn leven overvalt me de neiging om te gaan bidden. In plaats daarvan sluit ik mijn ogen en haal diep en geconcentreerd adem. Mijn geest ontsnapt uit de kleine cabine, waar een steeds sterker wordende zweetgeur de zuurstof verdrijft.

Het probleem is veel groter dan alleen een uitgevallen motor. De staart van het toestel en een van de vleugels zijn zwaar beschadigd. Zo zwaar dat het een wonder lijkt dat het vliegtuig nog in de lucht is. De vleugels bewegen schokkerig op en neer en af en toe zakt het toestel loodrecht naar beneden.

De luchthaven is in zicht, maar zonder een goed functionerend besturingssysteem is het een onmogelijke opgave om veilig op de landingsbaan uit te komen. Navigerend op de luchtstromen, zoveel mogelijk gebruikmakend van de onbeschadigde vleugel, zet de piloot de landing in.

Machteloos zie ik het aan, de wanhopige poging om er iets van te maken, de landingsbanen die in grote haast vrijgemaakt worden, de ambulances die komen aanrijden. Dan zit ik weer op mijn plaats, voorovergebogen, met mijn gezicht tussen mijn knieën, mijn armen om mijn hoofd heen geslagen. De druk op mijn oren neemt toe, van hinderlijk tot pijnlijk. De pijn van mijn scheurende trommelvliezen is zo hevig dat er bijna geen ruimte meer is voor angst. Dit moet ophouden, en snel.

We razen naar beneden, als een baksteen die van een flatgebouw wordt gegooid. Ik hoor mensen huilen en gillen, het bloed suist in mijn oren. Achter me begint een man hardop te bidden.

Al ben ik niet gelovig, ik doe met hem mee. Nu en dan werp ik een blik door het raampje. De gebedslitanieën en het angstige gekerm van de passagiers worden overstemd door het gierende geluid van de motor.

De val uit de lucht voelt niet als neerstorten, meer als een heel snelle afdaling. Tot we met een enorme klap de grond raken. Dan is het alsof de hel zijn muil opent.

De impact op mijn lichaam is enorm. Mijn spieren en pezen trekken samen terwijl de klap nog nadreunt in mijn botten en gewrichten. Even lijkt het daarbij te blijven, dan komt de pijn. Mijn hoofd lijkt opeens te klein voor de inhoud ervan, zodat het dreigt te barsten als een walnoot in een notenkraker. Na een tijdje ebt de pijn weg en kan ik me met een verbazingwekkend gemak uit mijn veiligheidsriem bevrijden. In de cabine heerst een angstwekkende stilte. De geluiden die je zou verwachten na een ongeval als dit blijven uit. Er wordt niet gegild of gehuild, zelfs niet gekermd.

Als ik omkijk, zie ik waarom. De achterste helft van het toestel is verdwenen. Metershoge vlammen verlichten een apocalyptisch tafereel. De biddende, roepende passagiers zijn veranderd in lichamen die doodstil in de veiligheidsriemen hangen. Ze bloeden of zijn verbrand en in sommige stoelen is alleen nog een romp met benen zichtbaar.

Met open mond kijk ik om me heen. Ik zie dingen die een mens niet hoort te zien en die ik waarschijnlijk nooit meer van mijn netvlies af zal krijgen. Maar op de een of andere manier dringt het niet goed tot me door. Als verdoofd kom ik overeind en werk ik me tussen het verwrongen staal door naar het gedeelte waar het vliegtuig is afgebroken. Aan de rand ervan kijk ik naar beneden. Drie meter lager ligt de harde grond.

Ik aarzel. De kans dat ik het overleef als ik naar beneden spring, lijkt niet zo groot. Achter me buldert iets en ik kijk om. Vuurtongen laaien op, het metalen geraamte om me heen knarst en piept. Enorme rookwolken komen boven mijn hoofd samen en sluiten me in. De geur van kerosine dringt in mijn neusgaten. Nog even en de boel explodeert.

Ik spring.

## 2

'Roos? Rosalie, word eens wakker. Kom, lieverd, doe je ogen open!'

Een vertrouwde stem brengt me bij mijn positieven. Golvende zwarte mist beneemt me het zicht en de adem. Ik krijg bijna geen lucht meer, begin te hoesten en probeer overeind te komen.

Een sterke arm helpt me en dan zit ik rechtop, naar adem snakkend.

Het duurt een paar seconden voor ik me realiseer dat er iets niet klopt. In verwarring kijk ik om me heen. Het is niet mijn slaapkamer waar ik lig, maar de omgeving komt me wel bekend voor. Jeroen zit op het randje van mijn bed, met nat haar en de geur van shampoo om hem heen, en strijkt het haar uit mijn gezicht.

'Je had een nachtmerrie,' zegt hij.

Langzaam keer ik terug naar de echte wereld, waarin ik veilig in mijn hotelkamer zit en de zon door een kier in de gordijnen naar binnen schijnt. Een paar seconden later weet ik ook waar het hotel staat: midden in Marrakech, waar we een weekje op vakantie zijn.

Ik heb gedroomd. De angstaanjagende wereld waar Jeroen me uit bevrijd heeft was niet echt. Een golf van opluchting slaat over me heen.

'Het was net echt. Ik kan niet geloven dat het maar een droom was. Het was zó echt!' Ik wrijf met mijn handen over mijn gezicht.

'Wil je een beetje water?' Jeroen houdt me een plastic bekertje voor, dat ik met onvaste hand aanneem. 'Dat moet me een nachtmerrie geweest zijn, zeg. Je schreeuwde zo hard dat ik je onder de douche hoorde. Waar droomde je over?'

'Een vliegtuigongeluk. Het was afschuwelijk. Het vliegtuig stortte neer, vloog in brand en ik kon er niet uit.' Ik huiver bij de herinnering en sla mijn blote benen over de rand van mijn bed.

'Ga lekker douchen. Spoel het van je af, dan gaan we zo ontbijten. Het wordt weer een prachtige dag.' Jeroen komt van het bed af en trekt de gordijnen open.

Warm, stralend zonlicht valt door de balkondeuren. Binnen is het aangenaam koel door de airco, maar buiten moet het al snikheet zijn.

Met opgeheven gezicht laat ik in de douche het warme water over me heen lopen. Je hebt van die dromen die je niet meer loslaten, alsof het herinneringen zijn in plaats van iets wat zich alleen in je hoofd heeft afgespeeld.

Daar heb ik wel vaker last van, en het verontrustende is dat veel van die dromen uitkomen. Zoals die keer dat ik droomde dat het zo stormde dat er een stuk dak losraakte, dat me verpletterde toen ik thuiskwam van mijn werk. Uit angst dat me echt iets zou overkomen, meldde ik me ziek toen er een week later zware storm werd voorspeld. Het stuk dak kwam inderdaad naar beneden.

Of die keer toen ik, als meisje van elf, droomde dat een grote hond om de hoek van de straat kwam aanrennen en in mijn arm beet. De volgende dag, toen ik op weg was naar school, kwam er een vrouw de hoek om met een grijze Deense dog die in lengte niet veel met mij scheelde.

Of hij me gebeten zou hebben weet ik niet, want ik holde van schrik de straat over.

Die voorspellende dromen waren niet de eerste en ook niet de laatste in mijn leven. De meeste dromen waren, net als bij iedereen, gewoon dromen, maar in enkele gevallen hadden ze een opmerkelijk voorspellend karakter. Ik heb geleerd daar onderscheid in te maken. De droom waaruit ik net ben ontwaakt, is er een van het soort dat me niet bevalt.

In bedrukte stemming droog ik me af en trek een witte linnen broek en een oranje truitje aan. Ik schuif mijn al gebruinde voeten in een paar met kraaltjes en lovertjes versierde slippers die ik gisteren in de medina heb gekocht en die me het gevoel gaven een prinses uit een sprookje van Duizend-en-een-nacht te zijn. Een gevoel uit een ander leven.

'Wat kijk je somber. Ben je nog steeds met die droom bezig?' Jeroen, eveneens in witte broek maar met een zwart T-shirt, pakt de sleutelkaart van het schrijftafeltje en kijkt me vragend aan.

'Ja, ik kan er niet van loskomen. Die beelden blijven maar door mijn hoofd flitsen. Het is net alsof het echt gebeurd is. Gek eigenlijk, hè? De ene droom vervliegt zodra je wakker wordt, terwijl de andere de hele dag om je heen blijft hangen.'

Jeroen slaat zijn arm om me heen en trekt me even tegen zich aan. 'Laten we snel gaan ontbijten, dan kunnen we de stad in. Jij wilde graag naar de Menatuinen, hè?'

Ik knik, al is mijn enthousiasme behoorlijk geluwd. Desondanks pak ik mijn tas, tover een glimlach op mijn gezicht en loop met Jeroen mee naar de ontbijtzaal.

Voor iemand die nooit verder is gekomen dan Frankrijk en Italië, is Marrakech een openbaring. Een afwisseling van verrukking en verbazing. De tweede stad van Marokko lijkt in niets op wat ik ooit heb gezien. Het wordt 'de rode stad' genoemd, omdat de stadsmuren en huizen zijn opgetrokken uit rode leem, wat voor een heel aparte sfeer zorgt. Je kunt je moeiteloos voorstellen hoe het er hier eeuwen geleden heeft uitgezien. In wezen is er niet veel veranderd. Van de twee meter dikke stadsmuren, de soek en de steile, smalle straatjes tot de bewoners met hun traditionele kleding, Marrakech heeft zijn middeleeuwse sfeer behouden.

We zijn hier nu bijna een week, vanavond vliegen we terug naar Amsterdam. Bij de gedachte alleen al krijg ik kramp in mijn maag.

'Is dat alles wat je eet?' vraagt Jeroen, als we met onze borden langs het buffet zijn geweest en aan een tafeltje plaatsnemen.

Ik trek een pakje boter en een kuipje jam open en besmeer een geroosterde boterham. 'Ik heb niet zoveel trek.'

'Maar we zijn straks de hele dag op pad. Over een uurtje krijg je natuurlijk wél trek, en waarschijnlijk als we net naar de Hoge Atlas rijden of in een moskee rondlopen.'

'We zouden helemaal niet naar de Hoge Atlas gaan, we zouden vandaag in de stad blijven.'

'Het was maar een voorbeeld.' Jeroen wenkt de ober om koffie en wacht tot hij ingeschonken heeft. 'Wat wil je dan gaan doen vandaag?'

Gisteravond zat ik nog vol plannen. Nog een keer terug naar de medina, het oude gedeelte van Marrakech, om souvenirs te kopen. Naar de soek of naar de sprookjesachtige Menatuinen. Er is hier genoeg te doen, maar de manier waarop ik net wakker ben geworden, heeft mijn zorgeloze stemming van de afgelopen dagen doen omslaan in een gevoel van inktzwarte dreiging.

De koffie smaakt bitter. Hoeveel zoetjes ik er ook in doe, het blijft een sterke bak, die ik uiteindelijk vol weerzin van me af schuif.

'Ik ga nog wat halen. Jij ook?' Jeroen heeft zijn omelet al naar binnen gewerkt en kijkt me met een vragende blik aan terwijl hij overeind komt.

'Nee, ik heb genoeg gehad.'

'Dat ene stukje toast? Kom op, eet nog wat. Zal ik yoghurt en een bakje fruit met room meenemen?'

'Nee, dank je. Ik ben een beetje misselijk.'

Een paar seconden kijkt Jeroen zwijgend op me neer, dan haalt hij zijn schouders op en loopt met zijn bord naar het buffet. Even later neemt hij weer tegenover me plaats, met zoveel broodjes en verschillende soorten beleg op zijn bord dat ik mijn ogen niet geloof.

'Ga je dat echt allemaal opeten?'

'Ik heb voor de zekerheid wat extra meegenomen. Voor jou.'

Een kriebelig gevoel van irritatie neemt bezit van me. 'Jeroen, ik zei toch dat ik geen trek heb!'

'Relax, ik neem het mee voor onderweg. Hier, stop maar in je tas.' Hij vouwt twee chocoladebroodjes, waarvan de aanblik me al misselijk maakt, in een servet en schuift ze naar me toe.

Gegeneerd kijk ik om me heen. 'Doe normaal. Ik ga niet het halve buffet in mijn tas stoppen.'

'Waarom niet? We hebben er toch voor betaald?' Jeroen bukt zich, raapt mijn tas van de grond en stopt bijna alles wat hij heeft meegenomen erin. De chocoladecroissants, een plastic bakje yoghurt, een banaan en een paar verpakte crackers.

Ik durf de eetzaal niet rond te kijken, ervan overtuigd dat iedereen naar ons kijkt, maar over dat soort dingen maakt Jeroen zich nooit zo druk. In twee slokken drinkt hij zijn koffie op en staat weer op. 'Zullen we gaan?'

Ik knik en haast me achter hem aan de ontbijtzaal uit.

We maken een ritje in een koets door de medina en langs de stadswallen, dwalen rond in de smalle straatjes van de oude stad, waar we genieten van de wirwar aan kleuren en geuren, en bezoeken de tropische Menatuinen met hun schitterende waterbekkens en uitbundige flora. Maar bij alles wat we doen ligt er een sluier van onbehagen over me heen, die het onmogelijk maakt om echt te genieten. Jeroen merkt het, doet zijn best om me af te leiden en weer enthousiast te maken, maar als ik 's middags nog steeds stil en teruggetrokken ben, slaat ook zijn humeur om.

'Je bent wel gezellig, zeg. Kun je af en toe ook iets zeggen, of even lachen?'

We zitten in een theesalon achter twee grote glazen verse muntthee. Met mijn lepeltje roer ik de muntblaadjes in het rond.

'Het spijt me dat ik onze laatste dag bederf, maar ik zie erg op tegen vanavond.'

'Waarom dan? Omdat we naar huis gaan?'

'Nee, omdat we moeten vliegen. Het liefst zou ik een auto huren en naar huis rijden. Dan doen we er maar wat langer over.'

Met licht gefronste wenkbrauwen bestudeert Jeroen me, alsof hij zich afvraagt of ik serieus ben. Om duidelijk te maken dat ik niet echt van plan ben om een auto te huren glimlach ik, maar van harte gaat het niet.

'Kom op, Rosalie. Het was maar een droom, dat weet je toch.'

'Nee, dat weet ik niet. Ik heb wel vaker dromen gehad die uitkwamen.'

'Over die hond die je als kind tegenkwam? Op een punt waar ieder-een zijn hond uitlaat en waar je hem waarschijnlijk wel vaker bent te-gengekomen?'

'Ik weet wel dat jij er niet in gelooft, maar ik heb dromen en dromen. Ze zijn niet allemaal zo scherp en ik ben ook niet altijd bang dat ze uit-komen. Zelfs niet als ik een nachtmerrie heb gehad. Soms weet ik dat het gewoon een nachtmerrie was die vervaagt als ik opsta. Dat heeft ie-dereen weleens. Je onthoudt hoogstens wat details en je denkt nog een paar keer "wat een rotdroom", maar daar blijft het bij. Maar deze was zo echt! Ik weet nog precies hoe mijn medepassagiers eruitzagen, waar ze zaten, wat ze deden...'

'Zat er iemand met een bomgordel om?' Jeroen grinnikt, maar één blik van mij doet de lach van zijn gezicht verdwijnen.

'Ik weet alleen dat er iets explodeerde, dat er brand uitbrak en dat we razendsnel naar beneden stortten.'

'En nu denk je dat dat echt gaat gebeuren.'

'Het zit me niet lekker.'

Over de tafel heen pakt Jeroen mijn hand. 'Liefje, ik garandeer je dat we een rustige vlucht zullen hebben en veilig en wel op Schiphol zullen landen.'

'Dat kun je helemaal niet garanderen. Je kunt het dénken, maar niet garanderen.'

'Goed, dan denk ik het. En er is een vrij grote kans dat ik het goed heb en jij niet.'

Op dat moment neem ik een besluit. Het is iets waar ik de hele dag al over loop na te denken, maar wat ik nog niet heb durven voorstellen.

'Ik neem een andere vlucht.'

'Wat?'

'Ik ga alleen. Ik boek mijn vlucht om en vertrek morgen, of desnoods overmorgen.'

'Rosalie, doe niet zo raar.'

'Ik meen het. En ik wil dat jij dat ook doet.'

Het scala van uitdrukkingen dat over Jeroens gezicht trekt is een studie waard. Onderzoekend kijkt hij me aan, maar als hij merkt dat ik het echt meen, is zijn begripvolle houding snel verdwenen. Hij laat mijn hand los en leunt geïrriteerd terug tegen de leuning van zijn stoel.

'Dan moet er wel plaats zijn op een andere vlucht en ik garandeer je dat die er niet is. Het is vakantietijd, de vliegtuigen zitten propvol.'

'Jij garandeert nogal eens wat, hè? We hebben nog niet eens geïnformeerd of het kan.' Ik trek me ook wat terug, ga net als hij rechtop zitten alsof ik zoveel mogelijk ruimte tussen ons wil creëren. Wat ik helemaal niet wil, want waar ik behoefte aan heb is steun. Aan de liefdevolle manier waarop hij me kan aankijken, aan zijn stem die zegt dat het goed is, dat we zullen omboeken als ik me daarbij beter voel.

In plaats daarvan kijkt Jeroen van me weg, door het raam, alsof de oplossing voor dit probleem buiten op straat ligt. En als hij na een tijdje eindelijk wat zegt, geeft hij niet toe, maar maakt hij me duidelijk dat we gewoon de vlucht van vanavond nemen. Dat hij morgen op tijd op de zaak moet zijn en er niet over piekert om honderden euro's uit te geven vanwege een obsessieve gedachte van mij.

Zwijgend kijk ik hem aan. De man met wie ik getrouwd ben, en die ik door en door meende te kennen, maar die de laatste tijd steeds meer een vreemde voor me is geworden. Daarom zijn we ook in Marrakech. Even ertussenuit, tijd en aandacht aan elkaar besteden, problemen uitpraten. Het leek te werken, want de hele week zijn we weer net zo verliefd en eensgezind geweest als toen we elkaar net hadden leren kennen. Nu valt het broze evenwicht dat we hebben opgebouwd in stukken als een vaas van teer porselein. Ik kan de scherven lijmen, zoals ik al zo vaak heb gedaan. Het enige wat ik hoef te doen is toegeven dat ik overdrijf, wat misschien ook zo is. Maar ik heb geen zin meer om scherven te lijmen. Er zijn al zoveel barsten zichtbaar, deze kan er ook nog wel bij.

'Goed,' zeg ik. 'Dan ga je maar alleen.'

Jarenlang heb ik het voorspellende karakter van mijn dromen voor mezelf gehouden.

Ik kwam er al vroeg achter dat mensen het vreemd en griezelig vonden dat ik regelmatig wist wat er in de nabije toekomst stond te gebeuren.

Vaak geloofden ze me niet, of beweerden ze zelf ook voorspellend te dromen. Maar als ze me erover vertelden, bleek dat het niet meer dan een verzameling nogal voor de hand liggende gebeurtenissen waren.

Je hoop en verwachtingen, angsten en kennis uit je onderbewustzijn komen in dromen bijeen en scheppen met elkaar een toekomstbeeld, dat meestal wel uitkomt. Iemand die regelmatig droomt dat hij ontslagen wordt op zijn werk, zal waarschijnlijk signalen van ontevredenheid bij zijn werkgever hebben opgepikt die nog niet tot zijn bewustzijn zijn doorgedrongen, maar die zich wel in dromen uiten.

In de nacht voor Koninginnedag 2009 schijnen veel mensen gedroomd te hebben over een auto-ongeluk. Op zich is dat niet verbazingwekkend. Als je nagaat dat zestien miljoen Nederlanders die nacht hebben liggen dromen, en dat de meesten de volgende dag de weg op moesten, zullen er vast enkele honderden zijn die in hun slaap een auto-ongeluk hebben gezien. Interessanter is de vraag hoe gedetailleerd die dromen waren, of ze ook aangaven dat het om een zwarte Suzuki Swift ging die dwars door de mensenhaag heen reed in een poging tegen de bus van de koninklijke familie te crashen. Ik vermoed dat als daar navraag naar gedaan wordt, heel wat dromen hun voorspellende karakter zullen verliezen.

Maar wat als je badend in het zweet wakker bent geworden met op je netvlies het beeld van een zwarte auto, die zich te pletter rijdt tegen een monument, op het drukste punt van een feestvierende stad?

Dat droomde ik een week voor Koninginnedag. Ik vermoedde wel dat het iets met festiviteiten in een of andere stad te maken had, maar ik dacht niet aan een aanslag op de koningin.

Ik heb ook talloze dromen die níét uitkomen, maar daar schrik ik niet zo van, omdat ze het absurdistische karakter hebben dat dromen kenmerkt. Dat soort dromen, waarin je totaal niet verbaasd bent dat je spiernaakt in de tram zit, of waarin je opeens een kind blijkt te hebben dat je helemaal vergeten was, wat je nog doodnormaal vindt ook, die neem ik niet serieus. Ze vervliegen zodra ik wakker word.

Maar van andere dromen herinner ik me alles nog, met de helderheid van een gebeurtenis die werkelijk heeft plaatsgevonden. Zo is het ook met de droom over de vliegramp. Van het moment dat ik incheckte en mijn medepassagiers bestudeerde tot het moment dat de ramp zich voltrok, lijkt het alsof ik alles echt heb meegemaakt. En alsof het staat te gebeuren als ik in dat toestel stap.

Uit alle macht probeer ik een laatste keer Jeroen over te halen om morgen te vliegen, maar hij schuift mijn argumenten opzij als klinkklare onzin, vrouwenhysterie. En dan krijgen we natuurlijk ruzie.

We hebben het er niet meer over. Ik ga naar de receptie om te bellen, in de stille hoop dat Jeroen op het laatste moment zal opduiken om te zeggen dat hij zich heeft bedacht, maar dat gebeurt niet.

Het omboeken van mijn vlucht is geen enkel probleem, als ik het geen bezwaar vind om pas morgen te vliegen. De eerste gelegenheid is 's middags om vijf over vier. Dat vind ik geen bezwaar, en nadat ik de omboeking met de luchtvaartmaatschappij geregeld heb, vraag ik of ik nog een nacht in het hotel kan blijven. Dat kan; de voorjaarsvakantie is voorbij, bijna alle toeristen keren terug naar huis. Opgelucht loop ik terug naar mijn kamer, waar Jeroen zijn koffer staat in te pakken.

Vanaf het balkon kijk ik toe.

'Je kunt je nog bedenken,' zeg ik. 'Er was nog plaats genoeg op die vlucht.'

Zonder zich naar me om te draaien gaat hij verder met pakken. 'Daar gaat het niet om. Ik moet terug naar huis, ik heb morgen afspraken.'

'Ik moet morgen ook werken.'

'Dat is anders. Elvan kan de kapsalon opendoen.'

Mijn werk is altijd anders, minder belangrijk, vrijblijvender. Alsof de kapsalon die ik run een aangenaam soort tijdverdrijf is. Een uit de hand gelopen hobby, die meer geld kost dan het opbrengt.

'Weet je wat jouw probleem is, Rosalie?' zegt Jeroen, terwijl hij zijn koffer dichtdoet. 'Dat jij je leven in angst leeft. Je bent altijd bang geweest om te vliegen. Vind je het gek dat je er dan de avond voor vertrek van droomt. Als je aan dat soort onberedeneerde angsten toegeeft, gaan ze je leven beheersen. Zo ontwikkel je fobieën.'

'Zover ik weet heb ik geen fobieën. Je weet toch hoe dat zit met die dromen van mij.'

'Ik weet dat je zelf heilig gelooft dat je voorspellende gaven hebt, maar om eerlijk te zijn heb ik daar nooit veel van gemerkt.'

Omdat ik gestopt ben erover te vertellen, denk ik bij mezelf. Omdat je alles wat uitkwam afdeed als toeval of er verklaringen voor ging zoeken.

Neerslachtig kijk ik toe hoe Jeroen een stapeltje T-shirts in zijn koffer legt.

'Jeroen?'

Met een vragend gezicht kijkt hij me over zijn schouder aan.

'Wil je alsjeblieft met mij mee terugvliegen? Ik weet dat je me niet serieus neemt, maar...'

Hij onderbreekt me door een stap naar me toe te doen, zijn handen om mijn gezicht te vouwen en me een kus te geven.

'Ik neem je wél serieus,' zegt hij ernstig. 'Dat wil zeggen, ik neem je angsten serieus. Ik probeer je toch niet over te halen met me mee te gaan? Ik word niet kwaad, ik lach je niet uit, ik respecteer wat je voelt. Ik geloof er alleen niet in en daarom vlieg ik vanavond. Om jou te laten zien dat je je niet door iedere droom overstuur moet laten maken.'

'Dat gebeurt helemaal niet bij iedere droom! Ik weet precies wanneer...'

Hij bezweert mijn woorden met een kus.

'Laten we erover ophouden. Ik vlieg vanavond, jij vliegt morgen en als je geland bent, bel je maar, dan haal ik je op. Oké?'

Hij keert me de rug weer toe en gaat verder met pakken. Aan de manier waarop hij te werk gaat, snel en onzorgvuldig, zie ik dat hij wel degelijk geïrriteerd is.

Moedeloos kijk ik naar de azuurblauwe lucht van Marokko. Waren we maar thuis. Veilig samen op de bank.

Jeroens stem doet me omkijken.

'Heb je er trouwens wel aan gedacht,' zegt hij tussen neus en lippen door, 'dat als er inderdaad een vliegtuig naar beneden komt, het net zo goed jouw vlucht van morgen kan zijn?'

Samen eten lukt niet meer. Jeroen moet om zeven uur op het vliegveld zijn en dan gaat het restaurant net open. Dus nemen we buiten afscheid, terwijl de taxi wacht en de zon een gouden gloed over ons heen legt. Het zou een romantische scène uit een film kunnen zijn, maar er schuilt niet veel romantiek in de manier waarop we tegenover elkaar staan. Jeroen zegt: 'Nou, dan ga ik maar' en ik reageer met: 'Ja, prettige vlucht', waarna we elkaar kussen. Het lijkt een normale kus, maar er zit iets afstandelijks in de manier waarop zijn lippen de mijne raken.

Als Jeroens bagage in de kofferbak verdwijnt en hij aanstalten maakt om in de taxi te stappen, pak ik hem stevig bij de arm en probeer het nog één keer.

'Alsjeblieft, Jeroen, ga niet! Het kan toch geen kwaad om een dagje later te vliegen? Wat kunnen jou de extra kosten nou schelen, of de afspraken op je werk? We gaan straks lekker uit eten, maken er een leuke avond van en morgen vliegen we terug. Zeg alsjeblieft ja!'

Hij slaat zijn armen om me heen, trekt me tegen zich aan en houdt me dan een eindje van zich af.

'Dat gaat echt niet, Roos. Ik heb morgen een vergadering met een potentiële klant. Ik móét die opdracht binnenhalen. Dat is belangrijk voor me.'

'Het is belangrijk voor mij dat je hier blijft en morgen samen met mij terugvliegt.'

Als antwoord kust hij me stevig, laat me los en stapt in de taxi.

'Ik sms je zodra ik ben geland,' zegt hij door het open raampje. 'Dag lief, tot morgen.'

Een arm uit het raampje, Jeroens hand die naar me zwaait. Dan neemt de taxi een bocht en is hij weg.

Langzaam loop ik de lobby van het hotel in en wacht tot de eetzaal opengaat. Om de tijd te verdrijven pak ik mijn iPhone en lees de berichten van vrienden en bekenden op Twitter. Zelf plaats ik geen tweet en ik reageer ook niet op de vragen of we al onderweg zijn naar het vliegveld.

Om zeven uur gaat het restaurant open en ga ik naar binnen. Het heeft iets treurigs om daar in mijn eentje plaats te nemen.

Tussen het lezen door bestel ik linzensoep en couscous. Tot mijn verbazing heb ik trek, maar vandaag heb ik weinig gegeten, dus zo vreemd is dat eigenlijk niet. Tegen achten ben ik klaar en na een kop koffie loop ik terug naar mijn kamer.

Jeroen zal nu wel aan het instappen zijn, bedenk ik terwijl ik de minibar inspecteer. Er staat een klein flesje witte wijn in, waarmee ik me op het balkon in de warme avondzon verschans. Vanwaar ik zit heb ik een prachtig uitzicht op de oude stad met zijn minaretten en koepels, die tegen de roze verkleurende hemel afsteken. Ik zou nu in het vliegtuig moeten stappen. Mijn stoel zoeken en mijn handbagage opbergen. Naast Jeroen zitten.

Hij heeft me dan wel beloofd om me te sms'en zodra hij is geland, maar hij vliegt niet rechtstreeks terug naar Amsterdam, hij moet een overstap maken in Casablanca. De vlucht naar Schiphol gaat problemen opleveren, dus op dit moment zal alles nog wel in orde zijn.

De beelden uit mijn droom verschijnen op mijn netvlies en ondanks de warmte van de zon huiver ik. Ik wil niet vliegen, nu niet en morgen evenmin. Opeens heb ik spijt van mijn beslissing om in Marrakech te blijven, zie ik ertegen op om morgen in mijn eentje terug te gaan. In eerste instantie besteedde ik geen aandacht aan Jeroens opmerking dat het net zo goed het vliegtuig van morgen kan zijn dat gaat crashen, maar nu realiseer ik me dat hij gelijk had. Hoe weet ik zo zeker dat het om de oorspronkelijke vlucht gaat? Morgen vlieg ik zonder Jeroen en dat komt overeen met mijn droom.

Vertwijfeld kijk ik voor me uit. De spectaculair mooie zonsondergang verliest zijn schoonheid en de geluiden die uit de stad opstijgen klinken gedempt, alsof ik onder water gehouden word. Ik maak mezelf gek met die angstige gedachten en ik weet het, maar ik kan er niets aan doen. Met heel mijn hart wens ik dat ik op de harde bodem van Schiphol stond, of dat ik thuis was, veilig in mijn eigen, vertrouwde huis.

In een recordtijd sla ik twee glazen witte wijn achterover en ik sta op om het flesje rode wijn uit de minibar te halen. Het is halfnegen, Jeroen is in de lucht.

Licht beneveld ga ik op het grote tweepersoonsbed liggen en staar naar het plafond. Morgen vlieg ik alleen en stort mijn vliegtuig neer. Maar ik ga niet, ik weiger in te stappen. Het alternatief dat ik eerder vandaag in een opwelling voorstelde, komt me opeens niet zo gek voor. Ik heb mijn rijbewijs bij me, dus ik kan een auto huren en ermee naar Tanger rijden. Daar pak ik de boot naar Spanje en huur ik weer een auto. Langer dan vijf dagen zal ik er niet over doen. Al doe ik er drie weken over, ik stap niet in dat vliegtuig. Van mijn levensdagen niet.

Ik moet in slaap gevallen zijn, want ik word wakker van het getoeter van een auto. Het is donker geworden. Alleen het licht uit de stad verdrijft iets van de duisternis. De gordijnen bollen op in de avondwind die gelijk met de verkeersdrukte naar binnen waait.

Slaperig richt ik me op en pak mijn mobieltje van het nachtkastje. Een blik op het display vertelt me dat het kwart over twaalf is.

Opeens klaarwakker kom ik overeind en kijk op Twitter of er nieuwstweets zijn. Dat is niet het geval.

Ik sluit de openslaande balkondeuren en trek de gordijnen dicht. Dan doe ik het licht aan, verwissel mijn linnen broek en shirt voor een nachthemd en loop naar de badkamer. Terwijl ik mijn tanden poets, sms ik Jeroen. *Ben je al geland?*

In afwachting van zijn antwoord was ik mijn gezicht, breng vochtinbrengende nachtcrème aan en borstel mijn haar. Daarna loop ik terug de kamer in en zet de televisie aan. Met mijn iPhone binnen handbereik zap ik langs de zenders tot ik de BBC heb gevonden. Er is geen noemenswaardig nieuws en mijn telefoon blijft stil.

Ik houd Twitter open, maar het blijft rustig op mijn timeline.

Waarschijnlijk staat Jeroen gewoon op zijn koffers te wachten en heeft hij mijn sms'je nog niet gezien, maar toch klopt mijn hart onrustig als ik langs de kanalen zap. Tot mijn opluchting krijg ik alleen films te zien en geen extra nieuwsuitzending.

Om iets te doen te hebben vouw ik mijn kleren, die verspreid over de kamer liggen, netjes op. Nu ik toch bezig ben, pak ik gelijk mijn koffer in. De kleren die ik morgen wil dragen leg ik op het voeteneind van Jeroens bed. Als ik klaar ben is het halfeen en stuur ik nog een sms'je. Ik wacht een kwartier, maar er komt geen antwoord. Boos en ongerust doe ik het licht uit en ga naar bed. Waarom laat die eikel niet even wat van zich horen? Hij weet toch dat die vlucht me niet lekker zit.

Niets is zenuwslopender dan liggen wachten in het donker, in een vreemd bed, helemaal alleen in een ander land. Ik staar de kamer in, die langzaam zijn ergste duisternis verliest en voorzichtig de contouren van de meubels prijsgeeft. Mijn telefoon ligt naast mijn kussen, alsof ik bang ben dat ik hem niet zal horen als hij zich niet vlak bij mijn oor bevindt.

Na een uur sta ik op, drink iets en zet de televisie weer aan. Vanuit mijn bed houd ik met prikkende ogen het beeldscherm in de gaten, maar er is niets bijzonders te zien. Uiteindelijk worden mijn oogleden zwaar en zak ik langzaam weg.

Vroeg in de ochtend schrik ik wakker van de monotone oproep tot gebed die door de hele stad heen van de minaretten klinkt.

Kreunend draai ik me op mijn zij, zie de vage gloed van licht en kleur die van het televisiescherm komt, en opeens ben ik klaarwakker. Vanuit mijn ooghoek heb ik in een flits opgevangen wat mijn onderbewuste me al langer probeerde te vertellen. Ik schiet rechtop in mijn bed en staar naar de beelden die recht tegenover me, vanaf het bureau, de kamer in geprojecteerd worden. Het nieuws is doorgedrongen tot de BBC en ze zenden non-stop uit.

Ook de Marokkaanse televisie heeft maar aandacht voor één ding: het neerstorten van een toestel van Royal Maroc Airlines in een weiland vlak bij Schiphol.

**4**

In eerste instantie voel ik niets. Zeker een minuut verstrijkt zonder dat er ook maar iets tot me doordringt. Ik zit in bed en kijk naar de beelden van het neergestorte vliegtuig en de met witte lakens bedekte lichamen die op brancards worden weggedragen, maar het is alsof ik naar willekeurige journaalbeelden kijk.

Het besef dat dit nieuws enorme gevolgen voor mijn leven zal hebben, verspreidt zich langzaam door mijn brein, en vervolgens door mijn lichaam.

Er zouden nu tranen moeten komen, ik zou luid en onbeheerst moeten huilen, maar ik tril alleen maar, terwijl ik de harde werkelijkheid stukje bij beetje tot me door laat dringen.

De Marokkaanse verslaggever kan ik niet verstaan en van de tekstregels die onophoudelijk onder in beeld voorbijkomen begrijp ik niets, maar de beelden spreken hun eigen universele taal. Het uitgebrande vliegtuig en de enorme rookkolom die erboven opstijgt, geven weinig aanleiding om te hopen dat iemand deze ramp heeft overleefd.

Ik heb nog geen beelden gezien van de opvang van overlevenden, of van mensen die hun verhaal doen, maar dat wil niet zeggen dat ze er niet zijn.

Ik pak mijn mobieltje en toets met zwaar bonzend hart het nummer van mijn ouders in.

'Pap? Met Rosalie,' zeg ik met een dun stemmetje zodra mijn vader opneemt.

'Roos, wat fijn dat je even belt. Zijn jullie veilig geland?' vraagt mijn vader opgewekt.

'Heb je het nog niet gehoord? Het vliegtuig dat ik zou nemen is neergestort. Maar met mij is alles goed, ik zat er niet in. Op het laatste moment heb ik omgeboekt.'

Het blijft zo lang stil dat ik vrees dat de verbinding verbroken is.

'Hallo? Pap, ben je er nog?'

Dan klinkt mijn vaders stem, jaren ouder lijkt het wel. 'Ja, Roos, ik ben er nog. Ik moest even gaan zitten. Wat zei je nou, is het vliegtuig dat jullie zouden nemen neergestort? Maar hoe kan dat? Waarom hebben jullie omgeboekt? Wacht, ik zet de tv aan.'

Ik hoor hem rommelen, op zoek naar de afstandsbediening. Dan klinkt de stem van mijn moeder die iets vraagt, begeleid door vage geluiden van een nieuwsbulletin op de achtergrond. Opeens is mijn moeder, die blijkbaar de telefoon heeft afgepakt, aan de lijn.

'Rosalie, is alles goed? Er is een vliegtuig neergestort in de buurt van Schiphol. Is dat jullie vliegtuig? Hoe kan het dat jullie er niet in zitten? Mijn god, al die mensen, het is verschrikkelijk. Kijk nou toch, er is niets van over. Hoe kan het dat je er niet in zat? Waar ben je nu?'

Ik kan nauwelijks door het spervuur van gespannen vragen heen komen.

'Ik had omgeboekt, mam. Het klinkt raar, maar ik heb gedroomd van dat ongeluk en toen durfde ik niet te gaan. Dus ik heb een andere vlucht geboekt. Die gaat morgen, of eigenlijk vandaag.'

'Mijn god,' zegt mijn moeder weer, en ik zie voor me hoe ze erbij staat, met gesloten ogen en een wit weggetrokken gezicht. 'Wat een geluk, wat een enorm geluk. Welke vlucht hebben jullie nu?'

Mijn hart begint zwaarder te kloppen, met snelle, doffe dreunen die resoneren door mijn lichaam. Het kost me moeite om iets te zeggen, omdat ik opeens geen adem meer krijg en duizelig word.

'Ik vlieg alleen,' breng ik ten slotte uit. 'Jeroen heeft zijn ticket niet omgeboekt. Hij zat wel in dat vliegtuig.'

We huilen samen, mijn ouders en ik. Meer dan vijfentwintighonderd kilometer scheidt ons, maar die eerste momenten van ontzetting en verdriet delen we, kijkend naar dezelfde verschrikkelijke beelden op televisie. Via mijn ouders kom ik erachter wat er is gebeurd, dat er geen problemen waren onderweg, maar dat het vliegtuig om nog onduidelijke redenen Schiphol niet heeft gehaald. Er waren geen meldingen, geen noodsignalen, alleen een plotselinge crash.

Mijn vader waarschuwt Jeroens ouders, die me niet lang daarna bellen, alsof ze zeker willen weten dat hun zoon toch niet, als door een wonder, aan de lijn komt. Hun verdriet is eigenlijk te groot om erbij te kunnen hebben. Met mijn schoonvader kan ik nog iets van een gesprek voeren, maar hij is half verstikt door tranen, terwijl ik mijn schoonmoeder op de achtergrond hysterisch hoor huilen.

Als hij heeft opgehangen, bel ik mijn ouders weer, die maar blijven zeggen hoe blij ze zijn dat ik nog leef, en daarna belt mijn zus en zitten we te praten en te huilen tot er niets meer te zeggen valt.

Versuft van verdriet en vermoeidheid zit ik op het randje van mijn bed. Mijn plan om een auto te huren en naar Tanger te rijden laat ik varen. Ik ben amper in staat om me aan te kleden en uit te checken, laat staan dat ik kan autorijden. Bovendien wil ik maar één ding en dat is zo snel mogelijk naar huis. Naar de geborgenheid van mijn familie, naar Jeroen.

Erg gerust ben ik er niet op om in het vliegtuig te stappen, maar de kans dat er vandaag weer een toestel naar beneden komt is wel érg klein. Het ongeluk is gebeurd en zal zich vandaag niet herhalen. Ik kan niet anders dan dat geloven en het risico nemen.

En dus sta ik op, neem een douche en kleed me aan, terwijl ik me afvraag hoe het komt dat ik gewoon blijf functioneren. Mijn geest voelt zwaar en duf van verdriet en slaapgebrek, maar alsof er niets aan de hand is, rommelt mijn maag om me te laten weten dat ik trek heb.

Bij het ontbijtbuffet pak ik maar wat, en als ik gewoontegetrouw aan ons vaste tafeltje ga zitten, zie ik dat ik roerei met toast, Jeroens lievelingsontbijt, heb genomen.

Ik staar ernaar en zie Jeroens lichaam voor me. Dat sterke, stoere lijf waar waarschijnlijk niets van over is dan verkoolde resten.

Ik schuif de licht aangebrande toast opzij en ga iets anders halen. Zoals Jeroen altijd al zei is het ontbijt de belangrijkste maaltijd van de dag. Zeker als je een lange, zware dag voor je hebt liggen.

'Neem yoghurt en vers fruit, met een beetje room,' zegt hij tegen me als ik sta te dubben bij het buffet. 'Dat vind je toch zo lekker?'

En dus schep ik een schaaltje vol met fruit en yoghurt. Ik neem er aan mijn tafeltje een paar happen van, maar dan komt mijn maag in opstand en vlucht ik naar mijn kamer.

Vorige week, op de heenweg, heb ik op Schiphol een boek gekocht dat Jeroen deed dubbelslaan van het lachen. *Een ramp overleven* stond er op de cover. In dat boek doet Ben Sherwood verslag van allerlei onheil dat de mens kan overkomen, van valpartijen tot schipbreuken. Naast de grillige factor van geluk of ongeluk blijkt er nog heel wat te zijn waarmee je invloed kunt uitoefenen op de afloop van levensbedreigende omstandigheden.

'Dat waardeer ik zo in jou, Roos: het optimisme waarmee je in het leven staat,' zei Jeroen geamuseerd. 'Wie gaat er nou zo'n boek lezen vlak voor hij in een vliegtuig stapt?'

'Juist dan,' zei ik en in de tijd dat we bij de gate zaten te wachten om aan boord te kunnen gaan, verdiepte ik me in het rampenboek.

Volgens Sherwood is overleven een manier van denken. Zo kun je ervoor kiezen een tijdschrift te lezen tijdens het opstijgen van een vliegtuig en de veiligheidsinstructies van de stewardess te negeren, of ze op z'n best met beleefde desinteresse te volgen. Je kunt ook opletten, om je heen kijken waar de nooduitgangen zitten, of, nog beter, het aantal rijen tellen tussen jouw stoel en de dichtstbijzijnde uitgang. In dichte rook wordt dat een stuk moeilijker.

Je kunt half in slaap wachten tot het toestel de grond raakt, maar het is verstandiger om bedacht te zijn op eventuele calamiteiten, zodat je in geval van nood actie kunt ondernemen. Het is ook handig om geen teenslippers of hoge hakken te dragen, maar schoenen waar je wat aan hebt als je gedwongen wordt door glas en brandend materiaal te lopen.

Dat heeft niets te maken met doemdenken of pessimistisch in het leven staan, maar met gezond verstand. In een vliegtuig zit je opgesloten, dus moet je weten hoe je er zo snel mogelijk uit komt als dat nodig is.

Ik kon het niet laten om Jeroen stukjes uit het boek voor te lezen toen we bij de gate zaten te wachten. Als reactie deed hij demonstratief de oortjes van zijn iPod in. Hij lachte erbij, om aan te geven dat hij zich totaal niet druk maakte.

Nu vraag ik me af hoe zijn laatste momenten waren tijdens de fatale vlucht van gisteravond. Of hij aan me gedacht heeft, of aan wat ik hem voorgelezen heb. Niet dat het veel uitmaakt. Het vliegtuig waar Jeroen in zat is gewoon uit de lucht gevallen. Niemand had een kans om het te overleven. Met al mijn voorzorgsmaatregelen zou ik ook dood geweest zijn als ik die droom niet had gehad.

Stijf van angst zit ik op mijn plaats bij het gangpad. Eigenlijk hoor ik bij het raampje te zitten, maar het oudere stel dat de stoelen naast me heeft, was gemakkelijk over te halen om met me te ruilen.

Tijdens het korte ritje met de taxi naar Menara Airport had ik mijn zenuwen nog onder controle, maar nu ik eenmaal aan boord ben, slaat de paniek toe. Het liefst zou ik iets kalmerends nemen of een half litertje wijn bestellen, maar ik heb geen pillen bij me en Ben Sherwood heeft uitdrukkelijk gezegd dat je geen alcohol moet drinken tijdens een vlucht. En dus pas ik ademhalingstechnieken toe die ik ooit heb geleerd toen ik aan yoga deed. Diep door je neus inademen en rustig via je mond de lucht weer laten ontsnappen. Dan vijf seconden tot rust komen, zonder in te ademen, tot je vanzelf de behoefte aan zuurstof voelt opkomen en je geleidelijk je longen weer laat volstromen.

Het helpt tegen hyperventilatie, waar ik vroeger nogal eens last van had in stresssituaties. Of het nou om een zenuwbehandeling bij de tandarts ging of om een examen, hyperventilatie bracht de kans op succes terug naar het nulpunt.

Ademhalen lijkt zo vanzelfsprekend, maar je kunt het helemaal verkeerd doen. Te hoog of juist te laag, te snel of te langzaam. Een paar keer goed in- en uitademen als je gespannen bent, transporteert zuurstof naar je hersenen, zodat je beter kunt relativeren.

Maar nu, terwijl het vliegtuig naar de opstijgbaan taxiet, merk ik daar weinig van. Ademhalingstechnieken zijn handig als je een sollicitatiegesprek moet voeren of als je 's nachts ligt te piekeren over een belastingaanslag, niet als je bang bent dat er binnen vier uur een einde aan je leven komt.

Uit alle macht visualiseer ik dat ik het vliegtuig uitstap en ongedeerd bij de bagageband op mijn koffer wacht. Achter de glazen afscheiding wachten mijn ouders met bloemen, knuffels en tranen van vreugde.

Intussen controleer ik met één hand of er wel een reddingsvest onder mijn stoel ligt. Daarna tel ik de rijen naar de nooduitgangen en leun achterover in mijn stoel. Er is niets meer dat ik kan doen, ik zal me moeten overgeven.

Het vliegtuig maakt een scherpe draai en komt tot stilstand. Intussen zwellen de motoren aan, steeds luider, tot het gegier mijn hartslag overstemt. Niet alleen het toestel, ook mijn lichaam bereidt zich voor op de kracht waarmee die stalen constructie in beweging komt.

We jagen de opstijgbaan over, een onzichtbare hand drukt me tegen mijn stoelleuning en dan zijn we los van de grond en vliegen we de blauwe hemel in.

Geloof me, ik ken de geruststellende verhalen en statistieken over de veiligheid van de luchtvaart. Gezien het aantal vluchten dat wereldwijd iedere dag wordt gemaakt, kun je rustig zeggen dat vliegen een van de veiligste manieren is om te reizen. De kans op een ongeval is net zo groot als de kans dat je de loterij wint. Niets aan de hand.

Na een kort vluchtje landen we veilig op de luchthaven van Casablanca, waar we in het toestel kunnen blijven zitten. De helft van de passagiers stapt uit en na een kwartier stromen de nieuwkomers binnen; Nederlandse vakantiegangers en geëmigreerde Marokkanen die een weekje hebben doorgebracht in Casablanca.

In plaats van de gebruikelijke drukte heerst er een gespannen stilzwijgen onder de passagiers, of ze praten met gedempte stem. De meeste mensen zien er nerveus uit. Hun ogen schieten van links naar rechts, alsof ze overwegen op het laatste moment uit te stappen.

Als iedereen zich op zijn plaats geïnstalleerd heeft en de stewardess de veiligheidsinstructies met ons heeft doorgenomen, stijgen we opnieuw op.

Vanaf het moment dat de moskeeën en flats van Casablanca onder ons verdwijnen, voel ik de onrust opnieuw opkomen. Ik blijf voor mezelf herhalen dat ik me geen zorgen hoef te maken, dat het noodlot zich al voltrokken heeft en dat er geen enkele reden is om te denken dat ook dit vliegtuig zal neerstorten. Toch voel ik een diepe opluchting als de intercom begint te kraken en de piloot aankondigt dat we Schiphol naderen.

Onder me zie ik Amsterdam in vogelvlucht. De vleugels van het vliegtuig zwenken omhoog en omlaag, en in zo'n wending heb ik opeens het volle zicht op het weiland waar het neergestorte toestel ligt. Of wat daarvan over is. Vanuit de lucht is het goed zichtbaar, de zwartgeblakerde krater waar gisteren nog koeien graasden. Nu liggen er brokstukken van het neergestorte toestel, omgeven door zwarte aarde, stof en as.

Het is beter om niet te kijken, maar ik kan mijn ogen niet afhouden van de surrealistische aanblik die de onheilsplek biedt. Als een neergeschoten meeuw ligt het gecrashte vliegtuig in het grasland, de vleugels gebroken, de romp doormidden. Verspreid over het terrein liggen de eigendommen van de passagiers.

Dit is de plek waar Jeroen zijn laatste ademtocht heeft uitgeblazen, waar hij misschien nog even aan mij heeft gedacht. Ik leun met mijn wang tegen de leuning van mijn stoel, mijn keel doet pijn van het slikken, dan draait het vliegtuig weg en zet koers naar de luchthaven.

Als het vliegtuig na een perfecte landing over de baan rolt, gaat er een opgelucht applausje onder de passagiers op. Nog een beetje beduusd blijf ik op mijn stoel zitten tot de meeste mensen het vliegtuig verlaten hebben. Dan verzamel ik mijn handbagage en loop via de uitgang de sluis in, naar de hal met de transportbanden.

Mijn koffer komt er al aan. Ik trek hem naar me toe en rol hem achter me aan naar de ontvangsthal. Zodra ik naar buiten stap, zie ik mijn familie staan en vinden we elkaar terug in één grote omhelzing. Niet alleen mijn ouders, ook mijn broer en zus zijn gekomen om me op te halen en een kwartier lang staan we te knuffelen, te praten, te lachen en te huilen.

'Ik ben zo blij dat je veilig bij ons bent,' blijft mijn moeder zeggen, terwijl ze haar tranen wegveegt. 'Het is allemaal zo verschrikkelijk.' Mijn broer staart me aan alsof hij nog steeds niet kan geloven dat ik in levenden lijve voor hem sta.

'Hoe is het mogelijk dat je uitgerekend deze vlucht niet hebt genomen. Wat een toeval!'

Ik knik alleen maar. Het is te druk en te lawaaiig om me heen om het uitgebreid over de rol van het toeval te hebben, dat komt later wel. Wout is niet het type dat in voorspellende dromen gelooft, maar wel iemand die daar op de meest ongelegen momenten een discussie over begint.

We verlaten de aankomsthal en lopen naar de parkeerplaats waar mijn vaders auto staat. Het spreekt vanzelf dat we allemaal naar het ouderlijk huis gaan, daar hoeven we het niet eens over te hebben.

'Ik heb een grote pan spaghetti gemaakt,' is de enige opmerking die mijn moeder in die richting maakt.

Mijn ouders wonen in Amstelveen, waar wij, Sophie, Wouter en ik, geboren zijn. Sophie, de jongste met haar zevenentwintig jaar, heeft er een appartement, dat ze met haar salaris als verpleegkundige net kan betalen. Wout is drieëndertig en werkt, niet geheel toevallig, ook in de zorg. Lange tijd heeft hij maar wat aangerommeld in zijn leven. In studeren had hij geen zin nadat hij met pijn en moeite zijn havodiploma had gehaald, en hij ging van het ene baantje naar het andere. Geen van alle bood enig toekomstperspectief, maar daar leek hij niet mee te zitten. Werken was voor hem een noodzakelijk kwaad, iets waar je je kostbare tijd mee moest verdoen om leukere dingen te kunnen bekostigen, zoals reizen en uitgaan. Tot hij via Sophie in het AMC ging werken. In de vroege ochtenduren dweilde hij de vloeren van diverse afdelingen, wat niet altijd goed combineerde met zijn drukke activiteiten in het Amsterdamse nachtleven. Als het zo uitkwam, wilde hij zich weleens met zijn vermoeide lijf en benevelde hoofd op een ziekenhuisbed uitstrekken als die kamer toch leegstond. Toen hij betrapt werd, kreeg hij een waarschuwing en werd hij op een andere afdeling gezet, waar de bedden zelden leeg waren, of in ieder geval niet voor lang.

Waar 'oncologie' precies voor stond wist hij niet, hij maakte gewoon de zalen schoon, pratend en grapjes makend met de patiënten. Iedere ochtend als hij met zijn dweil binnenkwam, zat zijn gehoor al te wachten op zijn avonturen van die nacht en Wout stelde nooit teleur. Als hij er was, sloeg de negatieve sfeer op zaal direct om, er was geen patiënt die niet opkikkerde van de ongedwongen manier waarop hij vertelde over zijn belevenissen.

Helaas duurde het niet lang voor hij geconfronteerd werd met kale hoofden en lege bedden. Met het eerste sterfgeval onder zijn nieuwe vrienden verloor hij iets van zijn onbevangenheid, en toen in korte tijd nog een paar mensen van de afdeling verdwenen, nam hij ontslag. Niet om naar het zoveelste baantje uit te kijken, maar om aan een opleiding te beginnen. Tegenwoordig rijdt hij als ambulancebroeder door Amsterdam. Twee van de patiënten die hij op de afdeling oncologie heeft leren kennen, zijn nog altijd zijn beste vrienden.

Mijn eigen verhaal is veel minder spannend. Ik heb altijd een kapsalon willen hebben, maar financieel was dat niet haalbaar. Tot ik Jeroen leerde kennen. We trouwden al jong, door het leeftijdsverschil van tien jaar en mijn streng katholieke opvoeding. Achteraf ben ik misschien iets te jong getrouwd, maar daardoor gingen er wel deuren voor me open die anders gesloten waren gebleven. Als eigenaar van een succesvol architectenbureau had Jeroen de middelen om te investeren in mijn kapsalon. Inmiddels loopt mijn zaak best goed, al vond Jeroen het pand eigenlijk te klein. Uitbreiding zat er niet in, maar daar had ik ook geen behoefte aan. Persoonlijk vond ik het wel prima zo, met mijn collega's Elvan en Amber.

Onderweg naar Amstelveen stuur ik Elvan een sms'je. Dat had ik natuurlijk veel eerder moeten doen, maar ik denk er nu pas aan.

*Kan morgen niet komen. Open jij de zaak?*

'Hebben jullie Jeroens ouders al gesproken?' vraag ik, terwijl ik het bericht verzend.

'Ja, we zijn gisteren meteen naar ze toe gegaan,' bevestigt mijn vader.

'Dat viel niet mee,' zegt mijn moeder met een zucht. 'Wat een verdriet voor die mensen... Maar ze waren blij dat jij niet in dat vliegtuig zat, al begrepen ze niet waarom jullie niet samen teruggevlogen zijn.'

'Ik heb geprobeerd het ze uit te leggen, maar ze geloofden me niet erg.'

'Dat kan ik me wel voorstellen,' zegt mijn vader.

Natuurlijk kan hij zich dat voorstellen, mijn vader gelooft het waarschijnlijk zelf ook maar half. Mijn ouders zijn katholiek en trouwe kerkgangers. Ik heb altijd op katholieke scholen gezeten en zelfs daar merkte ik dat mijn ouders behoorlijk streng in de leer waren. In hun wereldbeeld passen geen voorspellende dromen.

Eén keer, toen ik een jaar of dertien was, las ik achter in de auto hardop mijn horoscoop uit de *Tina* voor, waar mijn vader direct een einde aan maakte.

'Dat soort dingen lezen wij niet,' zei hij en er lag een klank in zijn stem waardoor ik meteen mijn mond hield. Ook met mijn gewoonte om op weg naar school niet op de randjes tussen de stoeptegels te stappen, zoals zoveel kinderen doen, werd korte metten gemaakt. Met dat soort bijgelovige zaken dienden we ons niet bezig te houden. Lange tijd dacht ik dat het daaraan lag als er weer iets uitkwam wat ik had zien aankomen. Ik slaagde erin mijn bijgeloof te bedwingen, maar de flitsen uit de toekomst bleven komen. Op mijn tiende droomde ik dat tante Marijke, de jongere zus van mijn moeder, een hersentumor had en overleed. Niet lang daarna, op Sophies verjaardag in een huiskamer vol visite, vertelde Marijke over haar hoofdpijnaanvallen. In de veronderstelling dat het om migraine ging, werden haar verschillende pijnstillers aangeraden.

In de keuken, alleen met mijn moeder, vertelde ik zachtjes over mijn droom.

'Hou alsjeblieft op,' zei ze, half geschrokken, half geïrriteerd. 'Je zegt geen woord tegen Marijke, hoor!'

Dat deed ik niet, maar toen mijn tante een halfjaar later overleed was het schuldgevoel groot. Op de dag dat we te horen kregen dat de kanker onbehandelbaar was, trof ik mijn moeder huilend op de bank aan. Ik ging naast haar zitten om haar te troosten, maar ze keek opzij en zei bijna verwijtend: 'Jij ook altijd met je dromen!'

Vanaf dat moment heb ik nooit meer iets verteld. Af en toe ontsnapte me een kleinigheid, zoals de voorspelling van onverwacht bezoek of een verregende vakantie, maar daar werd niet op ingegaan.

Ook nu wordt er geen enkele aandacht besteed aan mijn voorkennis. Blijkbaar is binnen de familie besloten dat het om een gelukkig toeval ging.

Alleen Sophie, die de hele tijd mijn hand vasthoudt, kijkt me van tijd tot tijd onderzoekend aan. 'Bizar hè?' zegt ze zacht.

Ik knik en leun vermoeid met mijn hoofd tegen het raampje.

Sophie is niet alleen de jongste maar ook de zachtaardigste van ons allemaal. Waar Wouter en mijn ouders nog weleens ongelovig of ronduit ongeduldig kunnen reageren op mijn voorgevoelens, is zij geneigd me het voordeel van de twijfel te geven. Sterker nog, het heeft haar interesse in het paranormale aangewakkerd, zodat ze er stapels boeken over is gaan lezen en de mogelijkheid onderzoekt of ze misschien zelf ook hooggevoelig is. Waarop ik weer mijn best moest doen om haar met beide benen op de grond te houden, want als Sophie ergens in geïnteresseerd is, kan ze zich er helemaal in verliezen.

Zo is ze veganistisch geweest, deed ze mee aan de audities van *Idols* omdat iemand zei dat ze een mooie stem had en heeft ze zich een tijdlang verloren in de wereld van de geneeskrachtige werking van edelstenen. Onnodig te zeggen dat vooral die laatste bevlieging niet werd toegejuicht door mijn ouders.

De auto houdt stil voor mijn ouderlijk huis en we stappen uit. Terwijl we pratend naar de voordeur lopen, duw ik mijn droom weg en de hele avond heb ik het er niet over. Mijn familie ook niet en ondanks hun liefdevolle aandacht voel ik me eenzamer dan ooit.

Tot zijn veertiende heeft hij zich Nederlander gevoeld. Geen immigrant, geen allochtoon, hooguit een Nederlander met een Marokkaanse achtergrond. Met zijn hand op zijn hart kan hij zeggen dat hij zich niet anders voelde dan de kinderen met wie hij op straat speelde en dat hij ook niet anders behandeld werd.

Waarom dat op een gegeven moment veranderde heeft hij nooit goed begrepen. Misschien is het daar nog te vroeg voor en moet er meer tijd verstrijken om afstand te kunnen nemen, zodat hij als een onbevooroordeelde toeschouwer kan terugkijken. Op al die grote en kleine gebeurtenissen die zijn denken hebben veranderd, zijn leven bepaald, en die naar dat ene moment hebben geleid. Het moment in zijn leven dat hij definitief moest kiezen.

Hij komt uit een dorpje in de buurt van Casablanca, een kleine gemeenschap met niet meer voorzieningen dan een moskee, een paar winkeltjes en een schooltje met een beperkt aantal leerlingen.

Hij was zes toen hij Marokko verliet, om er ieder jaar terug te keren voor familiebezoek. Zijn oudere zus Nadia en hij zijn er geboren. Ze hadden het niet breed. Zijn vader probeerde werk te vinden in Casablanca, maar toen hij daar niet in slaagde, besloot hij gehoor te geven aan de roep om arbeiders in het buitenland. Een speciaal arbeidsbureau trok door Marokko, op zoek naar mensen, en raakte ook in gesprek met zijn vader. Als pasgetrouwde man voelde hij er weinig voor om zijn familie en vrouw achter te laten, maar veel keus had hij niet.

Zo kwam hij in een barakkenkamp in Nederland terecht, onkundig van het feit dat die kampen in de oorlog gebruikt waren als concentratiekamp. Later vond hij werk als autospuiter bij Fiat in Amsterdam, de stad waarvan hij ging houden en die hij nooit verlaten heeft.

In die tijd heeft hij waardevolle vriendschappen gesloten met andere immigranten, die een leven lang in stand zijn gebleven. Ze hadden elkaar hard nodig, niet alleen in die eerste periode maar ook in de jaren daarna.

Aanvankelijk werden de immigranten gastvrij ontvangen in Nederland. Langzaam maar zeker werden ze beter gehuisvest, in bovenwoningen in de grote steden, waar prinses Beatrix en prins Claus op huisbezoek kwamen. Maar in die tijd dacht men nog dat het verblijf van de gastarbeiders tijdelijk was, dat ze terug zouden keren naar hun eigen land zodra de economische toestand in Nederland verbeterde. In plaats daarvan ging het slechter met de economie en trok een nieuwe stroom immigranten het land in. Geen arbeiders, maar vrouwen en kinderen, in het kader van de gezinshereniging.

Kort na zijn zesde verjaardag is hij met zijn moeder en Nadia naar Nederland gekomen. Veel herinneringen heeft hij niet aan hun vertrek. Hij was nog zo jong, hij kon zich totaal geen voorstelling maken van Nederland. Eigenlijk vond hij het wel spannend. Van het emotionele afscheid van opa en oma begreep hij niet veel, hij had geen idee dat ze elkaar nog maar zo weinig zouden zien.

Van dat eerste halfjaar in Nederland zijn niet meer dan wat flarden van indrukken en emoties blijven hangen. Werkelijk álles was anders in Amsterdam. Geen huis met erf en grond, maar een bovenwoning met een klein balkon. Geen vrij rondlopende geiten en schapen, maar rijen auto's en aan palen vastgebonden fietsen.

Het ergst was het klimaat. Hoewel het mei was en behoorlijk warm voor Nederlandse begrippen, leek het voor hem wel winter, zo koud had hij het. Maar alles went en na een paar jaar wist hij niet beter.

Op school, een openbare basisschool, beviel het hem prima. Na school speelde hij op straat met Nederlandse, Turkse en Chinese jongens. Voetballen, belletje trekken en met blaaspijpen besjes schieten door openstaande ramen.

Leren was zijn eigen verantwoordelijkheid, zijn ouders konden hem daarbij niet helpen. Zijn vader had de lagere en de middelbare school doorlopen, maar zijn moeder was analfabete. Onderwijs was voor haar niet weggelegd, alleen haar broers gingen naar school. Haar zusjes en zij hielpen in de huishouding en bereidden zich voor op hun huwelijk, dat al jong zou plaatsvinden.

In Nederland leerde ze de taal door met haar kinderen naar kleuterprogramma's te kijken. Zijn vader had veel moeite met het Nederlands, maar toen duidelijk werd dat ze niet teruggingen naar Marokko, had hij de taal met behulp van de schoolboeken van zijn kinderen binnen een jaar onder de knie.

Ze werkten zich te pletter om iets van hun leven in Nederland te maken, zich aan te passen en een bestaan op te bouwen. Dat lukte, al werd zijn moeder met haar traditionele Marokkaanse gewaad en hoofddoek in winkels dikwijls straal genegeerd.

Pas nu er vloeiend Nederlands uit haar mond komt, kijkt men haar recht aan en wordt ze fatsoenlijk geholpen, maar voorheen had men weinig geduld met haar gestamel.

Zijn moeder nam het niemand kwalijk. 'Ze zien zoveel vrouwen die hier al jaren zitten en nog steeds alleen maar Turks of Marokkaans kunnen spreken,' zei ze. 'Ik kan me wel voorstellen dat dat ergernis wekt. Als je in een ander land gaat wonen, moet je de taal leren. Je kunt niet verwachten dat je met open armen wordt ontvangen als je zelf niet wilt investeren.'

Van haar heeft hij geleerd vriendelijk te blijven, begrip te tonen, mensen te laten zien dat 'ze' niet allemaal hetzelfde zijn. Dat helpt, je ziet mensen bijdraaien. Het probleem is dat je steeds andere mensen ontmoet en in nieuwe situaties belandt. Je moet je blijven bewijzen, iedere dag weer.

∎

**6**

Vroeger dacht ik dat iemand verliezen in één klap gebeurt. Dat is natuurlijk ook zo, maar het echte verlies gaat in kleinere stapjes.

In mijn eentje thuiskomen, de eerste slapeloze nacht, alleen ontwaken, het zijn allemaal momenten die me steeds verder bij Jeroen vandaan voeren. In de stille uren van de nacht maak ik mezelf onophoudelijk verwijten.

Ik had beter mijn best moeten doen om Jeroen over te halen zijn ticket om te boeken. Ik had erop moeten staan, gaan huilen, een scène moeten maken. Dan zou hij toegegeven hebben, al was het maar uit gêne.

Als iemand me zou vragen welk gevoel overheerst, is schuld het eerste dat in me opkomt. Direct gevolgd door verdriet, maar toch, schuldgevoel neemt de eerste plaats in.

Schuld kan eruitzien als rouw, heb ik eens iemand horen zeggen. Hoe waar dat is ervaar ik nu. Wat ik overdag kan wegduwen, dreigt me in de leegte van de nacht te verpletteren.

Jeroens ouders nemen, zonder ook maar één keer mijn mening te vragen, de regie over de begrafenis in handen. Ik vind het niet erg. De kleur van de kist, het soort hout, de bloemen, ik weet dat het Jeroen niets had kunnen schelen en mij maakt het evenmin iets uit. En dus laat ik Henk en Anke de muziek voor hun overleden zoon uitkiezen, de tekst voor de rouwkaart opstellen en beslissen of er na de begrafenis alleen een koffietafel komt of ook een lunch.

'Ik ben blij dat je het ermee eens bent dat wij dit op ons nemen, liefje,' zegt Anke tegen me. 'Per slot van rekening heb je Jeroen nooit erg goed aangevoeld, dus dan is het lastig om te bedenken wat hij gewild zou hebben.'

Zoals dat vaak gaat met dat soort opmerkingen, dringen haar woorden pas tot me door als ik 's avonds alleen op de bank zit. In een impuls pak ik de telefoon, en nog voor Anke of Henk iets heeft kunnen zeggen, laat ik weten dat Jeroen niet van lelies hield. Dat hij ze vond stinken. Maar dat hij het vast prima vindt dat ze op zijn kist komen te liggen als hij zijn ouders daarmee een plezier doet. Omdat hij anderen graag een plezier deed en zich niet druk maakte over futiliteiten.

Als ik ben uitgesproken, luister ik, lichtelijk buiten adem van emotie, naar de verbaasde stilte aan de andere kant van de lijn. Nog voor Anke of Henk kan reageren, druk ik de verbinding weg en leg de telefoon op tafel. Een tijdlang zit ik ernaar te kijken, maar hij gaat niet over.

Het enige wat ik zelf regel voor de begrafenis is mijn kleding. Ik koop een zwart linnen jurkje waarvan ik weet dat Jeroen hem mooi gevonden zou hebben. Hij zag me het liefst in basiskleuren, terwijl ik juist van uitbundig hield. Om hem een plezier te doen kocht ik weleens iets bruins of grijs, maar ik droeg het niet graag.

De begrafenis vindt plaats op een stralende, wolkeloze dag in de eerste week van maart. Krokussen steken hun paarse en gele kopjes boven de zwarte aarde uit, wedijverend met groepjes sneeuwklokjes. In de nog kale takken van de bomen kwetteren vogels. Het is alsof de natuur spot met de dood en vergankelijkheid.

Als we over de grindpaden achter de kist aanlopen, lijkt het eerder alsof we een wandelingetje maken, zo zacht en zonnig is het op de begraafplaats. Ondanks mijn zwarte jurkje voldoe ik niet aan het standaardbeeld van een jonge weduwe. Mijn ogen blijven droog, mijn gezicht beheerst. Niet dat het me niet aangrijpt als de kist naar beneden zakt, maar ik voel niet de behoefte om te huilen. Als we de begraafplaats verlaten, ben ik opgelucht. Ik moet me nog twee uurtjes door de koffietafel heen slaan, maar daarna kan ik eindelijk naar huis om op mijn eigen manier te rouwen.

We staan op de parkeerplaats bij het kerkhof, waar iedereen afscheid neemt. Cynthia, een vriendin met wie ik de kappersopleiding heb gedaan, vertrekt met de belofte me te bellen. Mijn andere jeugdvriendinnen hebben een kaart gestuurd. Lief bedoeld, maar ik had gehoopt op meer. Door onze drukke levens zijn de hechte vriendschappen van vroeger verwaterd. Af en toe mailen we elkaar en zeggen we dat we snel af moeten spreken, maar daar komt niets van.

Elvan en Amber omhelzen me allebei langdurig.

'Zeg maar wanneer je weer in staat bent om te werken. Ik houd de tent wel open,' zegt Elvan.

'Dank je,' zeg ik. 'Je bent een engel.'

'Wat ga je vanmiddag doen?' vraagt Amber.

'Gewoon, naar huis.'

'Helemaal alleen?'

Mijn moeder komt bij ons staan en knikt. 'Dat wil ze,' zegt ze, met een stem die verraadt dat zij het ook maar niets vindt.

Vanaf het moment dat het vliegtuig is geland, ben ik overdag geen moment alleen geweest. Dat ik na de begrafenis geen gezelschap wil, stuit op protest van mijn familie, maar ik slaag erin hen ervan te overtuigen dat ik daar behoefte aan heb.

'Als het niet gaat, dan bel je,' drukt mijn moeder me op het hart, en ook Wouter dwingt me een dergelijke belofte af.

Sophie staat erbij met een rimpel in haar voorhoofd, waardoor ik weet dat ze vanmiddag gewoon langskomt, of ik wil of niet.

'Echt,' zeg ik, 'het gaat wel. Ik kan het moment dat ik alleen thuiszit niet blijven uitstellen, het komt er toch een keer van.'

'Maar meteen na de begrafenis...' zegt Sophie met een bedenkelijk gezicht. 'Wat als je helemaal instort?'

'Ik stort niet in. Ofwel, maar dat moet ook een keer gebeuren. Weet je dat ik nog niet één keer heb gehuild sinds ik thuis ben? Het gaat gewoon niet.'

'Misschien moet je daar inderdaad alleen voor zijn,' geeft Sophie toe. 'Goed dan, maar ik houd mijn mobieltje in de gaten. Ik heb geen afspraken vanmiddag, dus als je me nodig hebt, kom ik naar je toe.'

'Je bent lief. Jullie zijn allemaal lief.' Ik kus mijn ouders, mijn broer en zus en daarna iedereen die gedag komt zeggen.

Jeroens ouders zijn niet lief, ze vertrekken na vanuit de verte naar me gezwaaid te hebben.

'Wat een rare mensen zijn dat toch,' zegt Wouter.

Een onverwacht fris windje doet me huiveren in mijn voorjaarsjas.

'Het lijkt wel alsof ze het me kwalijk nemen dat ik nog leef en Jeroen niet.'

'Belachelijk. Nou ja, je hoeft ze nooit meer te zien.'

Nee, ik hoef ze nooit meer te zien. Maar als ik in de auto stap en me door mijn ouders naar huis laat brengen, dringt het pas echt goed tot me door dat zij niet de enigen zijn die ik nooit meer zal zien. En hoewel het in de auto warm is, lijkt het alsof ik het met iedere meter die we afleggen kouder krijg.

Mijn ouders zetten me voor de deur af, maar laten me niet zonder slag of stoot gaan. Nogmaals moet ik hen ervan verzekeren dat ik echt liever alleen ben, dat ik moe ben en hoofdpijn heb, dat ik een paracetamol en een warm bad neem, of misschien wel even naar bed ga, of allebei. En nee, het avondeten is geen probleem. Ik neem gewoon een boterham of ik bestel iets. Misschien eet ik wel niets, maar dat zeg ik er niet bij.

Ik doe de voordeur open, ga naar binnen en laat hem achter me dichtvallen. De strakke, moderne meubels, tegen een achtergrond van lichtgrijze en witte muren, lijken me af te wijzen nu degene die ze met zoveel liefde heeft uitgekozen er niet meer is.

Met zijn uitgesproken architectonische voorkeuren bepaalde Jeroen de inrichting en kleurstellingen, zodat ik al jaren in een minimalistische designwereld leef. In plaats van vertrouwd en beschut voelt het huis aan alsof ik op visite ben.

Langzaam ga ik de trap op, naar de badkamer, en laat het ligbad vollopen.

Zelfs de badkamer ademt een sfeer van orde en strakheid. Veel glas, veel wit en bruin, weinig tierelantijnen. Zelfs een mooi flesje badschuim zorgde al voor een frons bij Jeroen. Alles wat je niet direct nodig had, moest opgeborgen zijn, vond hij. Anders werd het een zootje.

Gevoelsmatig is dit nooit echt mijn huis geweest. Jeroen had een uitgesproken smaak. Tegen de tijd dat ik had uitgevonden wat de mijne was, had hij het huis al ingericht. Over die inrichting was zo goed nagedacht dat er weinig ruimte overbleef voor suggesties van mijn kant.

'Je ziet toch zelf wel dat dat niet staat,' zei hij toen ik kwam aanzetten met een gifgroene klok.

Door zijn ogen zag ik dat inderdaad. Die van mij zagen een sprankje kleur en warmte in de strakke ruimte. Maar Jeroen hield niet van hysterische kleuren, zoals hij dat noemde. Daar kreeg hij hoofdpijn van. Als ik wilde dat hij na een lange werkdag hoofdpijn kreeg in plaats van zich te ontspannen, moest ik vooral mijn gang gaan.

De groene klok heb ik aan Sophie gegeven.

Uiteindelijk is werken de beste remedie om mijn leven op te pakken. Een paar jaar geleden hebben Jeroen en ik een pandje op de kop weten te tikken in De Pijp, een van de gezelligste buurten van Amsterdam. Met de Albert Cuypmarkt om de hoek en het Sarphatipark op loopafstand zit ik daar gebeiteld.

Elvan ontvangt me met open armen.

'Rosalie, wat goed dat je zo snel weer aan het werk gaat! Wat ben je toch sterk. Echt, ik heb bewondering voor je.'

'Van de hele dag op de bank zitten ga ik me ook niet beter voelen.'

'Dat is waar. Maar als het toch niet gaat, moet je het zeggen. Dan houd ik de tent wel draaiende,' belooft Elvan.

Ze is mijn steun en toeverlaat die eerste moeilijke dag, neemt de lastigste klanten voor haar rekening en snelt naar de telefoon zodra die één keer overgaat. Zo kan ik rustig beginnen en mijn draai vinden. De ochtend is nog niet voorbij als ik weet dat ik de juiste beslissing heb genomen. Ik hou van mijn werk en van mijn kapsalon. In tegenstelling tot thuis is hier iedere lik verf mijn eigen keuze geweest en is alles ingericht zoals ik het mooi vind. Ik heb geprobeerd het interieur strak maar gezellig te houden en ik geloof dat dat met de crèmewitte muren en limoengroene meubels goed gelukt is.

Dankzij Elvan verkoop en gebruik ik ook halalshampoo. Ze bracht me op het idee omdat haar nichtje op zoek was naar een shampoo zonder alcohol of dierlijke producten die ze tijdens de ramadan kon gebruiken. Elvan ging op zoek en halalshampoo bleek te bestaan, al had het de markt bepaald nog niet veroverd. Omdat ze zelf een hoofddoekje draagt, kwam ze ook aanzetten met speciale shampoo voor hoofddoekdraagsters, omdat bedekt haar sneller vet wordt. Sinds ik die producten aanbied in mijn kapsalon is mijn klantenbestand verdubbeld.

Tussen de middag loop ik een rondje over de Albert Cuyp, maar ik schiet niet erg op. Bij iedere kraam op de markt word ik aangesproken, naar achteren gehaald en geknuffeld. Fien, die kaas verkoopt, sluit me in haar armen en roept de halve markt bij elkaar om mij te komen begroeten. Toen ik nog maar net was gestart in deze wijk en iedereen me wantrouwig bekeek, haalde zij me de groep binnen en zorgde dat ik aan klanten kwam. Als dank knip ik haar nog steeds voor half geld.

Zaïd van de snackbar op de hoek komt naar buiten gerend als hij me ziet, pakt me bij mijn schouders vast en zegt steeds maar hoe blij hij is dat alles goed met me is.

'Als je zin hebt in een patatje, dan kun je altijd bij me terecht, hoor,' zegt hij.

Ben van de kousenkraam drukt me snel een plastic tasje in de hand, en als ik er al lopende in kijk, zie ik een paar leggings in mijn favoriete kleuren.

Het lijkt wel alsof ze het afgesproken hebben. Ik kan geen kraam passeren of er wordt me iets toegestopt, zodat ik uiteindelijk met mijn handen vol plastic tasjes naar binnen stommel bij restaurant Casablanca, waarvan mijn goede vriend Rafik eigenaar is.

Ik lunch er meerdere keren per week. De afgelopen jaren is er een hechte vriendschap tussen ons ontstaan. Jeroen wist daar niets van af. Hij had het niet zo op Marokkanen en ik had geen zin om voortdurend met hem in discussie te gaan.

'Rosalie!' Rafik komt me met uitgestoken armen tegemoet en kust me op beide wangen.

Ik beantwoord zijn begroeting met een brede glimlach, maar die verdwijnt zodra Rafik me met een ernstig gezicht condoleert.

'Hoe gaat het met je? Het zal wel heel zwaar voor je zijn.'

'Het gaat wel. Ik ben vandaag weer aan het werk gegaan. Dat is het beste.'

Rafik beaamt dat en voert me met zijn arm om mijn schouders mee naar een tafeltje in de hoek. 'Wil je iets eten? Zal ik iets lekkers voor je klaarmaken? Je moet goed voor jezelf zorgen, hoor.'

Ik schiet in de lach en houd de plastic tasjes omhoog. 'Als ik dat zelf niet doe, doen anderen het wel.'

'Goed zo. Vrienden horen voor elkaar te zorgen.' Rafik loopt naar de keuken en roept een bevel naar achteren. 'Heb je tijd?' vraagt hij als hij terugkomt. 'Ik heb couscoussalade en koude vijgensoep.'

'Ik máák tijd.' Ik installeer me aan het tafeltje. 'Dat is het voordeel van eigen baas zijn.'

'Dat is het zeker,' bevestigt Rafik. 'Wat wil je drinken? Marokkaanse thee? Iets fris?'

Terwijl hij het eten haalt, kijk ik om me heen in het gezellig ingerichte restaurantgedeelte. Het Marokkaanse interieur is zeer kleurrijk, maar Rafik heeft het rustig gehouden met crèmekleurig pleisterwerk, lichtbruine meubels en één karmijnrode wand. Het zijn de koperen lampen en lantaarns met gekleurd glas, de wandtegels en de van parelmoer voorziene kaarsenhouders die het geheel een gezellige, mystieke sfeer geven.

Door de eigentijdse maar authentieke uitstraling komen hier niet alleen Marokkanen maar ook veel Nederlanders eten of een kop koffie drinken. Rafik heeft veel Amsterdamse vrienden. Toen ik hem eens vroeg of hij nooit over remigratie nadacht, lachte hij breed en zei: 'En jou hier achterlaten? Hoe zou ik dat ooit kunnen doen?'

Ik heb nooit geweten of hij een grapje maakte of serieus was en ik heb me er ook niet in verdiept. Maar nu we hier zo samen zitten te eten ben ik blij dat hij er is. Ik vertel hem over mijn vakantie, die de relatie van Jeroen en mij zo goed deed, tot ik die droom kreeg.

'Dus je droomde dat er een vliegtuig ging neerstorten en toen gebeurde het echt!' Verbaasd kijkt Rafik me aan. 'Dat kan toch niet.'

'Het is echt zo. Ik durfde niet meer in dat vliegtuig te stappen. Jeroen wel. Ik heb mijn ticket omgeboekt, maar hij nam gewoon de oorspronkelijke vlucht.'

Ik vertel over de schok toen ik op televisie zag dat het vliegtuig echt was neergestort, over de vreselijke dag die volgde en mijn angst om alsnog te moeten instappen. Over het lege huis dat op me wachtte en het ondraaglijke gevoel dat Jeroens dood in zekere zin mijn schuld is.

'Dat is onzin en dat weet je.' Rafik buigt zich naar me toe en kijkt me dringend aan.

'Met mijn verstand weet ik dat wel, maar mijn gevoel zegt iets anders.'

'Rosalie, niemand heeft hier schuld aan. Het was gewoon domme pech. En jij hebt ontzettend veel geluk gehad dat je naar je gevoel luisterde. Je man hoefde niet alleen terug te gaan. Integendeel, hij had bij jou moeten blijven, dat was zijn plicht. Of hij je nou geloofde of niet, hij had jou niet alleen mogen laten reizen.'

In Rafiks wereld is dat soort dingen zonneklaar. Hij heeft meer verantwoordelijkheidsgevoel dan ik ooit bij een man ben tegengekomen. Ik heb me altijd afgevraagd of dat een kwestie van cultuur is, wat eigenlijk wel raar is, want bij ieder ander zou ik het gewoon als een prettig onderdeel van zijn karakter beschouwen.

'Het was gewoon een verschrikkelijk ongeluk,' besluit Rafik.

'Dat was het niet.'

Het duurt even voor mijn woorden tot hem doordringen. Halverwege een hap laat hij zijn vork in de lucht hangen en kijkt me met opgetrokken wenkbrauwen aan.

'Wat zeg je nou?'

'Er waren explosieven aan boord. Ik heb ze gezien.'

'Je hebt ze gezíén?'

'Nou ja, in mijn droom dan. Door de explosie viel een van de motoren uit en raakte het vliegtuig zwaar beschadigd. Ik denk dat het de bedoeling was het hele vliegtuig op te blazen, maar dat is niet gelukt. Maar het is wel neergestort en ik weet zeker dat het geen gewoon ongeluk was.'

Aarzelend, met een gezicht dat verraadt dat hij me wel wil geloven maar het onmogelijk kan, legt Rafik zijn hand op de mijne.

'Rosalie, het was een droom.'

'Ik had ook een heel duidelijk beeld van de passagiers die achter en naast me zaten,' ga ik door, alsof ik die opmerking niet gehoord heb. 'Ik herinner me dat ik opstond om iets uit het bagagevak te pakken en dat ik het vliegtuig door keek. Het was zo realistisch, zo echt! Ik zou een heel gedetailleerde beschrijving kunnen geven van de mensen om me heen.'

'Maar Rosalie, als het echt een terroristische aanslag was, zou die toch allang zijn opgeëist?'

'Misschien is dat ook gebeurd, maar wordt het stilgehouden door de autoriteiten. De slachtoffers kunnen in ieder geval niets navertellen.'

'Er bestaat zoiets als een zwarte doos.'

'Dat weet ik, moderne vliegtuigen hebben er zelfs twee. Een om de vluchtgegevens te registreren en een om gesprekken in de cockpit vast te leggen. Daaruit had moeten blijken dat er een probleem was met een van de motoren, maar er is niets over bekendgemaakt. Dus of ik had toevallig een nachtmerrie, of de ware toedracht wordt stilgehouden.'

Rafik schudt beslist zijn hoofd.

'Als er ook maar het minste bewijs was dat het om terrorisme gaat, zou de regering dat echt niet in de doofpot stoppen. Waarom zouden ze?'

'Misschien wachten ze tot ze absolute zekerheid hebben. Of ze zwijgen omdat ze geen paniek en rellen willen veroorzaken.'

We eten een tijdje in stilzwijgen door. Als we klaar zijn, leggen we tegelijk onze vork neer en kijken elkaar aan.

'Ik hoop dat je ongelijk hebt.' In Rafiks bruine ogen weerspiegelt mijn eigen ongerustheid.

'Ik ook,' zeg ik, maar ik weet nu al dat dat niet zo is.

# 8

Omdat het vrij rustig is in de kapsalon, sluit ik vandaag wat vroeger dan normaal. Om halfzes wensen Elvan, Amber en ik elkaar een prettige avond en gaan we uiteen.

Ik heb het met hen niet over mijn droom gehad. Amber is een leuke meid, maar ze praat graag en veel. Voor de klanten is dat gezellig, en ze mag van mij haar hele privéleven met hen doornemen, maar niet dat van mij.

Maar behoefte aan gezelschap en wat kletsen over niets heb ik wel. De lange, eenzame avond die voor me ligt, trekt me helemaal niet, dus loop ik de snackbar binnen voor een patatje.

Het is er druk, maar tussen de bedrijven door komt Zaïd steeds even bij me zitten. We wisselen maar een paar woorden over de vliegramp. Hoewel Zaïd een stuk jonger is dan ik, begin twintig, is hij een van die fijngevoelige mensen die precies aanvoelen waar je behoefte aan hebt.

'Wat ga je vanavond doen?' vraagt hij. 'Je zou naar de film moeten gaan met een vriendin. Heb je vriendinnen? Ik zie je alleen maar werken.'

'Vroeger had ik een paar goede vriendinnen, maar ik heb niet zoveel contact meer met ze. Het is verwaterd,' zeg ik.

Berustend haalt Zaïd zijn schouders op. 'Zo gaat dat. Ik heb ook geen tijd om alle contacten bij te houden. Ik zie mijn vrienden in het weekeinde, maar ook dan moet ik vaak werken. En als ik vrij ben, is het doordeweeks en ga je niet zo snel stappen. Het is niet anders.'

'Het meeste heb je aan de mensen in je directe omgeving,' zeg ik. 'Mensen die je bijna iedere dag ziet, met wie je dagelijkse nieuwtjes uitwisselt en die je niet steeds hoeft bij te praten. Om eerlijk te zijn vind ik het wel best zo. 's Maandags is de kapsalon dicht, maar dan heb ik bergen administratie te doen, dus zondag is mijn enige vrije dag.

Het is ook weleens lekker om een dagje niets te moeten.'

'En anders kom je hier patat eten of iets drinken,' zegt Zaïd.

'Wil je een milkshake? Hij is van het huis.'

'Lekker,' zeg ik.

Er komen klanten binnen en Zaïd haast zich terug naar de toonbank. Terwijl ik een patatje in de satésaus doop, kijk ik door het raam naar buiten en realiseer ik me hoezeer ik me thuis voel in deze buurt. Veel meer dan in Oud-Zuid. Misschien verkoop ik mijn appartement in de Holbeinstraat wel en koop ik hier iets. Jeroen zou daar niet over geprakkiseerd hebben maar ik kan nu doen wat ik wil.

Ik weet niet precies wat het is in deze wijk dat me zo aantrekt. Misschien is het de smeltkroes van culturen die hier gemoedelijk samenleven, het radde Turks en Marokkaans, afgewisseld door plat Amsterdams dat je om je heen hoort. Wat zou het saai zijn als het meest exotische in de buurt de Chinees of de Italiaan was.

Ik eet mijn patat op, gooi het bakje in de prullenbak, neem de milkshake mee en zwaai naar Zaïd. Door de stadschaos van klingelende trams, plotseling overstekende voetgangers en auto's die op de trambaan rijden, fiets ik naar huis, zoals ik al jaren doe. Maar deze keer in de wetenschap dat Jeroen er niet is en ook niet komt.

We hadden de stilzwijgende afspraak dat wie het eerst thuis was, begon met koken, en de ander ruimde na het eten de boel op. Meestal was ik als eerste thuis, maar dat vond ik niet erg. Ik houd van koken. Aan opruimen heb ik daarentegen een bloedhekel. Tafel afruimen, doekje erover, een aanrecht vol rotzooi, een vet gasfornuis, de tegels boven het aanrecht vol jus- of sausspetters. Het is allemaal zo'n gedoe als je een lange werkdag hebt gehad en je op de bank wilt ploffen om *RTL Boulevard* te kijken.

Ik ben blij dat ik het me voor vandaag gemakkelijk heb gemaakt. Waarschijnlijk zal dat wel vaker gebeuren, want wat is er nou aan om voor jezelf te koken? Ik heb tenminste geen kookboeken met de titel 'Feestrecepten voor in je eentje', 'Creatief koken voor weduwen' of

'Eenpersoonsmaaltijden om van te watertanden'.

De brievenbus confronteert me met een stapeltje aan Jeroen geadresseerde post, reclamefolders en de ochtendkrant waar ik vanochtend overheen ben gestapt. Ik neem alles mee naar boven, ga naar de zitkamer en zet de televisie aan.

Rampen vervelen niet snel. Er komt geen einde aan de media-aandacht voor het vliegtuigongeluk, maar nog steeds wordt er met geen woord gerept over een aanslag.

Nu iedereen langzamerhand gewend is geraakt aan de afschrikwekkende plaatjes van het gecrashte toestel en de bezittingen van de slachtoffers die over het weiland verspreid liggen, komen de persoonlijke verhalen aan bod. Familieleden van de overledenen, vliegtuigspotters die het toestel hebben zien crashen, geluksvogels die op het laatste moment een andere vlucht hebben genomen, ze kunnen allemaal rekenen op ruime aandacht in de achtergrondbijlagen van de kranten. Waarschijnlijk hebben ze zelf contact gezocht met de media, anders zou ik ook wel benaderd zijn door journalisten. Ik moet er niet aan denken om met mijn verhaal en een foto in de krant te verschijnen. Wat niet weet, wat niet deert.

Ik sta op om koffie te zetten en zet ook in de keuken de televisie aan. Het journaal heeft het over de vliegramp, waarvan de oorzaak nog steeds niet gevonden is. Als het item afgelopen is, gaat de telefoon. Zonder te kijken weet ik dat het mijn moeder is.

'Hoi mam, hoe gaat het?'

'Dat wilde ik eigenlijk aan jou vragen.'

'Het gaat wel goed. Vandaag voor het eerst gewerkt.'

'Echt? Is dat niet wat snel?'

'Helemaal niet. Wat moet ik nou de hele dag thuis?'

Dat weet mijn moeder ook niet, maar dat ik alweer aan het werk ben vindt ze ook niets, en dat ik in mijn eentje thuiszit nog minder.

'Red je het wel? Ik zat nog te twijfelen of ik met een pannetje eten naar je toe moest gaan.'

'Dat was gezellig geweest, maar niet echt nodig. Ik heb al gegeten.'

'Junkfood zeker.'

'Ja, patat. Ik ga echt wel weer verantwoord eten, maar vandaag even niet.'

'Dat begrijp ik wel, schat. Ik vind het al heel wat dat je weer aan het werk bent. We zijn er allemaal verbaasd over hoe sterk je bent, Roos.'

We praten nog wat en hangen na tien minuutjes op. Niet lang daarna belt Sophie. Hoe het met me gaat. Of ik gezelschap wil.

Ik verzeker haar dat het goed met me gaat, dat ik een beetje moe ben en dat het niet nodig is dat ze langskomt.

De rest van de avond kijk ik tv, althans dat probeer ik. Op de een of andere manier lijkt iedere zender eropuit om me iets te presenteren wat ik niet wil zien; actualiteitenprogramma's over de vliegramp, een film die Jeroen en ik ooit, toen we nog maar pas bij elkaar waren, in de bioscoop hebben gezien en op Discovery een documentaire over bouwtechnieken die Jeroen zeker had willen zien als hij nu naast me

...er via de ether een complot wordt gesmeed om mijn beschermingslaag te vernietigen. Ik zet de televisie uit en probeer terug te kruipen achter de muur waar tot nu toe al mijn gevoelens succesvol op afgeketst zijn, maar aan alle kanten brokkelen er stenen af.

Ik had geen tranen verwacht, niet vanavond, maar opeens zijn ze er en ik huil, om alles wat niet had mogen gebeuren en wat ik had kunnen voorkomen. Als ik langer op Jeroen had ingepraat, als ik de vliegmaatschappij had gewaarschuwd, als, als...

Dat niemand me serieus genomen zou hebben vermindert mijn schuldgevoel geen moment.

Ik ga vroeg naar boven, trek een joggingbroek en hemdje aan en ga in kleermakerszit op het bed zitten. Ik sluit mijn ogen, laat mijn handen met de palmen naar boven gekeerd op mijn knieën rusten en adem rustig in en uit. Zo zit ik een tijd, me bewust van het ritme van mijn ademhaling en de stilte om me heen. Ik ben gespitst op ieder geluidje, iedere verandering in de atmosfeer, op kleine tochtvlaagjes of gevoel van warmte op mijn lichaam.

Maar er gebeurt niets. Na een halfuur geef ik het op en ga naar bed. In foetushouding lig ik onder het dekbed, luisterend naar de stilte, terwijl de slaapkamer groot en leeg om me heen ligt.

die b...
In M...ok...
gesteld, v... zoe...
ontsnappen was a...
zijn herinneringen a...
wers, Nadia en hij ieder...
gekust, ze ingehaald als verlo...
...oral door zijn oma. De t...

Zes jaar is oud genoeg om herinneringen te hebben, om je dromen te vullen met geuren en geluiden. Ramadan in Marokko, inclusief het afsluitende Suikerfeest, is niet hetzelfde als in Nederland. Zeker de eerste jaren na de emigratie niet, toen in hun straat nog voornamelijk Nederlanders woonden die kwamen klagen over de sterke etensgeuren die de openstaande ramen dreven.

In Marokko rook het hele dorp zo. De tafels stonden zelfs buiten opgesteld met de baksels, terwijl in de keuken het deeg rees en er geen ontkomen aan de geur van honing en warme dadels.

De banden met zijn geboorteland bleven levend omdat zijn ouders elk jaar terugvlogen voor familiebezoek. Dan werden de verloren zonen en eindeloos geknuffeld en de tantes en nichten gingen de keuken in om een feestmaal te bereiden en voor een paar weken leek Nederland heel ver weg.

Hij was zich altijd bewust van het retourticket, het begin van het nieuwe schooljaar, de eindigheid van zijn verblijf, wat hem met een zekere triestheid vervulde. Maar al na twee jaar veranderde dat en toen hij in de puberteit belandde, ging hij met enige tegenzin met zijn ouders mee naar Marokko. Een week of twee wilde hij nog wel, maar zes weken was te lang. De laatste helft van de vakantie was een aaneenschakeling van dagen die bol stonden van verveling.

Amsterdam was thuis. Daar zaten zijn vrienden, die gingen zwemmen in het Sloterparkbad, op koopavond met elkaar door de Kalverstraat liepen of een vette bek gingen halen bij de McDonald's. In zijn stoffige geboortedorp had hij geen ruk te doen. En al had hij een hekel aan regen en kou, na de bloedhitte van de Marokkaanse zomer was het een verademing om terug te zijn in Amsterdam en 's nachts weer goed te kunnen slapen.

Des te groter was de schok toen bleek dat veel Nederlanders heel anders tegen hem aankeken. Als klein jongetje werd hij nog over zijn donkere krullen geaaid en vielen hem vertederde blikken ten deel, maar vanaf zijn veertiende werd er op een heel andere manier naar hem gekeken.

Vrouwen klemden hun tas wat steviger tegen zich aan of ze schoven opzij als hij in de tram naast hen ging zitten. Als ze dat niet deden, ervoer hij een lichte spanning tot het moment dat een van beiden uitstapte.

Met de meesten van zijn Nederlandse vrienden en hun ouders had hij totaal geen problemen, met uitzondering van die ene klasgenoot met wie hij in een tussenuur mee naar huis ging. De vader van die jongen was langdurig werkloos. Bij binnenkomst kreeg hij meteen te horen dat 'zijn soort' alle banen inpikte, dat ze ze terug moesten sturen naar hun eigen land. Zijn klasgenoot had zich kapot geschaamd en hem meteen mee naar zijn kamer gesleept.

Hij had gedaan alsof de opmerking hem niets deed, maar in de nachten dat hij wakker lag, weergalmden de woorden in zijn hoofd.

Marokko was thuis. Daar had hij zijn familie, die hem accepteerde zoals hij was. Met zijn neven toog hij naar de nachtclubs van Casablanca, iedereen ging mee. Algauw begreep hij waarom. Het uitgaansleven in Casablanca kostte veel geld en zijn familie was niet zo vermogend. En dus betaalde hij, van de reiskosten tot het entreegeld, van het eerste tot

het laatste drankje. Het geld dat hij een jaar lang had gespaard met vakken vullen bij Dirk van den Broek verdampte nog voor de helft van zijn vakantie verstreken was.

Sowieso dachten zijn neven dat hij *loaded* was. Hij woonde immers in Nederland, waar werk genoeg was en waar je, als je geen werk had, toch geld kreeg. Zijn ouders kampten met hetzelfde probleem: ze spaarden zich het brood uit de mond om hun ouders, neven en nichten, ooms en tantes financieel te helpen. Als moslim is het je plicht om je familie te steunen, maar soms vroeg hij zich af waar hun verantwoordelijk ophield en die van hun familieleden begon.

Op een dag liep hij met Nadia door Casablanca toen ze werden omgeven door handelaren. Waarschijnlijk hadden ze hen Nederlands horen praten, want ze duwden hun opdringerig hun kettinkjes, kralentasjes en goedkope sjaals onder de neus en kakelden: *'Good price, good price!'*

Geërgerd sloeg hij de rommel voor zijn gezicht weg en snauwde hun in het Marokkaans toe dat ze daarmee op moesten houden. Als bij toverslag veranderde de houding van de verkopers, al toonden ze zich nog wat wantrouwig om zijn accent.

'Ik woon in Nederland, maar ik ben Marokkaan. Ik ben hier bij familie. Dus doe normaal, ja?' zei hij.

'We maken een foto van jullie!' riep een van de verkopers. 'Ga hier staan, bij die kameel.'

Hij had Nadia aangekeken, die haar schouders ophaalde.

Omdat hij wist hoe moeilijk het bestaan was voor veel van zijn landgenoten, gaf hij toe. Iets kopen wilde hij niet – wat moest hij met die tasjes en sjaals – maar een foto laten maken kon geen kwaad. Het zou hem een paar dirham fooi kosten, maar wat maakte het uit.

En dus ging hij met zijn zus bij de kameel staan en lachte hij breed. Toen de foto was gemaakt, stak hij zijn hand uit naar het toestel, maar de man gooide het naar zijn vriend, die ook een foto maakte. Vervolgens gooide ook hij het toestel naar een ander en het einde van het liedje was dat de hele groep een foto maakte en met uitgestoken hand een paar dirham eiste. De camera hielden ze net buiten zijn bereik.

Hij probeerde hem terug te krijgen, maar de mannen gooiden het apparaat over en bleven hardnekkig om de verschuldigde fooien vragen.

Woede spoot als een geiser in hem omhoog, deed hem een van de mannen bij zijn djellaba grijpen en naar zich toe rukken. De vrienden van de man kwamen te hulp, maar hij leefde in Amsterdam niet voor niets op straat. Razendsnel draaide hij zich om en hield met een paar goedgerichte kickbokstrappen zijn belagers op afstand.

Intussen had Nadia het fototoestel weten te bemachtigen. Zonder een dirham te hebben uitgedeeld liepen ze weg. Daarna ging hij een tijdje niet meer terug naar Marokko.

**9**

Het is druk op station Zuid. Drukker dan ik had verwacht, ook al is het feest in Amsterdam. Vorig jaar ging ik met Jeroen, nu sta ik alleen bij de detectiepoortjes in de stationshal.

Voor me staat een allochtone jongen wiens chipcard wordt geweigerd.

'Probeer die,' zeg ik en ik wijs op het detectiepoortje ernaast.

Hij werpt me een vlugge blik toe, knikt en houdt zijn pas bij de lezer van de andere ingang. Meteen zwaait het hekje open en kan hij doorlopen.

Ik scan eveneens mijn pas en volg hem de trap op, naar het metroperron dat volgestroomd is met mensen. Op het digitale vertrekbord staat te lezen dat de eerstvolgende metro naar de RAI over drie minuten arriveert.

Punctueel als altijd glijdt het voertuig op de beloofde aankomsttijd het station binnen. Zodra de deuren opengaan, is het duidelijk dat het dringen wordt. De allochtone jongen wringt zich naar binnen en ik volg hem in de ruimte die hij automatisch ook voor mij creëert.

We pakken allebei de ijzeren stang bij de deur beet en als onze blikken elkaar kruisen, glimlach ik naar hem. De jongen draagt een spijkerbroek, een zwartleren jasje en heeft een wit honkbalpetje op zijn donkere krullen. Ik schat hem een jaar of achttien, een stuk jonger dan ik, al heeft zijn gezicht niets kinderlijks. Het is een smal maar sterk gezicht, met doorlopende, zware wenkbrauwen en een klein, zwart sikje.

In plaats van mijn spontane glimlach te beantwoorden, negeert hij me en kijkt van me weg.

Dan niet, denk ik een tikje beledigd.

Zo boven op elkaar gepropt belooft het een lang, benauwd ritje te worden, maar het is niet anders. Hopelijk stappen er straks mensen uit.

Ik pak de stang wat steviger beet en probeer me staande te houden als de metro wat al te abrupt afremt bij station RAI. Bijna iedereen stapt over op de metro die naar Centraal gaat. De jongen naast me loopt met grote stappen naar de dichtstbijzijnde wagon, ik kies expres een andere.

Ook in deze metro moeten we staan en het is hier zo mogelijk nog drukker. Na station Amstel duikt hij ook nog ondergronds, wat me een claustrofobisch gevoel geeft.

Zo rustig mogelijk adem ik in en uit. Niets aan de hand, we zijn er zo. Intussen kijk ik door de ramen naar de donkere tunnel waar we doorheen zoeven. De metro maakt een bocht, gevolgd door een slingerende beweging. In een reflex grijp ik een andere reiziger beet, waardoor mijn tas van mijn schouder valt.

En dan gebeurt er van alles tegelijk. Ergens klinkt een knal, gevolgd door een aanzwellend geraas. Het ene moment sta ik in wankel evenwicht op mijn benen, om mezelf een seconde later op de smerige vloer terug te vinden, te midden van mijn medereizigers. Een intense hittevlaag slaat over me heen en bezorgt me enorme pijn, maar voor ik mijn mond kan openen om het uit te schreeuwen, is de pijn verdwenen. De metro is abrupt tot stilstand gekomen, iedereen ligt over elkaar.

Een ongeluk, denk ik versuft. We zijn op een andere metrotrein geknald.

Het meest surrealistische van de situatie is de stilte. Vijf, tien, vijftien seconden lang, alsof iedereen te verbijsterd is om te reageren. Dan dringt de ernst van de situatie, en waarschijnlijk ook de pijn, tot iedereen door en begint het gekerm en geschreeuw.

Langzaam maar onverbiddelijk vult het metrorijtuig zich met dikke, zwarte rook. Een aantal mensen krabbelt overeind, vele anderen blijven liggen.

Ik probeer op te staan, maar slaag er niet in door een gewicht dat over mijn benen ligt. Een bewegingloos, log lichaam dat me op mijn plaats gevangen houdt.

Bevangen door angst trappel ik met mijn benen. Het lichaam draait een slag waardoor het verbrande gezicht van een meisje van een jaar of zestien zichtbaar wordt. Haar lange blonde haar is verschroeid tot een vieze, donkere bos waarin nog maar een paar plukken de originele kleur hebben. Een groot deel van haar gezicht en haar hals heeft geen vel meer.

Ik ruk mijn blik van haar los en kruip naar de uitgang.

Laag blijven, zeg ik in gedachten tegen mezelf. Rook stijgt op en is giftig, je moet zo laag mogelijk blijven.

De deur zit potdicht, maar de explosie heeft het glas van de ramen en deuren versplinterd in duizenden scherfjes, die in mijn gezicht en armen bijten. De eerste passagiers werken zich al door de openingen naar buiten.

Ik strompel naar de dichtstbijzijnde deur. In het halfduister zie ik hoe een jongen van mijn leeftijd zich tussen de achtergebleven glasscherven door naar buiten wurmt. De scherpe punten snijden zijn kleding aan stukken en trekken diepe bloederige halen in zijn armen. De jongen springt naar buiten alsof hij er niets van voelt.

Ik doe een stap naar voren en kijk naar beneden. Het staal van de deur is gloeiend heet, maar dat merk ik pas als ik het beetpak. Met een schreeuw laat ik los en kijk naar de rails onder me, die behoorlijk diep liggen zo zonder perron ervoor.

Ik spring en voel dat er op mijn hand iets loslaat, als een pleister die in water van je huid weekt. Zonder er aandacht aan te besteden krabbel ik overeind en probeer me te oriënteren in de slecht verlichte tunnel.

De donkere schimmen die voor me de tunnel in lopen, stappen als zombies voort. Afgestompt, niet in staat iets door te laten dringen van het drama dat hun zo opeens is overkomen.

Een paar mensen hebben de tegenwoordigheid van geest om hun mobieltje aan te zetten, zodat de displays als kleine bakens van licht opgloeien in de duisternis. Ik loop erachteraan, struikelend over stenen en andere oneffenheden tussen de rails, terwijl het vaag tot me doordringt dat het gevaarlijk is om hier te lopen, dat er ieder moment een andere metrotrein aan kan komen razen.

In de verte gloort licht en een paar seconden weerkaatsen luide stemmen tussen de zwarte wanden en het plafond. Hulpdiensten komen ons tegemoet, ontfermen zich over de slachtoffers die helemaal vooraan lopen, stromen verder de tunnel in en bereiken mij.

Een brandweerman met een fel licht op zijn helm wil me ondersteunen, maar ik schreeuw het uit. Geschrokken laat hij los. Hij laat de lamp over mijn lichaam glijden en schrikt nog erger, maar hij laat me niet in de steek en begeleidt me tot we bij het perron komen, waar we allemaal omhoog geholpen worden.

Brandweermannen en politieagenten lopen door elkaar heen, staan op het spoor, praten in portofoons, begeleiden mensen de roltrappen op.

Ik voeg me in de stroom die wordt weggevoerd uit de ondergrondse hel. Om me heen kijken mensen me ontzet aan, reizigers die op de metro stonden te wachten en zien waar ze aan ontkomen zijn. Ze wijken, geven me ruim baan.

In de stationshal lopen de hulpverleners af en aan. Het schrille geluid van sirenes vult mijn oren, voor de schuifdeuren staan diverse ambulances. Eén blik op mij is genoeg om twee ambulancemedewerkers naar voren te doen schieten.

Pas als ik de schuifdeuren uit loop en het zonlicht in stap, herinner ik me dat het een mooie dag was. Het verbaast me dat daar niets aan veranderd is, dat er pas een halfuur verstreken is sinds ik in de metro stapte.

Ik laat me naar de dichtstbijzijnde ambulance helpen en knipper tegen het felle zonlicht. Achter de afzetting van linten staan mensen met hun hand voor de mond te kijken naar de slachtoffers die naar buiten komen.

In mijn achterhoofd weet ik wat ze zien, natuurlijk weet ik dat, maar pas als ik mijn spiegelbeeld opvang in de achterdeur van de ziekenwagen, zie ik wat hen met zoveel ontzetting vervult.

Mijn haar is verschroeid, er staan nog maar een paar plukken kroes op mijn hoofd, dwars tussen de roodverbrande plekken en de flappen losse huid. En mijn gezicht, mijn gezicht!

Een fluittoon vult mijn oren. Diep in mijn ziel gaat een alarm af, dat wordt overstemd door een geluid dat zich ergens diep vanbinnen losmaakt en via mijn keel ontsnapt. Een oerschreeuw, die eindeloos blijft rondgalmen in mijn hoofd en me een andere werkelijkheid in doet tuimelen.

Ik zit rechtop met mijn mond wijd open, mijn handen totaal verkrampt, en ik houd een dekbed tegen me aan gedrukt. Dat besef wint langzaam terrein, als een kalmerend middel dat zich druppel voor druppel verspreidt.

Midden in een schreeuw val ik stil, niet zeker of ik echt geschreeuwd heb of dat het geluid alleen in mijn hoofd heeft weerklonken.

Hijgend kijk ik voor me uit, een vertrouwde, geruststellende wereld in. De spiegelkast tegenover me. Mijn kaptafel. Het boekenkastje in de hoek. De kleren die ik gisteravond op een stoeltje heb klaargelegd voor vandaag. Het is ochtend en al licht.

Ongelovig kijk ik naar mijn ongeschonden handen, laat ze naar mijn gezicht gaan en voel beverig aan mijn wangen en voorhoofd. Halflang donker haar valt om mijn gezicht. Ik grijp het vast, voel eraan en spring zo plotseling uit bed dat ik struikel en mijn hoofd tegen de muur stoot. Zonder te letten op de pijn krabbel ik overeind en ren de badkamer in. Pas als ik in de spiegel mijn bleke maar gave gezicht zie, begin ik te huilen.

Vanaf het moment dat ik wakker ben, loop ik op de toppen van mijn zenuwen. Ik herken de luciditeit, de ongewone scherpte en het realisme van mijn droom.

Het meest angstaanjagende is dat het binnenkort Koninginnedag is. Duizenden mensen zullen op de stad afkomen om naar de vele bandjes te luisteren, of op zoek te gaan naar koopjes op de vrijmarkt. Kinderen zullen met blokfluiten en violen in het Vondelpark een zakcentje bijverdienen, de kroegen zullen vol zitten, de grachten afgeladen met feestgangers op bootjes. En al die mensen, Amsterdammers en bezoekers uit andere steden, zullen moeten worden vervoerd. Het zal net zo druk worden in de metro als in mijn droom.

In de vroege uurtjes dool ik van kamer tot kamer door mijn te grote huis. Ik neem een douche, rooster een boterham en eet die op terwijl ik opnieuw begin te ijsberen.

Ik moet hier iets mee, ik kan deze informatie niet voor mezelf houden. Het zou het gemakkelijkst zijn om voorlopig de metro niet te gebruiken en af te wachten wat komen gaat, maar heb ik daar het recht toe? Als ik de levens van zoveel mensen kan redden, is het dan niet mijn plicht om daar deze keer wel een poging toe te doen?

Ik zet koffie, geen koffie verkeerd maar een sterke bak die me tot mijn positieven brengt. Om halfacht bel ik Elvan dat ik wat later kom en het volgende uur breng ik door voor de grote spiegel in mijn slaapkamer. Tegen halfnegen ligt er een berg kleren op het tapijt die eerder nog aan hangertjes hing of keurig opgevouwen op een stapeltje lag. Kritisch neem ik mezelf op. Een strakke kakikleurige rok op knielengte, witte blouse, mijn donkere haar in een staart. Beetje make-up, onopvallende sieraden. Hakken, maar niet te hoog. Ik zie eruit zoals ik wil overkomen; als een vrouw van de wereld, koel en zakelijk, iemand om serieus te nemen.

Ik knik goedkeurend, verlaat het huis en fiets naar het politiebureau aan de Van Leijenberghlaan.

Een beetje zenuwachtig zet ik mijn fiets op slot en ga naar binnen.

Het is drukker dan me lief is. Terwijl ik op een klapstoeltje zit te wachten vraag ik me af wat ik me voorstel van mijn aangifte. Hoe groot is de kans dat ik meteen naar achteren word geleid als ik met mijn onheilspellende boodschap aankom? Denk ik echt dat de dienstdoende agent zijn superieuren zal waarschuwen en dat er vervolgens een heel team op wordt gezet?

Nee, dat verwacht ik niet. Maar ik heb geen andere keus dan het te proberen.

Een blonde politieagente wenkt me naar de balie. 'Goedemorgen,' zegt ze vriendelijk.

Ik beantwoord haar groet en zeg dat ik aangifte wil doen, maar daar graag wat privacy bij zou willen hebben. Of dat mogelijk is.

'Jazeker, loopt u maar mee,' zegt de agente en ze gaat me voor naar een kamertje. Ze sluit de deur achter ons en steekt haar hand uit. 'Brigadier Tessa van Loon.'

'Rosalie Wesselink.'

We gaan allebei zitten en Tessa van Loon trekt het toetsenbord van de computer die op tafel staat naar zich toe.

'Zeg het eens, mevrouw Wesselink. U wilde aangifte doen.'

Hoe begin je aan een verhaal als het mijne? Met de verontschuldiging dat het vreemd zal klinken, maar dat je toch het gevoel hebt dat je er melding van moet doen.

Brigadier Van Loon knikt me bemoedigend toe, waarschijnlijk heeft ze vaker mensen voor zich die hun verhaal op deze manier introduceren.

Aanvankelijk luistert ze geïnteresseerd als ik vertel dat ik in de onheilsvlucht uit Marrakech had moeten zitten, en ze reageert met gepast mededogen als ze hoort dat mijn man daarbij verongelukt is. Ze condoleert me en dan valt er een stilte.

Tessa van Loon is niet het type dat voortgangsvragen stelt. Haar vingers rusten op het toetsenbord van de computer zonder ook maar een letter te typen. De reden van mijn komst is haar nog niet duidelijk, maar ze kijkt me afwachtend aan tot ik verder ga. Precies op het lastigste punt.

'Moet u nu niet vragen waarom ik niet in dat vliegtuig zat?' vraag ik.

'Ja,' beaamt ze. 'Maar ik neem aan dat u me dat gaat vertellen.'

'Dit is het vreemde deel van mijn verhaal,' waarschuw ik haar. 'In de nacht voor we zouden vertrekken, heb ik gedroomd dat dat toestel ging neerstorten. Sterker nog, ik droomde dat het om een aanslag ging, dat er aan boord een bom ontplofte. En toen heb ik mijn vlucht geannuleerd.'

Weer is het even stil. Tessa's vingers maken nog steeds geen aanstalten om in actie te komen, en er verschijnt een uitdrukking op haar gezicht die ik maar al te goed ken.

'Maar waar wilt u nu precies aangifte van doen?' vraagt ze.

Ik vertel haar uitgebreid over mijn dromen en zie een glazige blik in de ogen van brigadier Van Loon verschijnen. Om haar aandacht vast te houden, vertel ik snel verder.

'En vannacht gebeurde het weer. Deze keer droomde ik dat er een bom ontplofte in de metro. Het was zó echt, zo verschrikkelijk...' Ik kijk neer op mijn handen, zie het vel er weer in lappen bij hangen en huiver.

'Dus eerst droomde u van een bom in de Airbus 321 en omdat dat toestel neerstortte, bent u bang dat uw tweede droom ook uitkomt,' begrijpt Van Loon.

Ik knik.

'Mevrouw, die vliegramp was een ongeluk. Ik weet niets van een bom.'

'Maar ik wel,' zeg ik. 'Ik weet wat ik heb gezien en geloof me, het was een aanslag. Eerst was er een explosie in een van de motoren. Die heeft het ongeluk niet veroorzaakt want het toestel vloog met de andere motor verder. Normaal gesproken vliegen ze met twee motoren, maar één kapotte motor hoeft geen probleem te zijn. Het toestel crashte omdat het werd opgeblazen. Iemand heeft kans gezien een pakketje naar binnen te smokkelen. Het had niet de kracht om het vliegtuig helemaal weg te vagen, maar het resultaat was hetzelfde: het vliegtuig stortte neer en niemand heeft de ramp overleefd. Om de een of andere reden wordt de oorzaak van het ongeluk stilgehouden, misschien om geen onrust te zaaien.'

Tessa van Loon weet duidelijk niet wat ze met mij aan moet, maar voor ze iets kan zeggen, neem ik het woord weer.

'Ik weet zeker dat deze tweede droom ook gaat uitkomen. Ik was op weg naar een groot feest in de stad en volgende maand is het Koninginnedag. Vandaar dat ik hier nu zit. Ik zou het mezelf nooit vergeven als er iets gebeurde en ik niets had gezegd.'

Tessa staart naar haar beeldscherm en begint iets te typen. Na een tijdje kijkt ze langs de computer naar mij.

'Kunt u bijzonderheden vertellen over de droom die u vannacht had?'

Haar vraag verrast me. Zo secuur mogelijk geef ik haar een beschrijving van wat ik heb gezien, vooral van de jongen met het witte honkbalpetje.

'Als ik zo nadrukkelijk over iemand droom, heeft dat een betekenis,' zeg ik. 'Ik weet zeker dat die man iets met de aanslag te maken had. Net als de jongen in het vliegtuig over wie ik droomde.'

Weer kijkt Van Loon even op, maar ze zegt niets. Haar vingers vliegen over de toetsen en enige tijd is ze geconcentreerd bezig. Ze vraagt naar mijn persoonsgegevens, voert die in en leunt dan naar achteren.

'Goed,' zegt ze. 'Ik geloof dat we het zo wel hebben. Of is er nog iets wat u kwijt wilt?'

Ik schud mijn hoofd.

'Dan dank ik u heel hartelijk voor de informatie, mevrouw Wesselink.' Ze knikt me vriendelijk toe en schuift haar stoel naar achteren, ten teken dat ons gesprek beëindigd is.

Ik verroer me niet. 'Wat gaat u nu verder doen?'

'Ik ga uw melding intern bespreken.'

'Is dat alles? Waarom laat u me geen foto's van verdachten zien? Ik zou iemand kunnen aanwijzen, iemand die op dit moment plannen maakt om de Amsterdamse metro op te blazen. Het lijkt me de moeite waard om te kijken of ik iemand herken.'

'Mevrouw Wesselink, hebt u enig idee hoeveel foto's er in ons bestand zitten?'

'Ongetwijfeld heel veel. En ongetwijfeld zitten die er niet voor niets. Ik neem met alle plezier een dag vrij om ze door te nemen.'

Tessa van Loon leunt weer naar achteren en kijkt me vriendelijk maar beslist aan.

'Zoals ik al zei, ik zal het intern bespreken. Als mijn superieuren het nodig vinden om uw hulp in te schakelen, zullen ze contact met u opnemen.'

Het klinkt als een dooddoener, een excuus om me de deur uit te krijgen. Ze gaan er niets mee doen, en om eerlijk te zijn kan ik ze dat niet kwalijk nemen. Ongetwijfeld krijgen ze vaker te maken met fantasten en onheilsprofeten.

Ik schud Tessa de hand en bedank haar voor haar tijd. Ze loopt met me mee terug naar de hal en zegt onverwacht: 'Het spijt me. Ik bedoel, van het ongeluk en uw echtgenoot. En dat u daar zoveel last van hebt. Ik hoop dat die dromen snel ophouden.'

Ik bestudeer haar een paar seconden en maak een berustend gebaar met mijn handen.

'Ik hoop het ook. En ik begrijp dat ik kan praten als Brugman maar dat u me toch niet gelooft. Ik wil u wel graag een advies geven.'

Vragend kijkt Tessa me aan.

'Maak op Koninginnedag maar liever geen gebruik van de metro,' zeg ik, en dan draai ik me om en loop de deur uit.

De rest van de dag heb ik moeite om me te concentreren op mijn werk. Tegen beter weten in hoop ik op een telefoontje van de politie dat ze nadere informatie van me willen. Maar de uren glijden traag voorbij zonder dat ze van zich laten horen.

Aan het einde van de dag ben ik doodmoe van het piekeren, van het babbelen met klanten over niks en het beantwoorden van steeds dezelfde vragen.

Ja, een rauw ei is goed voor je haar, maar het wordt wel een smeerboel. Je kunt beter een haarmasker nemen, die zijn er in alle soorten en prijzen. En ja, het is inderdaad zo dat je haar 's zomers sneller groeit. Je nagels trouwens ook, door de invloed van zon en warmte. En nee, het is onzin om producten te kopen die beschadigd haar herstellen. Gespleten haar moet geknipt worden, een andere remedie is er niet.

Het is een riedeltje dat ik zonder nadenken kan afdraaien, met bijbehorende glimlach en instemmend geknik of een beslist hoofdschudden. Het idee dat ik de komende dagen of weken mijn werk op deze manier zal doen, in gespannen afwachting en zonder enige betrokkenheid bij wat ik normaal gesproken met zoveel inzet doe, stemt me somber.

Elvan merkt het.

'Wat ben je stil,' zegt ze als er even geen klanten zijn en we de haren op de grond in een hoek vegen. 'Gaat het wel? Als het niet gaat, moet je het zeggen, hoor. Het is allemaal nog maar zo kort geleden.'

Ik kom in de verleiding om haar in vertrouwen te nemen. De vulkaan van emoties die in mij borrelt, dreigt uit te barsten als ik geen stoom afblaas.

Net als ik mijn mond wil opendoen, klingelt de deurbel. Een vrouw en een klein jongetje komen binnen, en daarmee is ons gesprek beëindigd. Terwijl Elvan op de moeder en het kind afloopt, verzamel ik de natte handdoeken bij de wasbakken en stop ze in de wasmachine. Daarna pak ik mijn tas, zeg tegen Elvan dat ik even weg moet en ga de deur uit.

Rafik staat in de keuken groenten te hakken en tussendoor in een pan saus te roeren. Hij is niet alleen eigenaar van het restaurant maar ook kok. Ondanks het feit dat hij een kok in dienst heeft, kan hij het niet laten om zich met de keuken te bemoeien.

'Hé Rosalie! Wil je proeven?'

Ik heb nog niets gezegd of hij schept al wat saus in een kommetje en scheurt een stuk brood af. Staand proef ik, terwijl hij met zijn handen in zijn zij en een brede lach op zijn gezicht toekijkt. De saus is heerlijk pittig, lekker over vlees maar ook met een stuk brood om erin te dopen.

'Smaakt goed! Eigen recept?'

Hij beweegt zijn hand heen en weer. 'Een beetje. Mijn vader maakte dit altijd voor ons, maar nog veel pittiger. Voor de Nederlandse smaak heb ik het een beetje aangepast. Lekker hè?'

'Heerlijk. Binnenkort kom ik met mijn zus bij je eten.'

'Dan zal ik extra mijn best doen.' Rafik gaat verder met zijn hak- en snijwerk en kijkt me van opzij aan. Alsof hij me nu pas echt goed ziet, neemt hij me kritisch op. 'Wat is er met je aan de hand, Rosalie? Je ziet zo witjes.'

Als een van de weinigen noemt Rafik me altijd bij mijn volledige naam.

'Je ouders hebben je niet voor niets zo'n mooie naam gegeven,' zei hij, toen ik hem voorstelde om me Roos te noemen.

Zoals ik al verwacht had, is die ene kritische opmerking genoeg om me mijn hart te laten uitstorten. Ik vertel hem uitgebreid over mijn droom. Als ik een beschrijving geef van de jongen met het honkbalpetje, houdt Rafik op met snijden.

'Dat klinkt wel heel gedetailleerd,' zegt hij met een betrokken gezicht. 'Denk je echt dat dit staat te gebeuren? Kan het niet gewoon een nachtmerrie zijn geweest?'

Waarom blijft het zo lastig om aan anderen uit te leggen dat voor mij de ene droom de andere niet is? Ik heb het hier al vaker met Rafik over gehad, bijvoorbeeld toen ik had gedroomd over de dood van zijn vader. Natuurlijk was Mohammed Lamsayah al geruime tijd ziek, dus het was niet ondenkbaar dat hij zou komen te overlijden, maar de snelheid waarmee het afliep, had niemand verwacht. Rafik wilde destijds een bruiloft van een neef in Marokko bijwonen, maar dat raadde ik hem sterk af. Ik kreeg gelijk: twee dagen later moest hij afscheid nemen van zijn vader.

Het is lange tijd stil tussen ons. Zo lang dat ik me afvraag of ik er wel goed aan heb gedaan om hiermee aan te komen.

Een paar keer lijkt Rafik iets te willen zeggen, maar iedere keer bedenkt hij zich. Uiteindelijk zegt hij: 'Vertel eens wat meer over die droom. Droomde je ook details, zoals bij welk metrostation je was ingestapt?'

'Ja, bij Zuid.'

'En waar ging je naartoe?'

'Naar een feest in de stad.'

'Met de metro? Dus eerst fiets je naar station Zuid en daar pak je de metro. Waarom fietste je niet meteen naar de stad?'

'Weet ik veel!' roep ik uit. 'Het was een droom! Je weet toch hoe dat gaat in dromen. De meest onlogische zaken lijken dan heel normaal.'

'Precies. Je zegt het.'

'Zo bedoel ik het niet. Niet álles is absurd. Droom jij nooit over dingen waar je overdag nog mee bezig bent?'

'Ja, maar als ik wakker word, denk ik niet dat het echt gaat gebeuren.'

'Nou, en ik heb soms dromen waarvan ik weet dat ze uitkomen. Ik weet precies het verschil en dit leek allemaal heel echt. Heb je er wel bij stilgestaan dat het binnenkort Koninginnedag is? Heb je enig idee hoeveel mensen er dan in de stad zijn?' Ik sta op het punt om mijn zelfbeheersing te verliezen en aarzel tussen huilen of kwaad worden, maar Rafiks beheerste stem voorkomt beide.

'Rosalie, dat af en toe een van je dromen uitkomt zegt niets. Het is heel begrijpelijk dat je, na alles wat je hebt doorgemaakt, weer zo'n rotdroom krijgt. Het is gewoon onderdrukte angst.'

'O ja? Weet je nog dat ik droomde over je vader?'

'Dat was toeval. Mijn vader was ziek, het was niet verbazingwekkend dat hij opeens stierf. Ik heb ook heel veel over hem gedroomd.' Met zijn armen over elkaar staat hij voor me en kijkt me bijna streng aan.

Eén diepe zucht en alle energie vloeit weg uit mijn lichaam, zodat ik steun moet zoeken bij het aanrecht.

'Ik weet het niet meer,' zeg ik mat. 'Ik heb geen idee wat ik ervan moet denken. Natuurlijk heb ik het liefst dat jij gelijk hebt, dat het allemaal onzin is en dat er geen bom zal ontploffen in de metro. Waarom zou ik per se willen geloven dat mijn droom uitkomt? Ik zou niets liever willen dan dat alles weer normaal was, dat Jeroen terug was en dat ik vannacht niet bang hoefde te zijn om te gaan slapen.'

Tranen vertroebelen mijn zicht, ik veeg ze weg. Zonder veel omhaal van woorden trekt Rafik me tegen zich aan.

'Ik weet het. Het is ook allemaal moeilijk voor je. Je zit in een rouwproces en in plaats van een beetje om je gevoelens te denken, praat ik als een bezetene op je in. Sorry, Rosalie.'

'Het geeft niet.'

'Het geeft wel.' Rafik laat me los en kijkt me aan. 'Red je het een beetje?'

'Ja.'

'Je voelt je toch niet schuldig omdat je dat ongeluk niet hebt kunnen voorkomen, hè?'

Hij kent me te goed, hij weet hoe ik in elkaar steek. Gelukkig is er één aspect van mijn schuldgevoelens waar hij geen vermoeden van heeft en dat ik voorlopig ook liever voor mezelf houd, namelijk dat ik me zelfs heel goed red zonder Jeroen.

'Wat ik me afvraag...' zegt Rafik langzaam, en even ben ik bang dat hij gedachten kan lezen, maar gelukkig keert hij terug naar ons oorspronkelijke onderwerp. 'Heb je bijzonderheden gedroomd? Iets specifieks over de dag waarop het gebeurt of iets opvallends in het uiterlijk van de dader?'

'Het was zaterdag en de dader droeg een spijkerbroek, een zwartleren jasje en een wit petje.'

'Dat is wel erg algemeen.'

'Tja, het zou natuurlijk mooi zijn als iedere crimineel rondliep met een groot litteken over zijn wang, maar dat is niet zo,' zeg ik sarcastisch. 'En in mijn droom was dat ook niet het geval. Maar ik weet zeker dat ik hem zou herkennen als ik hem zag.'

'Beschrijf hem eens wat beter. Hoe zag hij eruit?'

Ik sluit mijn ogen en concentreer me op het gezicht dat steeds op de achtergrond in mijn gedachten is.

'Hij had een lang, smal gezicht, krullend haar, geen baard. Westers gekleed, een licht getinte huid, doorlopende, zware wenkbrauwen en... knap. Eigenlijk was het best een aantrekkelijke jongen.'

Met een frons tussen zijn wenkbrauwen draait Rafik de menukaart om en om in zijn hand. 'Ik ben bang dat die beschrijving op veel allochtonen van toepassing is.'

'Ja, dat zal wel.'

Na ons verhitte gesprek zitten we opeens wat stilletjes bij elkaar, omdat we geen van beiden weten wat we zeggen moeten. Rafik kan nu wel doen alsof hij me serieus neemt, maar het is duidelijk hoe hij over mijn droom denkt. En dat maakt een goed gesprek lastig, zo niet onmogelijk.

Net als ik weg wil gaan, pakt hij mijn hand en zegt aarzelend: 'Rosalie, het is niet dat ik je niet wil geloven. Of eigenlijk is dat precies het probleem: ik geloof je wel, maar ik wíl het niet geloven. Het zou verschrikkelijk zijn als zoiets gebeurde. En niet alleen voor de slachtoffers.'

'Ik weet het.'

Het is nog niet zo lang geleden dat de ramen van het restaurant werden ingegooid en er racistische teksten op de muren werden geklad. We zijn de hele dag bezig geweest alles weg te schrobben.

'Ik hoop zo dat ik het mis heb,' zeg ik zacht. 'Maar ik ben bang van niet. Ik begrijp het niet, Rafik. Waarom haten die gasten het Westen zo dat ze onze samenleving met alle geweld willen vernietigen?'

'Geen idee,' zegt Rafik met een zucht. 'De Koran predikt juist vrede en verdraagzaamheid. Die staat helemaal geen aanslagen op burgers toe. Zelfmoord trouwens ook niet, dus zelfmoordenaars die bomaanslagen plegen, handelen tegen Allahs wil. Maar er zijn altijd mensen die iets heel anders lezen in de Koran.'

Ik knik. Op een gegeven moment ben ik zelf de Koran maar eens gaan lezen. Deels uit belangstelling voor de religie van Rafik en Elvan, maar ook om er een mening over te kunnen vormen.

Ik verwachtte vrouwonvriendelijke en tot geweld aanzettende teksten, en die vond ik ook, maar er stonden eveneens oproepen tot vrede en verdraagzaamheid in. Eigenlijk bleek de inhoud niet erg te verschillen van de Bijbel. Het waren dezelfde verhalen over hel en verdoemenis die me als kind de stuipen op het lijf joegen en in verwarring brachten, omdat ik thuis juist te horen kreeg dat God de mensen liefhad.

Ook veel verhalen kwamen overeen met die van de Bijbel. Adam en Eva, de Ark van Noach, Jozef en de zeven plagen in Egypte – Joesoef heet hij in de Koran –, de profeet Mozes en zelfs Maria en Jezus, ze komen zowel in de Bijbel als in de Koran voorbij. Op bepaalde punten verschillen ze van elkaar. Zo wordt Jezus in de Koran niet erkend als de zoon van God, maar als een van de profeten die vóór Mohammed Gods woord verkondigde. Maar over het algemeen zijn er meer overeenkomsten dan verschillen.

'Voel jij je meer Nederlander of Marokkaan?' vraag ik.

Rafik haalt zijn schouders op. 'Soms voel ik me meer Nederlander, andere keren Marokkaan. Misschien voel ik me wel in de eerste plaats

Amsterdammer. Ik ken hier elke hoek en elke steeg. Ik ben voor Ajax, ik kan plat Amsterdams praten, ik vier Koninginnedag. Maar ik vier ook het Suikerfeest en ik ga naar de moskee. Wat ben je dan? Nederlander of Marokkaan?'

'Een mix.'

'Dat is precies het juiste woord. Ik haal uit twee werelden het beste en verder ga ik mijn gang. Net als de meeste Marokkanen die ik ken.'

'De meeste?' Vragend kijk ik Rafik aan.

'Nou ja, je hebt natuurlijk altijd gasten die zich achtergesteld voelen en over van alles lopen te klagen.'

Hij ontwijkt mijn blik en even heb ik het gevoel dat hij ook mijn vraag ontwijkt.

'Waar klagen ze dan over?'

'Over van alles. Nederlanders zijn zus, Nederlanders zijn zo, ze worden gediscrimineerd, ze krijgen geen werk, ze mogen geen hoofddoekje om, noem maar op.'

'Als er voor één groep veel wordt gedaan, dan is het wel voor allochtonen,' zeg ik. 'Inburgeringscursussen, moskeeen, iedereen kan alles krijgen.'

'Dat is waar, maar vervolgens krijgt een Nederlander net even gemakkelijker die goede baan. In veel bedrijven is het geheim beleid om buitenlanders af te wijzen. Gewoon, om gedoe te voorkomen. Als Marokkaan moet je je twee keer zo hard bewijzen. Ik begrijp best dat dat agressie opwekt,' merkt Rafik op.

Een nieuwe gedachte valt me in, gekoppeld aan een vraag die ik nauwelijks durf te stellen.

'Ken jij radicale moslims?'

Rafik schudt zijn hoofd, maar hij ontwijkt mijn blik.

'Echt niet?'

'Natuurlijk niet, je denkt toch niet dat ik met dat soort gasten omga?' reageert hij gepikeerd.

'Je hoeft niet met ze om te gaan om ze te kennen.'

Weer schudt hij zijn hoofd, rustiger nu. 'Die komen in andere moskeeën dan die ik bezoek.'

Door de manier waarop hij me aankijkt, een beetje schuin van opzij, weet ik dat hij de waarheid spreekt, maar niet de hele waarheid.

Ik word nieuwsgierig, maar voor ik erop door kan gaan, hoor ik het belletje boven de voordeur. We kijken allebei op.

'Je moet verder,' zeg ik.

'Ja, we praten een andere keer wel verder.'

Net als ik me omdraai, voel ik Rafiks hand op mijn schouder.

'Probeer je niet te druk te maken, Rosalie. Zelfs als je droom inderdaad voorspellend was, dan is er niets wat jij kunt doen.'

Dat is me intussen ook erg duidelijk geworden. Maar dat wil niet zeggen dat ik kan ophouden me zorgen te maken.

Gelukkig slaap ik 's nachts goed. Geen idee of ik gedroomd heb, ik heb er in ieder geval geen herinneringen aan als ik wakker word. Dat lijkt me een goed teken, maar ik weet dat ik pas opgelucht adem kan halen als de eerstvolgende feestdag voorbij is.

Op internet bekijk ik de culturele agenda van Amsterdam. Een erg geruststellend beeld biedt die niet; het lijkt wel alsof de Amsterdammers niets anders doen dan popfestivals, kermissen en andere feestelijke evenementen organiseren. Om te beginnen is er bij de RAI net een kermis van start gegaan die maar liefst twee weken zal duren. Maar de grootste trekpleister is Koninginnedag. Nog afgezien van de symbolische betekenis van dat feest is het de ideale dag voor een aanslag. Er zullen hordes mensen in de stad rondlopen die onmogelijk te beveiligen zijn.

En er is niets dat ik ertegen kan doen.

Ik stuur een mail rond naar mijn familie waarin ik vertel over mijn droom en vraag Koninginnedag dit jaar links te laten liggen. Niemand antwoordt.

Gelukkig biedt het weekeinde afleiding. Er wordt een grote kappersbeurs gehouden in Ahoy in Rotterdam waar Sophie en ik samen naartoe gaan.

Op de dag van de beurs schrik ik 's ochtends om kwart voor zeven wakker van de wekker op mijn iPhone. Slaapdronken zet ik hem uit en blijf nog even op mijn rug liggen. Buiten wordt het al licht, ik zie de zon door het gordijn heen komen. Na een douche trek ik een witte linnen broek met sneakers en een donkerblauw truitje aan, een luchtige outfit om mee over een warme beurs te lopen.

Na een bescheiden ontbijt verlaat ik het huis en stap op de fiets. De kans is groot dat hij aan het einde van de dag verdwenen is, aan hoeveel kettingen ik hem ook leg, maar dat risico neem ik maar.

Zodra ik het perron van station RAI op kom, zie ik Sophie staan. Ze zwaait, loopt naar me toe en omhelst me.

'Hoi! Ik heb echt zin in vandaag! Jij?'

'Ja, ik ook. Leuk, even samen weg. Is dat onze trein al?' Ik knik naar de trein die klaarstaat langs het perron.

'Ja, hij vertrekt over tien minuten. Zullen we een plekje zoeken?'

We zoeken een bank met twee zitplaatsen tegenover elkaar. Desondanks dempt Sophie haar stem alsof we staatsgeheimen bespreken.

'Heb je goed geslapen?'

'Gelukkig wel.'

'Niet gedroomd?'

'Vast wel, maar niet veel bijzonders, want ik weet er niets meer van.'

'Gelukkig.' Sophie rommelt in haar tas en diept er een boek uit op. 'Ik ben wat gaan lezen over voorspellende dromen en op internet kwam ik dit boek tegen. Het is geschreven door een droomtherapeute en psychologe, Katja Brouwers. Ze verklaart dromen en helpt mensen met nachtmerries om te gaan. Ik dacht dat het wel iets voor jou zou zijn, dus ik heb het besteld.'

Getroffen pak ik het boek aan. 'Wat lief van je! Is het wat?'

'Het is wel interessant. Ze vertelt het een en ander over de verschillende fasen van slaap, de functies van dromen, de werking van je hersenen tijdens je slaap en dat soort dingen. Maar het meest verrassend vond ik dat ze beweert dat ze je kan helpen terugstappen in je droom, zodat je hem nog een keer meemaakt.'

'Dat lijkt me onzin.'

'Waarom? Die droom zit ergens in je geheugen, dus door middel van een oefening of onder hypnose zou je hem terug kunnen halen.'

'Misschien, maar ik heb er geen enkele behoefte aan om dat uit te proberen. Ik moet er niet aan denken om het allemaal nog een keer te doorstaan.'

'Nee, dat begrijp ik, maar dat hoeft toch ook niet? Ik zeg alleen dat het kan. Ze schrijft ook het een en ander over lucide dromen. Je moet het maar eens lezen.'

Dat ben ik zeker van plan. Het liefst zou ik meteen beginnen, maar dat is niet zo gezellig voor Sophie. Voor het moment stel ik me er tevreden mee even naar het hoofdstuk 'Paranormale dromen' te bladeren en de tekst te scannen.

'Je mag gerust even lezen, hoor,' zegt Sophie. 'Ik heb een tijdschrift bij me.'

'Alleen dit hoofdstuk,' beloof ik en Sophie knikt goedig.

Het is duidelijk dat Katja Brouwers in voorspellende dromen gelooft. Ze heeft ze zelf ook meermalen gehad, waarna ze zich heeft onderworpen aan allerlei onderzoeken en tests. Ze geeft voorbeelden van dromen die uitgekomen zijn, maar waarschuwt ook voor het gevaar iedere droom te beschouwen als een glimp op de toekomst. Dikwijls liggen er andere oorzaken aan ten grondslag, zoals een emotionele crisis of onderdrukte angstgevoelens.

Ik stoot Sophie aan en lees het stukje aan haar voor. 'Volgens mevrouw Brouwers zit ik in een emotionele crisis.'

Het is grappig bedoeld, maar Sophie reageert er akelig nuchter op door te zeggen dat dat best eens zou kunnen.

'Het is toch zo? Je bent ternauwernood aan een vliegramp ontsnapt en of dat nog niet genoeg is, ben je ook nog je man verloren. Dat is heel wat, Roos. Ik zou van minder nachtmerries krijgen.'

Mijn eerste impuls is om de mogelijkheid van een emotionele crisis te verwerpen, maar als ik eerlijk ben heeft Sophie een punt. Naar mijn gevoel sla ik me er goed doorheen, maar dat verandert niets aan het feit dat ik veel te verwerken heb. Onder dergelijke omstandigheden kan je geest rare trucjes uithalen.

'Ik weet het niet meer.' Met een zucht klap ik het boek dicht en stop het in mijn tas. 'En ik moet bekennen dat ik het ook spuugzat ben. Weet je waar ik zin in heb? Om er een dag helemaal niet mee bezig te zijn.'

'Daar houd ik je aan.' Sophie steekt haar hand uit en ik sla erop, zoals we als kind deden als we elkaar een belofte deden.

Vanaf dat moment praten we over andere dingen, maar ik kan me pas echt ontspannen als het fluitsignaal klinkt en we het station achter ons laten.

Kirsten was zijn eerste grote liefde. Al in de tweede klas van de middelbare school had hij een oogje op haar. Als de koningin van het schoolplein stond ze altijd tussen een groep vriendinnen en mannelijke bewonderaars, maar hem negeerde ze. Hij paste ervoor om zich net als de anderen als een halve idioot om haar heen te verdringen, maar zijn blik gleed voortdurend naar haar toe.

Tegen het einde van het schooljaar leek ze ook naar hem te kijken. Helaas had hij geen tijd om daar werk van te maken. In plaats van met Kirsten en de hele groep in het Sloterparkbad te chillen op het gras of met z'n allen te gaan stappen, vloog hij met zijn familie naar Marokko, waar hij zich wekenlang zat op te vreten over de concurrentie.

Op de eerste dag van het nieuwe schooljaar keek hij ongeduldig naar Kirsten uit op het schoolplein. Ze liep met een groepje vriendinnen, zich ogenschijnlijk niet bewust van de aandacht die ze kreeg van de jongens in haar buurt.

Dat jaar waren de bestaande klassen opnieuw ingedeeld, vanwege het vakkenpakket dat de leerlingen moesten kiezen.

Kirsten bleek net als hij Frans te volgen. De meesten hadden Frans laten vallen, zodat de klas maar uit acht leerlingen bestond.

Hij zag haar zitten, op de achterste rij, met een lege tafel naast zich. Zo relaxt mogelijk, maar met lange passen, liep hij de klas door en plofte op de plaats naast haar. Hij schoof zijn pet naar achteren en keek naar haar. Ze glimlachte en hij glimlachte terug.

Binnen twee weken hadden ze verkering.

Lange tijd was hun relatie geheim. Natuurlijk zochten ze elkaar tijdens en na school voortdurend op, maar ze gingen niet met elkaar mee naar huis.

Achteraf denkt hij niet dat zijn ouders bezwaar zouden hebben gemaakt als hij met een Nederlands meisje was komen aanzetten, zolang de relatie niet te serieus werd. Als Marokkaanse jongeman mocht hij lol maken, verkering hebben, uitgaan, zelfs roken en drinken, als hij op een bepaalde leeftijd maar tot inkeer kwam, een goede moslim werd en voor een Marokkaanse bruid koos. Een huwelijk met iemand met dezelfde etnische en religieuze achtergrond had volgens zijn ouders een grotere kans van slagen.

Toen Kirstens ouders erachter kwamen dat ze een vriendje had, nam ze hem mee naar huis.

Nooit zal hij vergeten hoe haar vader hem aankeek bij die eerste kennismaking. Zijn lippen plooiden zich tot een stijve glimlach, maar zijn ogen konden zijn weerzin niet verhullen. Kirstens moeder was vriendelijk, maar maakte met haar oeverloze gebabbel een zenuwachtige indruk.

Hij deed zijn best om de ongerustheid van Kirstens ouders weg te nemen door te benadrukken dat hij niet rookte en dronk, dat hij van plan was na het vmbo door te stromen naar de havo, dat hij iets van zijn toekomst wilde maken en dat hij wel moslim was maar gematigd, alsof hij zich moest verontschuldigen voor zijn geloof. Maar hij deed het, voor haar.

Het mocht niet baten. Kirsten begon hem vragen te stellen, die, naar hij vermoedde, niet van haarzelf kwamen. Of ze wel geaccepteerd zou worden door zijn ouders. Of hij van haar verwachtte dat zij moslima zou worden. Hoe hij dacht over het slaan van vrouwen.

Hij legde haar uit dat in de Koran staat dat mannen de plicht hebben om goed te zijn voor hun echtgenote. Dat de Koran geen dwingende religie is, maar iedereen vrijlaat om te geloven of niet. Dat het onzin is dat moslims de heilige plicht hebben om ongelovigen of andersgelovigen met vuur en zwaard te bestrijden. Kirsten luisterde geïnteresseerd, stelde vragen en vroeg hem die passages in de Koran aan te wijzen.

Hij legde haar uit dat de agressieve teksten waar terroristen zich graag op beriepen uit hun verband werden gerukt. Je kon ze niet los zien van de verhalen waar ze in thuishoorden, maar dat was precies wat tegenwoordig gebeurde.

Ook de oproep voor jihad betekende niet dat je als moslim een zwaard moest trekken. Jihad was ook geld doneren aan moskeeën, anderen vertellen over de islam en zo het geloof verspreiden.

Alleen oorlogstijd gaf een volk het recht om geweld te gebruiken. Uit zelfverdediging, nooit om andere volkeren je wil op te leggen. Hij kon soera's genoeg aanwijzen waar dat nadrukkelijk in stond.

Hun relatie verdiepte zich door de intensieve gesprekken die ze voerden, en ook al kwam hij niet vaak bij haar thuis en zij niet bij hem, ze brachten nagenoeg al hun vrije tijd met elkaar door.

Tot in Amerika twee vliegtuigen de Twin Towers binnenvlogen en hem de toegang tot het huis van Kirsten werd ontzegd. Niet lang daarna maakte ze het uit.

De Hairstyle-beurs is fantastisch. De hele dag zwerven we rond in de hallen, we bezoeken de catwalkshows, laten ons nieuwe merken tonen, bewonderen de trends voor het najaar en bekijken de vaktechnische demonstraties.

Laat op de middag realiseer ik me dat ik me voor het eerst weer mezelf voel, maar die gedachte maakt me gelijk bewust van de donkere wolk waar ik net even onder vandaan was gestapt. Nu is hij er weer en ik kan het niet laten om mijn iPhone te pakken en op Twitter te kijken. In Amsterdam lijkt alles rustig te zijn.

De wolk boven mijn hoofd lost op tot een grijzig neveltje en met een glimlach laat ik mijn telefoon terug in mijn tas glijden.

Nog een uurtje lopen Sophie en ik rond, we eten iets in een van de restaurantjes op de beursvloer en keren dan terug naar het station.

Met onze handen vol striemende tasjes lopen we naar het perron.

Als de trein eindelijk komt, ploffen we doodmoe tegenover elkaar op de eerste vrije plaatsen die we zien. In Den Haag stappen we over en zoeken een plaatsje.

'Is deze stoel vrij?' De man in het gangpad kijkt ons vragend aan.

'O, eh, ja. Die is vrij. Sorry!' Ik gris mijn eigendommen naar me toe, Sophie doet hetzelfde en glimlacht de man verontschuldigend toe.

Hij glimlacht terug, gaat naast haar zitten en zet zijn attachékoffertje en een grote zwarte schoudertas op de grond.

Buiten klinkt het fluitsignaal en de trein zet zich in beweging.

Sophie doet haar ogen dicht en ik bekijk de tweets op mijn iPhone. Wouter heeft een berichtje gestuurd, in antwoord op mijn getwitter over de beurs.

*Hoop dat jullie een leuke dag hebben!*

Ik twitter een berichtje terug: *Leuk maar vermoeiend*, en voeg er een fotootje van Sophie bij.

De man tegenover me is verdiept in zijn krant. Hij kijkt op als ik Sophie fotografeer en ik verstijf. De man heeft doorlopende, donkere wenkbrauwen en zijn gezichtsuitdrukking lijkt precies op die van de jongen uit mijn droom.

Als hij een leren jasje en een honkbalpetje had gedragen, zou de gelijkenis treffend zijn geweest. In plaats daarvan heeft hij een keurig pak aan; een zakenman op weg naar huis. Het attachékoffertje aan zijn voeten versterkt die indruk.

In hoeverre bepaalt kleding onze uitstraling? In grote mate, volgens mij. Deze man is nog jong, begin dertig schat ik. Met sneakers, een sweater en een honkbalpetje over zijn ogen getrokken zou hij op het eerste gezicht best door kunnen gaan voor een jongen van een jaar of achttien. En andersom.

Bij die gedachte slaat de onrust toe. Mijn ademhaling versnelt en het zweet breekt me uit. Terwijl ik mijn tweets lees, houd ik de man tegenover me in de gaten. Geen beweging ontgaat me. Niet dat hij veel beweegt, hij zit rustig zijn krant te lezen, maar hij zou zomaar iets uit zijn zak kunnen halen.

Als dat gebeurt, trek ik aan de noodrem. Maar wat als hij gewoon zijn telefoon pakt om aan zijn vrouw door te geven hoe laat hij thuis is? Hoe weet je of iemand een bom activeert of een telefoontje pleegt?

De trein zoeft verder, stopt in Leiden. Nieuwe reizigers stappen in, het wordt drukker in de coupé.

Sophie is in slaap gevallen. De man heeft zijn krant uit, vouwt hem op en legt hem in het bagagerek. Met een uitdrukkingloze blik kijkt hij wat voor zich uit. Onze ogen ontmoeten elkaar, dwalen weer weg.

Als we station Hoofddorp binnenrijden staat de man op, pakt zijn tas en verlaat de coupé.

Opgelucht kijk ik hem na. Idioot die ik ben, natuurlijk was hij het niet. Ik maak mezelf nog eens helemaal gek met die waanideeën.

Langzaam kalmeer ik en neemt het tempo van mijn hartslag af.

De trein remt piepend en knarsend af. Een groot aantal passagiers komt overeind, stommelt door de coupé en waaiert uit over het perron. Nieuwe reizigers stromen binnen en bezetten de vrije plaatsen. Een knaap van een jaar of vijftien komt naast me zitten. Er zitten dopjes in zijn oren waaruit luide rapmuziek schalt.

'Is deze plaats vrij?' Een jonge vrouw kijkt me vragend aan, haar vinger uitgestoken naar het attachékoffertje op de grond.

Het duurt een paar sprakeloze seconden voor ik in staat ben antwoord te geven.

'Ja... nee, ja, natuurlijk. Die heeft iemand vergeten.'

'O,' zegt ze en trekt haar wenkbrauwen op. 'Dat is niet zo handig. Zie je hem nog?' Ze zakt iets door haar knieën om naar buiten te kunnen kijken, alsof ze weet om wie het gaat.

Ik speur het perron af, maar de man in het pak is nergens meer te zien. 'Nee, hij is weg.' Opgelaten ga ik wat rechter zitten en kijk naar het koffertje. Het is van soepel, zwart leer en ziet er duur uit. Zakelijk en onopvallend.

De conducteur fluit en we rijden verder.

'Shit,' zeg ik zacht.

Het meisje tegenover me kijkt me vragend aan.

'Ik hou er niet zo van als mensen koffertjes achterlaten,' zeg ik, en de blik in haar ogen verandert.

'Nee,' zegt ze verontrust, om eraan toe te voegen: 'Nou ja, hij kan het toch echt vergeten zijn?'

Ik trek een gezicht alsof ik dat betwijfel en tik met mijn voet tegen Sophies been.

'O,' zegt ze, met haar ogen knipperend. 'Ik was in slaap gevallen.'

Ik knik naar het koffertje. 'Dat heeft hij laten staan.'

Sophie kijkt opzij en kijkt dan niet-begrijpend naar mij.

'Die man die naast je zat,' zeg ik. 'Hij heeft die grote zwarte tas meegenomen, maar zijn koffertje achtergelaten.'

Voor zover de beperkte ruimte het toelaat, rekt Sophie zich uit, en dan werpt ze een blik op haar buurvrouw en vervolgens op het koffertje dat op de grond staat.

'Is hij het vergeten? Wat stom. Straks even tegen de conducteur zeggen.'

Het is lastig om in een volle coupé toe te geven aan je paranoïde denkbeelden. Ik zeg niets, maar mijn gezicht spreekt blijkbaar boekdelen, want Sophie kijkt opnieuw naar het koffertje.

'O,' zegt ze. 'Op die manier. Maar het is toch nog geen Koninginnedag?' Ze giechelt, maar ik lach niet mee.

Er valt een stilte waarin ik zie dat het meisje ons ongerust aankijkt.

'Griezelig is zoiets, hè?' zegt ze. 'Vroeger maakte niemand zich daar druk over, maar tegenwoordig denk je meteen...'

Ze maakt haar zin niet af, maar produceert een glimlach die het midden houdt tussen een nerveuze grimas en een verontschuldigend lachje, alsof ze zich schaamt voor haar wantrouwen.

Meer mensen werpen nu blikken in de richting van het koffertje, maar niemand doet iets. Uiteindelijk kan blijkbaar niemand geloven dat er echt een bom in ons midden zou zijn achtergelaten, zelfs ik niet.

Om mijn gedachten af te leiden pak ik een krant uit het bagagerek boven mijn hoofd. Iedere keer als ik een pagina omsla, kom ik het woord terreur tegen. Goed, deze situatie lijkt helemaal niet op die in mijn droom, maar moet dat per se? Misschien wordt het openbaar vervoer op meerdere fronten aangevallen, zoals bij de aanslagen in Londen in 2005.

Als er inderdaad een bom in het koffertje zit, zou die weleens door middel van een tijdmechanisme tot ontploffing gebracht kunnen worden zodra we Amsterdam binnenrijden.

Ik kijk om me heen in de coupé. Van de mensen die aan de andere kant van het gangpad zitten luistert er een geconcentreerd naar zijn iPod, twee anderen liggen met halfopen mond te dutten.

Naast hen zit een oudere mevrouw uit het raam te kijken terwijl de man tegenover haar verdiept is in een boek.

Al jaren worden we gewaarschuwd om alert te zijn als het gaat om achtergelaten tassen. Zouden we niet gewoon in actie moeten komen, in plaats van met z'n allen het gevaar te ontkennen? Hoe is het mogelijk dat niemand iets doet, dat ík niets doe?

'Goedemiddag, uw kaartjes alstublieft.' Een lange, blonde conducteur komt binnen met in zijn kielzog een vrouwelijke collega. Ze controleren samen de kaartjes, ieder een kant van de coupé, en komen langzaam maar zeker onze richting uit.

Ongeduldig wacht ik af.

'Uw plaatsbewijs, alstublieft.' De blonde reus doemt naast me op.

'Iemand heeft hier een koffertje laten staan.' Ik vis mijn kaartje uit mijn portemonnee en kijk naar de conducteur op. 'Hij is weggelopen toen we uit Hoofddorp vertrokken en ik heb hem niet meer gezien. Hij heeft zijn tas meegenomen, maar dat koffertje niet.'

Het ontspannen, glimlachende gezicht van de conducteur verandert op slag. Met een rimpel tussen zijn wenkbrauwen laat hij zijn blik op het koffertje rusten.

'Dus vanaf station Hoofddorp staat dat koffertje daar?'

Ik knik en kijk hem afwachtend aan. De conducteur wrijft over zijn kin.

'Problemen, Rein?' Zijn collega, een kleine donkerharige vrouw, komt naast hem staan en kijkt mij wantrouwig aan.

Rein knikt naar het koffertje op de grond. 'Achtergelaten door een passagier.'

De twee wisselen een blik.

'Is de eigenaar uitgestapt of zit hij op het toilet?' vraagt de vrouw aan mij.

'Weet ik veel,' zeg ik. 'Het enige wat ik weet is dat die man is weggegaan en dat koffertje heeft laten staan.'

Inmiddels mag ik me verheugen in de belangstelling van alle reizigers in de coupé. De man die zat te slapen is opeens klaarwakker, de jongen naast me heeft zijn iPod zachter gezet en op de banken achter ons verrekken de mensen hun halzen om te zien wat er gebeurt.

'Als die meneer op het toilet zit doet hij er wel erg lang over,' bemoeit de oudere vrouw aan de andere kant van het gangpad zich ermee.

Rein wrijft over zijn kin en wisselt nogmaals een blik met zijn collega.

'We maken onze ronde af en dan kijken we nog wel een keer,' zegt de vrouw ten slotte.

Sprakeloos over zoveel nonchalance kijk ik haar aan.

'Moet u niet iemand bellen? De spoorwegpolitie bijvoorbeeld?'

Ze geeft me een professioneel geruststellend knikje. 'We komen zo bij u terug. Als we voor iedere vergeten tas of koffer de spoorwegpolitie moesten bellen, zou er geen trein meer rijden.'

Voor ik kan reageren, zijn ze al doorgelopen naar de volgende coupé. Verontwaardigd kijk ik om me heen. Niemand zegt iets, maar zonder uitzondering zijn mijn medepassagiers wat rechter gaan zitten en ik zie dat hun blik voortdurend naar het koffertje wordt getrokken.

Mijn ogen ontmoeten die van een oudere heer aan de andere kant van het gangpad.

'We gooien hem uit het raam,' zegt hij onverwacht.

'Wie?' vraag ik in verwarring.

'Dat koffertje natuurlijk! We gooien het uit het raam, dan zijn wij ervan af.'

Verbluft door de eenvoud van zijn oplossing staar ik hem aan. Maar als de man overeind komt, bespringt de twijfel me. 'En als die man toch nog terugkomt?'

Al half overeind kijkt de oudere heer me aan. 'Waar zou hij moeten zijn volgens jou?'

De jongen naast me trekt met een vermoeid gebaar het oordopje van zijn iPod uit zijn oor. 'Dat zei de conducteur toch: die gast zit te schijten,' zegt hij.

'Daar doet hij dan wel heel lang over,' merkt Sophie op.

'Geen risico nemen! Straks is het wel een gek die ons wil opblazen!'

roept iemand, en dan praat iedereen door elkaar en staan ze allemaal op om naar het koffertje te kijken.

De jongen naast me komt overeind, schuift met een forse ruk het raam open en draait zich om naar mij. 'Geef dat ding eens.'

Er glinstert een zweempje sensatiezucht in zijn ogen. Voor hem is dit ongetwijfeld een mooi verhaal om straks aan zijn vrienden te vertellen. Maar ik heb de beelden uit mijn droom nog scherp op mijn netvlies en voel alleen maar angst.

'Zeg het maar. Eruit?' vraagt de jongen.

'Eruit,' zeg ik hees maar vastbesloten en ik geef hem het koffertje aan.

Uitgerekend op dat moment gaat de deur van de coupé open en komt de eigenaar van het koffertje weer binnen. In vrijetijdskleding gestoken wrijft hij over zijn net geschoren kin en kijkt naar de plaats waar hij zat.

De jongen laat zich op zijn plaats vallen. Alsof hij niet net op het punt stond iemands eigendom uit het raam te gooien, stopt hij rustig de dopjes van zijn iPod weer in zijn oren en trekt zich terug in zijn wereldje van stampende muziek.

Snel zet ik het koffertje terug op de plek waar het stond en verberg me achter de krant. Opeens zit iedereen aandachtig uit het raam te kijken of in de *Spits* of *Metro* te bladeren.

Met een paar stappen is de man bij zijn nu bezette zitplaats, tilt zijn koffertje van de grond en loopt ermee weg. Even is het stil in de coupé, dan klinkt overal onderdrukt gegrinnik.

Ook ik voel een lachbui opkomen, maar dat is er vooral een van opluchting. Ik druk de lachkriebel weg, want ik weet dat ik niet meer kan ophouden als ik eenmaal begin.

Tegenover me zit Sophie met haar hand voor haar mond en dan kan ik me ook niet meer goed houden. We blijven proesten en 'Stel je voor' zeggen tot we het Centraal Station van Amsterdam binnenrollen.

Bij de deur komen we de conducteurs weer tegen. De vrouw negeert me, maar haar mannelijke collega geeft me een knipoog.

'Dat is goed afgelopen, hè?' zegt hij goedgehumeurd. 'Prettige avond!'

Sophie en ik wensen hem hetzelfde en op de roltrap kijken we elkaar aan en schieten weer in de lach.

Beneden in de hal is het topdrukte. Op de trappen, bij de croissanterie en in de koffiecorner, overal dringen mensen door elkaar. De vlakke stem van een omroepster geeft dienstmededelingen door, treinen vertrekken van een ander spoor, en dat heeft weer veel geren en gevloek tot gevolg.

Buiten nemen Sophie en ik afscheid van elkaar.

'Vanaf nu wil ik niets meer horen over die dromen van jou,' zegt ze gespeeld streng. 'Je jaagt iedereen de stuipen op het lijf. Het is nu klaar, Roos.'

Die opmerking vaagt de lach van mijn gezicht. 'En wat als ik gelijk krijg? Wat als er wel iets gebeurt en ik het had kunnen voorkomen?'

Sophie legt haar hand op mijn arm.

'Dat is het probleem. Je kunt er niets tegen doen. Misschien heb je gelijk en komt je droom uit. Eigenlijk denk ik dat hij sowieso wel een keer zal uitkomen, wanneer dan ook. Maar daar kun je niet op gaan zitten wachten. Het wordt een lang voorjaar als je je over iedere braderie en kunstmarkt zorgen gaat maken. Het kan volgend jaar wel gebeuren, of over twee jaar.'

Dat is niet waar, zo ver vooruit gaan mijn dromen niet. Maar ik ben het discussiëren en overtuigen beu. En dus knik ik en zeg dat ze gelijk heeft, dat ik het uit mijn hoofd zal zetten.

Sophie knikt opgelucht, zoent me op beide wangen en loopt met een armzwaai de trap naar de metro af. Ik zwaai haar na en loop naar de plek waar ik mijn fiets heb achtergelaten.

Thuiskomen blijft moeilijk. Ik loop rond, hoor het geluid van mijn voetstappen op de zwarte plavuizen vloer, mijn ademhaling en verder niets. Normaal gesproken zou Jeroen in de keuken staan, druk bezig achter borrelende pannen, met een spatel in zijn hand en mijn Blond-schort voor.

Ik neem plaats op de barkruk aan het kookeiland en draai de schroefdop van de fles rode wijn die daar standaard staat. Zonder de moeite te nemen een glas te pakken zet ik de fles aan mijn mond en neem een paar flinke slokken. Ik trek een laatje open en vis het bestel-formulier van de pizzeria eruit. Waarom weet ik niet, want het nummer staat geprogrammeerd in mijn telefoon, zoals die van alle afhaalgele-genheden die we altijd belden. Zoals gewoonlijk neem ik een pizza quattro stagioni. Jeroen zwoer bij zo'n dubbelgevouwen exemplaar, met groente en vlees.

'Eén pizza, mevrouw?' zegt de Italiaanse medewerker van pizzeria Verona.

'Ja, alleen een quattro stagioni.'

'Het spijt me mevrouw, maar één pizza bezorgen we niet. Het moeten er minstens twee zijn.'

'O,' zeg ik. 'Doe er dan nog maar één.'

'Welke mag het zijn, mevrouw?'

'Calzone,' zeg ik.

'Over een halfuurtje is het bij u, mevrouw.'

Ik verbreek de verbinding en sta op om wijnglazen en linnen placemats te pakken. Ik dek de tafel met zorg, schenk beide glazen vol en zet ze op tafel. Als de bezorger de pizza's heeft afgeleverd, leg ik ze op de borden, ga zitten en tik met mijn glas tegen dat van Jeroen.

'Proost,' zeg ik.

Diep in de nacht schrik ik wakker van lichtflitsen en gekreun. Verdwaasd kom ik overeind en nog half in slaap word ik getrakteerd op beelden van brand en bloedende mensen. Met wilde bewegingen tast ik naar het knopje van de lamp op het nachtkastje.

Op het moment dat het licht zich door de slaapkamer verspreidt, verandert het geschreeuw in een gezellige babbeltoon en maken de slachtoffers plaats voor de presentator van het teleshoppingprogramma.

In verwarring kijk ik ernaar, dan realiseer ik me dat ik gedroomd heb. Alweer.

Ik slinger mijn benen over de rand van het bed en ga naar beneden. De plavuizen vloer strekt zich grijs en koud uit onder mijn blote voeten, alsof ik buiten over stoeptegels loop. Om me heen ligt de donkere leegte van de nacht achter glazen wanden waar muren horen te staan. Ik huiver in mijn hemdje, knip het licht aan en zie de fles rode wijn op tafel staan. Er zit nog één glas in, dat ik inschenk en in één keer leegdrink.

Terwijl ik daar sta en de woonkeuken inkijk, moet ik aan mijn oudtante Josefien denken. Ze is opeens in mijn gedachten en laat me niet meer los.

Ik weet waarom.

Zeker vijftien jaar heb ik haar niet gezien, maar nu voel ik een ontzettende drang om haar op te zoeken. Helaas heb ik haar adres niet. Mijn ouders wel. De vraag is alleen of ze het me willen geven.

Nu ik er toch ben, leest mijn vader maar meteen een flink stuk uit de Bijbel voor. Dan heb ik daar ook weer eens iets van tot me genomen.

'Sophie vertelde dat je naar een psycholoog gaat,' zegt hij als hij uitgelezen is.

Verwonderd kijk ik op van mijn koffie, waar ik net een schepje suiker in laat glijden. Het is zondagochtend en mijn ouders zijn terug van de mis.

We zitten rond de tafel in de achterkamer. De tafel met het kanten kleed, de Bijbel, de verschoten koektrommel die dateert uit mijn vroege jeugd en de fruitschaal waar nooit fruit in ligt, maar wel sleutels, boodschappenlijstjes, paperclips en dat soort dingen.

'Hoe komt ze daar nou weer bij. Ik ga helemaal niet naar een psycholoog.'

'Ze zei dat ze je een boek heeft gegeven dat is geschreven door een psychologe en dat je naar haar toe zou gaan,' houdt mijn vader vol.

'O, dát,' zeg ik. 'Die vrouw is niet alleen psychologe maar ook droomtherapeute. Heeft ze dat ook verteld?'

Dat heeft Sophie niet verteld, maar daar gaan mijn ouders niet te diep op in.

'Misschien is het wel goed om eens te praten met iemand die verstand heeft van dat soort dingen,' zegt mijn moeder effen.

'Misschien wel,' zeg ik. 'Het zou fijn zijn om eens te praten met iemand die luistert naar wat ik te zeggen heb.'

Er valt een geladen stilte, die mijn vader met een mengeling van ongeduld en gekwetste trots in zijn stem verbreekt.

'Luister eens, Rosalie, je weet best dat je moeder en ik naar je willen luisteren en dat we altijd voor je klaarstaan. Maar soms is het beter om een gezonde afstand te bewaren en niet te veel mee te gaan in jouw angsten. We willen alleen maar dat je alles in perspectief blijft zien, dat je je niet te veel laat meeslepen. Je hebt altijd al een rijke fantasie gehad en...'

'Fantasíé?'

'Dat is toch zo, lieverd? Als kind verzon je al verhaaltjes en...'

'Pap, ik heb die dromen niet verzonnen. En wat ik als kind graag deed, heeft hier niets mee te maken!'

Mijn vader negeert mijn commentaar en praat gewoon door. '... en we zien het als onze taak om je tegen je verbeeldingskracht te beschermen. Voor je het weet hecht je aan iedere droomflard een speciale betekenis en maak je jezelf gek.'

'Dat doe ik helemaal niet. Ik weet heel goed welke dromen ik serieus moet nemen en welke niet. Ik hecht alleen waarde aan...'

'Sowieso vind ik het nonsens om te denken dat dromen de toekomst kunnen voorspellen. Dromen zijn onderdrukte uitingen van gevoelens die verwerkt moeten worden. Een uitlaatklep voor de geest, zodat die niet te zwaar belast raakt. Meer is het niet. Alleen God weet wat in de toekomst te gebeuren staat.' Driftig roert mijn vader in zijn koffie. 'En als voorspellende dromen bestaan, ik zeg áls, dan komen ze van Hem en is het beter om alles zijn natuurlijke gang te laten gaan.'

Ik maak gebruik van de kleine adempauze die zelfs mijn vader nodig heeft, door te zeggen dat me dat helemaal niet beter lijkt. Dat het me zelfs misdadig lijkt om je voorkennis niet te gebruiken als je daarmee mensenlevens kunt redden. Ik vraag of hij liever had gezien dat ik, volgens de 'natuurlijke gang van zaken', was omgekomen bij die vliegramp.

'Natuurlijk niet!' Mijn moeder steekt haar arm uit en legt haar hand op die van mij, een verzoenend gebaar dat de duidelijke taal van mijn vader moet verzachten. 'We zijn allemaal ontzettend opgelucht dat jij niet in dat vliegtuig zat.'

'En hoe denk je dat dat kwam? Wie zegt dat God me niet heeft gewaarschuwd via een voorspellende droom, zodat ik mijn ticket zou omboeken? Hoe weet je zo zeker dat Hij me die droom over de metro niet laat krijgen zodat ik kan voorkomen dat het echt gebeurt?'

'Speelde God een rol in je droom? Heb je Zijn stem gehoord?' informeert mijn vader streng.

Ik moet bekennen dat ik dat heb gemist.

'Dat bedoel ik,' zegt mijn vader voldaan. 'Als het een boodschap van de Heer was geweest, dan had Hij het je laten weten.'

Hij pakt de Bijbel en slaat hem weer open. Zonder veel moeite vindt hij het vers dat zijn woorden kracht moet bijzetten en begint hij voor te lezen.

Ik luister maar half, vraag me af hoe het mogelijk is dat we iedere keer als we een gesprek voeren op de Bijbel uitkomen. En hoe ik veilig over tante Josefien kan beginnen zonder met nog meer Bijbelteksten gestraft te worden. Of, nog erger, met mijn vaders woede.

Zodra mijn vader is uitgelezen, hij de Bijbel voldaan dichtklapt en mij verwachtingsvol aankijkt, zeg ik mat: 'Ik moet maar weer eens gaan.'

'Hè nee, blijf nog even. Wout komt ook zo met Mereltje,' protesteert mijn moeder.

Meteen klaart mijn humeur op. 'Komt Wout met Merel? Gezellig. En Lydia?'

'Lydia heeft griep, vandaar dat Wout met de kleine meid komt. Kan Lydia rusten. Hij zal zo wel komen, ik ga koffie bij zetten.'

Mijn moeder schuift haar stoel naar achteren en loopt naar de keuken. Ik volg haar op de voet en doe de keukendeur achter ons dicht. Tegelijk draaien we ons naar elkaar toe, mijn moeder om me vermanend toe te spreken, maar ik ben sneller.

'Mam, heb jij nog weleens iets van tante Josefien gehoord?'

Meteen gaat haar gezicht op slot.

'Nee,' zegt ze, na een paar zwijgzame seconden. 'Nee, met die tak van de familie hebben we geen contact meer. Dat weet je toch.'

'Maar dan kun je via via toch wel iets van haar gehoord hebben? Leeft ze nog?'

'Ik heb in ieder geval geen bericht gekregen dat ze is overleden.'

'Waar woont ze tegenwoordig?'

'Dat weet ik niet, hoor,' zegt mijn moeder afwerend. 'Waarom wil je dat allemaal weten?'

'Ik heb haar adres nodig.'

'Waarom? Je bent toch niet van plan om haar op te zoeken?'

Dat is precies wat ik van plan ben, en dat weet mijn moeder ook wel.

'Ik heb haar adres niet,' zegt ze.

Onderzoekend, bijna wantrouwig kijk ik haar aan, maar ze weerstaat mijn blik zonder met haar ogen te knipperen.

'Echt niet, als ik het had, zou ik het je geven, maar ik heb in geen jaren van haar gehoord,' houdt ze vol.

Ik geloof haar, tenminste het deel waarin ze beweert dat ze het adres niet heeft. Dat ze het me anders zou geven, betwijfel ik.

'Je weet vast wel íéts,' houd ik vol. 'Laatst vertelde je dat je haar dochter, hoe heet ze ook alweer, Ellie, in het winkelcentrum tegenkwam.'

'Maar we hebben elkaar niet gesproken. Ze liep meteen door.'

'En jij ook, neem ik aan. Laat maar, ik spoor Ellie wel op. Als je haar in Amstelveen tegenkwam, zal ze hier ook wel wonen.'

Met een zucht geeft mijn moeder zich gewonnen. 'Tante Josefien woont in een verzorgingstehuis in Haarlem. Ze moet tegen de tachtig lopen, ze was een paar jaar jonger dan mijn moeder. Maar ik heb geen idee hoe het met haar gaat.'

'Hoe heet dat verzorgingstehuis?'

'Ik weet het niet precies. Iets met Delft.'

Ik pak mijn telefoon, zoek het op en vind een verzorgingstehuis dat Nieuw Delftweide heet. Vragend kijk ik mijn moeder aan, en met enige tegenzin knikt ze.

Intussen horen we de voordeur opengaan, en Wouts zware stem vult de gang. Merels hoge stemmetje kwettert erdoorheen en mijn moeder haast zich naar haar kleindochter toe.

Binnen de kortste keren heeft het gespreksonderwerp zich verlegd naar een jongedame van tweeënhalf, die met blonde staartjes en een parmantig gezichtje alle aandacht opeist. Ik vind het prima, klets met Wout en maak een puzzel met mijn nichtje.

'Merel blijft vandaag bij opa en oma,' kondigt mijn vader met een voldaan gezicht aan. 'Mama is een beetje ziek, hè Merel?'

Merel knikt zonder op te kijken van de puzzel. 'Zere keel,' zegt ze.

'Is Lydia ziek?' vraag ik.

'Een beetje,' antwoordt Wout. 'Maar ik heb vanmiddag dienst en zij heeft morgen een belangrijke afspraak op haar werk, dus het leek me verstandig om haar vandaag uit te laten zieken. En dat komt er niet van met een overactieve peuter om je heen.'

'Ik zal een kaarsje voor haar aansteken,' zegt mijn moeder.

'Ze gaat niet dood, hoor,' merk ik op. 'Ze heeft gewoon een griepje.'

Wat ik eigenlijk wel een lullige opmerking van mezelf vind, want mijn moeder bedoelt het goed.

'Ik breng haar vanavond terug,' zegt mijn vader tegen Wout, mij nadrukkelijk negerend. 'Als ze gegeten heeft en zó haar bedje in kan.'

Wout blijft een halfuurtje, maar kondigt dan aan dat hij weg moet.

'Ik ga ook,' zeg ik en ik trek mijn jas aan. 'Bedankt voor de koffie, het was gezellig.'

'Blijf je weer een keer eten? Dan gaan we gourmetten,' zegt mijn moeder.

'Doen we. Ik bel nog wel.' Ik kus mijn ouders gedag, geef Merel een knuffel en loop met mijn broer mee naar buiten.

'Ga je meteen naar het ziekenhuis?' vraag ik. 'Kan ik een lift van je krijgen? Ik moet naar het station.'

'Natuurlijk. Waar moet je naartoe?'

'Haarlem. Het is zo vervelend dat Amstelveen geen treinstation heeft. Zonder auto kun je er geen kant op.'

'Wat heb je in Haarlem te zoeken?' vraagt mijn broer.

'Ik ga iemand opzoeken die ik al heel lang niet heb gezien,' zeg ik terwijl ik in zijn auto stap. 'Herinner je je tante Josefien nog?'

Wout neemt plaats achter het stuur. 'Was dat niet een zus van oma?'

'Is. Ze leeft nog.'

'Echt waar? In mijn ogen was ze heel oud, maar dat vind je als kind van alle volwassenen.' Wout start de motor, we zwaaien naar onze ouders en Merel, die voor het raam staan, en rijden langzaam de straat uit.

'Ik kan me haar niet zo goed herinneren,' gaat Wout door. 'Ik weet wel dat ik haar een gek oud mens vond dat in zichzelf zat te praten. Ze kon je ook zo doordringend aankijken, of ze keek je juist helemaal niet aan. Dan zat ze met kaarsrechte rug op een stoel te glimlachen terwijl er niets te lachen viel. Ik vond haar een beetje eng.'

'Ze was niet eng,' zeg ik. 'Ze was eenzaam.'

'Dat zal best. Volgens pap en mam zat er een steekje bij haar los en dat zullen wel meer familieleden hebben gevonden. Van de ene op de andere dag hebben we haar nooit meer gezien. Vreemd eigenlijk. Heb jij nog weleens iets van haar gehoord?'

'Nee.'

'Waarom ga je dan nu opeens naar haar toe?'

Ik aarzel of ik het hem zal vertellen, maar dan moet ik over mijn dromen beginnen en daar voel ik weinig voor. Ik heb hem met een mail gewaarschuwd voor die aanslag op de metro, waar hij niet op heeft gereageerd. Wout heeft zo mogelijk nog minder met het paranormale dan mijn ouders, al is dat niet om geloofsredenen. Hij is zo aards en nuchter als maar kan, ergert zich dood aan de programma's van Char en Derek Ogilvie en vindt alles wat naar spiritualiteit riekt boerenbedrog. Met de kerk heeft hij ook niets. Tot groot verdriet van onze ouders hebben we er allebei mee gebroken, Wout nog eerder dan ik. Alleen Sophie woont nog regelmatig op zondag de dienst bij, al vermoed ik dat dat meer is om pap en mam een plezier te doen dan uit religieuze overtuiging.

'Roos?' Wout kijkt me van opzij aan. 'Ik vroeg waarom je nu opeens naar haar toe gaat.'

'Omdat zij de enige is met wie ik kan praten over mijn dromen,' zeg ik.

Er valt een gespannen stilte. Een paar minuten lang rijden we zwijgend door. Pas als we voor een stoplicht stilstaan, reageert Wout op mijn antwoord.

'Had zij die ook?'

'Ja.'

'Aha...' In gedachten verzonken kijkt hij voor zich uit en geeft gas zodra het stoplicht op groen springt. 'Dat wist ik niet.'

Weer valt er een stilte. Het soort stilte dat kan hangen tussen twee mensen die graag met elkaar willen praten, maar die geleerd hebben dat dat alleen maar tot wrevel leidt.

Toch doet Wout een poging. 'Weet je,' zegt hij na een tijdje, 'het is niet dat ik je niet geloof, ik denk alleen dat je je er te veel door laat meeslepen. Ik kan moeilijk ontkennen dat jouw intuïtie bijzonder sterk ontwikkeld is. Dat is in het verleden vaak genoeg gebleken. Maar ik plak er niet meteen allerlei etiketten op. De laatste tijd lijkt het wel of het mode is om een of andere gave te hebben. Vroeger werd je voor gek versleten, maar tegenwoordig krijg je een eigen televisieshow, zijn er op tv wedstrijden wie het meeste "ziet" op een plaats delict en wordt iedereen die een tochtvlaag voelt en beweert dat het een geest is, meteen serieus genomen. Waar is het nuchtere verstand gebleven? Een lamp die opeens uitgaat, is waarschijnlijk gewoon stuk. Maar nee, daar moeten we onze overleden voorouder in zien, die de hele dag over ons waakt en over onze schouder meekijkt naar wat we uitvoeren. Kom nou, zeg.'

'Er is ongetwijfeld bedrog bij, en er zullen ook veel mensen zijn die zichzelf een gave aanpraten, maar ik denk toch dat het goed is dat er aandacht aan wordt besteed,' zeg ik. 'Er zijn namelijk mensen die echt meer zien en voelen dan anderen, Wout. Probeer je eens voor te stellen dat dat jouw werkelijkheid is en dat niemand je gelooft.'

'Ik zou me laten opnemen tot ik weer met beide voetjes op de grond stond,' zegt Wout op de besliste manier waarmee hij aan iedere discussie bij voorbaat een einde maakt. In bepaalde opzichten doet hij sterk aan mijn vader denken. Neem nou de manier waarop hij soepel van onderwerp verandert, alsof zijn gelijk al is aangetoond en verder praten geen zin meer heeft. Je vraagt je af waarom hij er überhaupt over begint en waarom ik me ertoe laat verleiden de discussie weer aan te gaan.

'Zal ik je bij station Amstel afzetten? Daar is het wat rustiger dan bij Centraal,' zegt Wout.

'Dat is goed. Dank je.'

Bij het afscheid omhelzen we elkaar, en alsof hij voelt dat er iets in ons gesprek niet helemaal naar wens is gegaan, neemt Wout me eens goed op.

'Maak je niet te druk, oké?' zegt hij hartelijk. 'Ik weet dat je met die dromen in je maag zit, maar je zult zien dat je je voor niets zorgen maakt. Het zit allemaal hier.' Hij tikt speels tegen mijn voorhoofd en glimlacht.

Ik glimlach terug, pak mijn tas en open het portier. Even later loop ik met vlugge passen door de stationshal. Mijn behoefte om met tante Josefien te praten is groter dan ooit.

In mijn herinnering is tante Josefien een stevige vrouw met een flinke boezem, maar de breekbare gestalte die in haar leunstoel aan tafel een kruiswoordpuzzel zit te maken, lijkt daar helemaal niet op. Als ik haar een hand en na een korte aarzeling een kus geef en me voorstel, kijkt ze me met haar heldere blauwe ogen zo weifelend aan dat ik vermoed dat mijn naam haar niets meer zegt.

'Rosalie,' herhaalt ze en ze gaat verder met haar puzzel.

Niet helemaal op mijn gemak ga ik zitten.

'Ik wist dat je zou komen,' zegt tante Josefien zonder op te kijken.

Dat verbaast me niet. En het betekent dat ze wel degelijk weet wie ik ben.

Ik vraag hoe het met haar is en ze zegt dat het goed gaat, uitstekend zelfs. Op haar beurt vraagt ze naar mij, of ik getrouwd ben, kinderen heb, dat soort dingen. Om haar niet onnodig van streek te maken, vertel ik niet dat ik weduwe ben. Ik schilder haar een romantisch beeld voor van mijn leven in Amsterdam, met een mooi huis en een eigen kapsalon.

Ze luistert aandachtig, knikt en werpt een blik op haar puzzel.

'Een rivier in Italië. Twee letters.'

'Eh, de Po?'

Ze knikt goedkeurend en schrijft het op in een dun, beverig handschrift. Dan kijkt ze op, met verrassend heldere ogen, en vraagt opnieuw hoe het met me gaat.

Onderzoekend kijk ik terug, recht in die blauwe ogen, die me scherp opnemen, zonder een spoortje verwardheid of beginnende dementie.

'Niet zo goed,' beken ik.

'Dat dacht ik al. Je ziet bleek en je hebt kringen onder je ogen. Wat is er aan de hand?'

Minstens vijftien jaar is er verstreken sinds ons laatste gesprek, maar er is niets veranderd. We hebben nog steeds maar een half woord nodig om elkaar te begrijpen.

'Ik droom,' zeg ik. 'Verschrikkelijke dromen, die uitkomen. Dat had ik vroeger al, maar nu maken ze me echt bang. Ik heb bijvoorbeeld gedroomd van die vliegramp van laatst. Ik had in dat toestel moeten zitten, maar ik heb mijn ticket geannuleerd. Mijn man niet en hij is omgekomen.'

Ik zwijg en kijk door het hoge raam naar buiten, waar de boomtoppen bewegen in de wind. De moeilijkste dingen vertel je droog en zakelijk. Niet omdat je anders niet uit je woorden zou komen, maar omdat ze al erg genoeg zijn zonder verdere details. Een goed verstaander heeft die toegevoegde emoties niet nodig om zich in te kunnen leven, en tante Josefien al helemaal niet. Ik weet dat ze nu beelden ziet die zich in haar slaap zullen herhalen, maar ik weet ook dat ze heeft geleerd zich ervoor af te sluiten. Je haalt niet met je volle verstand de tachtig als je dat niet kunt.

Onze ogen ontmoeten elkaar en wisselen tientallen gevoelens en gedachten uit.

'Wat erg voor je,' zegt tante Josefien ten slotte. 'Dat spijt me heel erg.'

Mijn zicht wordt wat wazig. Ik knipper met mijn ogen en kijk naar het puzzelboekje dat tante Josefien me toeschuift. 'Een ander woord voor scenario.'

'Geen idee.'

We denken er een tijdje over na en zeggen dan tegelijk: 'Script!'

Met een glimlach vult tante Josefien de lege vakjes in. Intussen komt er een jongeman met een koffie- en theekarretje binnen.

'Koffie, mevrouw Vervliet?' vraagt hij opgewekt, met een begroetend knikje naar mij.

Tante Josefien knikt zonder van haar puzzel op te kijken.

'U ook?' biedt de verzorgende me gastvrij aan.

'Graag.' Ik steek mijn hand uit. 'Ik ben Rosalie, een achternichtje.'

'Leuk dat u langskomt. Mevrouw Vervliet krijgt niet vaak bezoek. Haar dochter komt wel regelmatig langs, maar zij is de enige.' De verzorgende schenkt twee kopjes koffie in, legt er een zakje poedermelk en twee klontjes suiker bij en loopt na een hartelijk 'Dat het mag smaken!' weer verder.

Zeker vijf minuten lang roeren mijn oudtante en ik in onze koffie en drinken ervan zonder iets te zeggen. Dan verbreek ik de stilte.

'Tante Josefien, waarom heb ik u van de ene op de andere dag nooit meer gezien?'

Over de rand van haar kopje kijkt ze me fronsend aan. 'Dat heb ik je toch uitgelegd?'

'Wat bedoelt u? Wat heeft u uitgelegd?'

'Op de dag dat ik afscheid van je nam. Hoe oud zal je geweest zijn, negen of tien jaar denk ik. Ik zei dat ik je helaas niet meer zo vaak kon zien, maar dat ik veel aan je zou denken. En dat als je me nodig had en je aan me dacht, ik dat zou weten.'

Ze vertelt het alsof dat gesprek een paar weken geleden heeft plaatsgevonden in plaats van ergens in mijn vroege jeugd. Hoewel zij het blijkbaar nog goed weet, herinner ik me er niets meer van.

'Ben je dat vergeten? Dat zal ook wel, je was nog maar een klein meisje. We hadden een goede band, weet je dat? Van het begin af aan.' Ze drinkt het laatste slokje koffie op en zet het kopje op tafel. 'Ik wilde je zo graag helpen. Ik wilde niet dat je net zo eenzaam zou zijn als ik in mijn jeugd was. Als je klein bent, weet je helemaal niet wat een paranormale ervaring is. Ik dacht dat iedereen zag wat ik kon zien. En toen ik merkte dat dat niet het geval was, leerde ik dat voor me te houden. Mijn ouders werden boos, beschuldigden me ervan dat ik fantaseerde of mensen afluisterde. Dan werd ik in het kolenhok gestopt, net zo lang tot ik toegaf dat ik het maar verzonnen had. Wij waren met z'n negenen thuis, ze dachten dat ik aandacht wilde trekken.'

'Dachten ze dat echt of wilden ze de waarheid niet onder ogen zien?'
Tante Josefien haalt haar schouders op. 'Wie zal het zeggen? Op een

dag namen ze me mee naar de kerk, op een tijdstip dat er geen dienst was. Ik begreep niet waarom alleen ik mee moest en mijn broers en zusjes thuis mochten blijven. Toen we bij de kerk kwamen, werd ik naar een apart kamertje gebracht en daar stond een hele delegatie geestelijken op me te wachten. Ik werd uitgebreid ondervraagd. Of ik de duivel had gezien. Of hij tegen me praatte. Of ik het verschil kon horen tussen Gods stem en die van Satan. Niet echt een geruststellend onderwerp voor een jong meisje. Men kwam tot de conclusie dat ik bezeten was. Met een heel ritueel van eindeloze Latijnse bezweringen probeerden ze de duivel uit te drijven. Urenlang heb ik op mijn knieën gezeten, de rozenkrans ging onophoudelijk door mijn vingers en na afloop was ik schor van het hardop bidden en nat van het wijwater. Huilend ging ik naar huis en huilend kroop ik in mijn bed, om de hele nacht met angstige dromen over hel en verdoemenis geplaagd te worden. Daarna heb ik nooit meer een woord gezegd over mijn gave. Pas veel later, toen ik getrouwd was en kinderen had, liet ik het mondjesmaat weer toe. Maar toen had ik allang gebroken met het geloof. Zodra ik trouwde en het huis uit ging – en ik trouwde jong – heb ik nooit meer een voet in de kerk gezet.'

Haar stem klinkt niet bitter, maar de diepe eenzaamheid die erin doorklinkt, treft me. Even heb ik de neiging om haar hand te pakken, maar iets weerhoudt me daarvan. Want ondanks die eenzaamheid gaat er een zekere trots uit van deze oude vrouw die eerder respect dan medelijden afdwingt.

'Ik wist al heel snel dat jij de gave ook had,' zegt tante Josefien. 'Ik zag het al toen je een baby was. Je lag in je ledikantje en je ogen bewogen heel aandachtig van links naar rechts, alsof je iets probeerde te volgen. Je lachte erbij, stak je handjes uit om het te pakken. Iedereen verbaasde zich erover, vroeg zich af waar je naar keek, maar voor mij was het zo duidelijk als wat. Ik zag precies hetzelfde als jij: de geest van mijn moeder die een kijkje bij je kwam nemen. We keken beiden naar haar, maar ik zei niets. Niemand zou me geloven, en de kans was groot dat je ouders me nooit meer zouden willen ontvangen in hun huis. En dat terwijl ik je zo graag wilde zien opgroeien, je begeleiden en uitleggen wat er met je aan de hand was, je beschermen tegen wat je te wachten stond...' Ze schudt verdrietig haar hoofd.

'En toen?' zeg ik zacht. 'Wat gebeurde er toen?'

'Heel lang gebeurde er niets. Je ouders hadden niet in de gaten dat er iets met je aan de hand was, of ze negeerden het. Als wij elkaar zagen, praatten we er wel over, maar niet waar andere mensen bij waren. Je ouders deden hun uiterste best om je gave te negeren. Ze luisterden niet naar je opmerkingen en als je doorging, werd je de kamer uit gestuurd. Je was nog zo jong, je had nog niet geleerd dat er momenten zijn waarop je beter niets kunt zeggen. Ik weet nog goed dat jullie bij mij op visite waren toen je begon te praten over "die meneer in de lucht". Ik wist meteen dat je mijn overleden man bedoelde. Ik probeerde op een ander onderwerp over te gaan, maar je hield vol dat die meneer in de lucht iets wilde zeggen en dat het onbeleefd was om steeds door hem heen te praten.'

Tante Josefien glimlacht bij de herinnering. 'Ik zei: "Zeg maar dat we nu geen tijd hebben." Die opmerking maakte je ouders woedend. Ze beschuldigden me ervan dat ik jou het hoofd op hol joeg met allerlei verzinsels, dat ik je ziel in gevaar bracht en een verkeerde invloed op je had. Ze stapten op, namen je mee en ik heb ze nooit meer teruggezien.'

Ze lacht niet meer, maar tuurt met waterige blauwe ogen in een verleden dat voorbij is maar nog niet vergeten.

'Maar u zei dat u me nog eens gesproken hebt,' help ik haar herinneren.

'Ja, ik heb je een keer opgezocht toen je bij je oma, mijn zuster, logeerde. Dat was tegen het strenge verbod van je ouders in, maar Helena begreep dat ik graag afscheid van je wilde nemen. En dat niet alleen, ik wilde je ook iets meegeven waar je later in je leven hopelijk houvast aan zou hebben. We hebben lang met elkaar gepraat, en daar kwam duidelijk uit naar voren dat je vaak last had van je gave. Dat je dingen om je heen zag die je niet begreep en die je angst aanjoegen. Aangezien er bij jou thuis geen ruimte was om daarover te praten, besloot ik je te leren hoe je je gave kon blokkeren. Weet je dat nog?'

Ik weet het nog. Het zat diep weggestopt, maar met ieder woord dat tante Josefien zegt komt er meer naar de oppervlakte. Haar stem, haar aanwezigheid, de warmte en liefde die ze uitstraalt roepen de ene herinnering na de andere op.

'De cirkel van licht,' zeg ik zacht.

'Precies. Ik liet je een cirkel van licht om jezelf heen trekken, van je hoofd tot aan je tenen. Dat doe ik zelf ook als het me allemaal te veel wordt. Het hielp meteen, ik zag je ontspannen. Bij het afscheid omhelsden we elkaar en daarna ben ik weggegaan. Ik heb jou en je ouders nooit meer gezien.'

'Ik heb vaak aan u gedacht,' zeg ik zacht. 'Zeker in het begin, dat weet ik nog wel. Maar toen werd ik ouder en vervaagde de herinnering.'

'Dat begrijp ik,' zegt tante Josefien. 'En ik had mijn eigen kinderen om me op te richten. Geen van drieën hebben ze de gave geërfd en daar was ik eigenlijk wel blij om. Maar ik heb veel aan jou gedacht. Dikwijls stond ik op het punt om je te bellen, maar ach, wat had dat voor zin gehad? Je was inmiddels volwassen en prima in staat voor jezelf te zorgen. Voor geen prijs wilde ik je leven gecompliceerd maken door tussen jou en je ouders in te gaan staan.' Haar blik verandert van weemoedig naar belangstellend. 'Hoe ís het je vergaan? Hebben je ouders je geaccepteerd zoals je bent?'

Ik haal mijn schouders op. 'We praten er nooit over.'

'Niet dus.' Het klinkt zakelijk, maar haar ogen staan meelevend. 'Dat vind ik naar om te horen.'

'Het valt wel mee. De tijden zijn veranderd. Wij hadden geen kolenhok thuis,' zeg ik, in een zwakke poging de sfeer wat luchtiger te maken.

Het helpt, tante Josefien glimlacht. 'Het zou ook anders zijn als je ouders niet zo gelovig waren. Tegenwoordig vindt niemand het meer gek als je zegt dat je bijzondere gaven hebt. Mijn kleindochters vinden het ontzettend interessant. De jongste vraagt me steeds of ik het haar ook wil leren.' Ze grinnikt en ik lach mee.

Ik vertel niets over de eindeloze preken die mijn vader afstak, of over de lange avonden van Bijbelstudie terwijl Wout en Sophie buiten speelden, over de vele keren dat ik mee moest naar de kerk om te biechten terwijl mijn vriendinnen naar het strand gingen. Binnen de kerk was weinig begrip en waren nog minder antwoorden voor de problemen waarmee ik worstelde. De pastoor raadde me aan langdurig te bidden voor ik ging slapen. Dat was nog niet eens zo'n slecht advies, het zorgde er in ieder geval voor dat ik me 's nachts een beetje beschermd voelde. Maar begrepen heb ik me nooit gevoeld. Niet door mijn ouders en niet door de kerk.

Tante Josefien sluit haar ogen en schrikt op. Dat gebeurt een paar keer achter elkaar, en als ik haar kin naar haar borst zie zakken, maak ik aanstalten om op te stappen. Ik heb nog geen woord gezegd over mijn jongste droom, maar dat was ik ook niet van plan. Wat heeft het voor zin om een oude vrouw onrustig en angstig te maken? Aan de andere kant zou ik graag willen weten of zij ook iets voorvoelt en of mijn zorgen terecht zijn.

'Ik ga maar weer eens,' zeg ik. 'U ziet er een beetje moe uit.'

Ze knikt.

Ik slinger mijn tas over mijn schouder, geef haar een kus op haar rimpelige wang en loop naar de deur. Op de drempel kijk ik nog even om. Tante Josefien lijkt al te slapen.

Voorzichtig trek ik de deur achter me dicht.

Vreemd, zoals het geheugen werkt. Jarenlang heb ik amper aan tante Josefien gedacht en ons laatste gesprek was volkomen uit mijn herinnering gewist. Maar nu ik haar in de ogen heb gekeken, haar stem heb gehoord en de vertrouwde geur van haar eau de toilette heb geroken, zie ik mezelf weer naast haar op de bank in haar huiskamer zitten. Ik voel de greep van haar hand om de mijne en ik maak opnieuw de schrik en verwarring door die ik ervoer toen ze me vertelde dat we elkaar een tijdje niet zouden zien.

Opeens zijn ze er weer, de herinneringen aan verschijningen rond mijn bed, aan de schimmen die ik altijd uit mijn ooghoeken zag.

Die cirkel van licht was ik helemaal vergeten, tot tante Josefien me erover vertelde. Nu besef ik dat ik er nooit meer uit ben gestapt. Ik kan me in ieder geval nauwelijks bovennatuurlijke voorvallen herinneren.

Oké, ik voel regelmatig tochtvlagen, of plaatselijk heel koude plekken, maar die heb ik altijd afgedaan als tocht. Diep in mijn hart vermoedde ik dat het lang niet altijd tocht was, zeker als er nergens een deur openstond, maar ik wilde er niet aan. Ik vond mijn leven wel lekker rustig zo, en dat vind ik nog steeds.

Wat bleef waren de bewegingen die ik vanuit mijn ooghoeken opving. Regelmatig had ik het gevoel dat er iemand in de buurt was, nog net binnen mijn gezichtsveld. Maar als ik me omdraaide, was er niemand.

Ook al sloot ik me ervoor af, ik kreeg toch informatie binnen. Over mensen uit mijn omgeving, maar ook over vreemden die ik ontmoette. Eén moment van lichamelijk contact en ik wist precies in wat voor stemming iemand was, of de lach op zijn of haar gezicht echt was, of ik diegene kon vertrouwen, of hij of zij ziek was of blaakte van gezondheid.

De radar die me waarschuwde voor gevaar bleef scherp afgesteld staan, wat me voor grote en kleine ongelukken behoedde. Niet dat mijn voorgevoelens altijd betrekking hadden op rampspoed, ze konden net zo goed onverwacht bezoek aankondigen of me laten weten dat het weer zou omslaan zodat ik altijd voor de eerste regendruppels vielen weer thuis was. Onschuldige informatie dus, waar ik aan gewend was en die ik als vanzelfsprekend in mijn leven opnam.

Een paar keer heb ik geprobeerd er met Jeroen over te praten. Hij moest er onbedaarlijk om lachen en heeft er de hele avond grapjes over gemaakt. Later raakte hij geïrriteerd en noemde hij het zweverige aanstellerij.

En dus zei ik maar niets meer. Hoe moeilijk het ook was, ik hield mijn mond als Jeroen op het laatste moment de deur uitging voor een vergadering, terwijl ik wist dat de auto niet zou starten. Ik zweeg tegen hem en ik zweeg tegen mijn familie. Ik ben erg goed geworden in zwijgen.

Thuis zet ik de oven aan en als hij voorverwarmd is, schuif ik de pizza calzone erin die ik nog in de koelkast had staan. Terwijl ik wacht belt mijn moeder.

'Ben je bij tante Josefien geweest?' vraagt ze.

'Ja,' zeg ik. 'Ze was oud geworden natuurlijk, maar ze zag er goed uit. Gezond, bedoel ik.'

'Mooi. Waar hebben jullie het over gehad?'

'Over haar jeugd. Volgens mij heeft ze geen gemakkelijk leven gehad.'

De telefoonlijn ruist zachtjes.

'Tja,' zegt mijn moeder.

'Waarom hebben jullie het contact met haar verbroken, mam? Wat had ze verkeerd gedaan?'

Mijn moeder slaakt een diepe zucht. 'Ze had niet echt iets verkeerd gedaan, maar ze had gewoon veel invloed op je. Als zij langs was geweest, sliep je slecht, gedroeg je je vreemd, durfde je niet alleen naar boven, moest de hele nacht het licht aan... Dat soort dingen.'

'Dat was altijd al, mam. Niet alleen als ik tante Josefien had gezien.'

'Maar het werd wel erger,' houdt mijn moeder vol. 'Als je de dingen waar je bang voor bent negeert, gaat het vanzelf over. Maar als je er te veel aandacht aan besteedt en er steeds de nadruk op legt hoe bijzonder het is, wordt het alleen maar erger. Tante Josefien liet je ook allerlei rare rituelen uitvoeren waar je vader en ik geen goed gevoel bij hadden.'

'Ze wilde me helpen! Ze gaf me advies.'

'Sommige adviezen kun je beter naast je neerleggen, Roos. Je was er te veel mee bezig. Toen we het contact met tante Josefien hadden verbroken, ging het meteen een stuk beter met je.'

Ik denk aan tante Josefiens laatste advies, waarmee ik mijn gave radicaal blokkeerde, en ik zucht. Blijkbaar vat mijn moeder mijn zwijgen als instemming op.

'Dus het was voor iedereen het beste zo,' besluit ze.

'Iets doodzwijgen en negeren wil niet zeggen dat het er niet meer is, mam,' merk ik op.

'Nee, maar het zorgt er wel voor dat het niet de overhand krijgt. Sluit het af, Roos. Houd je niet meer bezig met die dromen van je. Ik geloof echt wel dat je ze hebt en ik zie dat ze je angst aanjagen. Maar je weet niet waar ze vandaan komen, of ze een functie hebben of dat iets eropuit is om je in zijn greep te krijgen.'

Ik weet dat we nu niet ver verwijderd zijn van een gesprek over Satan.

'Ja,' zeg ik. 'Nee, bedoel ik. Misschien heb je wel gelijk.'

'Natuurlijk heb ik gelijk. Laat de wereld aan God over. Daar heeft Hij jouw hulp echt niet bij nodig,' zegt mijn moeder, met nieuwe energie nu ze vat op me denkt te krijgen.

'Nee, dat zal wel niet,' zeg ik.

We praten nog een paar minuten door voor we elkaar gedag zeggen. Met de telefoon in mijn hand kijk ik voor me uit. Ergens klonken mijn moeders woorden niet onverstandig. Dit probleem is te groot voor mij, maar houdt dat in dat ik me daarom aan mijn verantwoordelijkheid moet onttrekken? Dat kan ik niet.

Zoals mijn moeder zelf al zei, kun je sommige adviezen beter naast je neerleggen.

Nederlanders zijn open en direct en dat verwachten ze ook van anderen. Maar in de Marokkaanse cultuur is het niet de gewoonte om ronduit te zeggen wat je ergens van vindt. Dat heeft te maken met de begrippen eer en schaamte. De eer van de familie gaat boven alles, zelfs boven de waarheid. Om de goede naam van je ouders te bewaren is het voor een Marokkaan niet altijd bezwaarlijk om een leugentje om bestwil te vertellen. Dat kan variëren van stiekem alcohol drinken tot geloofsregels aan je laars lappen.

Zolang niemand er last van heeft, is het zelfs aan te bevelen om de waarheid voor je te houden.

Omgekeerd zal een familielid je niet snel confronteren met zijn vermoedens, om jouw eergevoel niet aan te tasten.

'Je bent degene die anderen denken dat je bent,' heeft zijn vader eens gezegd.

In Nederland hoef je daar niet mee aan te komen, hier vinden ze je schijnheilig als je vijf keer per dag bidt maar tijdens de ramadan wel een nasischijf uit de muur trekt. Zoals hij deed.

Een Nederlandse studiegenoot vroeg hem eens waarom hij stiekem at. Hij was negentien, hij kon toch doen en laten wat hij wilde?

'Uit respect voor de gevoelens en waarden van mijn familie,' antwoordde hij.

Daar begreep zijn vriend niets van, en hij slaagde er niet in het uit te leggen. Een moslim die zich aan de geloofsregels houdt, krijgt veel respect, maar in Marokko verplicht niemand je om vijf keer per dag je bidmatje uit te rollen. Wie om een glas wijn of bier vraagt, krijgt het buiten de ramadan zonder commentaar voorgezet. Er gebeurt van alles dat door de islam verboden is, alleen niet in het openbaar. Homo's, vrouwen die sigaretten roken, ze worden getolereerd zolang ze niet met zichzelf te koop lopen.

Vrijheid wil niet zeggen dat je het recht hebt om alles te doen en te zeggen wat je wilt als je daar anderen mee schoffeert.

Ondanks de grote cultuurverschillen hebben zijn ouders nooit een kwaad woord over hun gastland over hun lippen laten komen. Ook zij hadden zo hun ervaringen met discriminatie en ze maakten zich net zo goed zorgen over de toenemende intolerantie. Toch overheerste bij hen het gevoel dat ze in Nederland goed werden behandeld. Hier werden ze niet, zoals in Marokko, aan hun lot overgelaten als het leven tegenzat. Toen zijn vader zijn baan als metaalbewerker verloor, stond er dezelfde maand een uitkering van de sociale dienst op zijn rekening. De hartaanval die hem trof bracht emoties en stress, maar geen financiële problemen. In Marokko zou het een barre strijd om het bestaan zijn geworden, maar in Nederland werd hij ontslagen van zijn sollicitatieplicht en kreeg hij al zijn ziekenhuisrekeningen vergoed. Al die jaren dat zijn ouders hier woonden, hebben ze geweigerd om te verhuizen naar buurten waar vooral Marokkanen woonden. Ze bleven in de bovenwoning die hun destijds was toegewezen, tussen de Amsterdammers, ook al bleven ze lang het gevoel houden dat ze er niet helemaal bij hoorden. Dat probleem werd vanzelf opgelost toen de Amsterdammers wegtrokken en er steeds meer allochtonen in de straat kwamen wonen.

Ook zo'n woord trouwens, allochtonen. Vroeger was je Marokkaan, Turk of gastarbeider, tegenwoordig ben je allochtoon. Daarmee heb je de hele kliek bij elkaar. De moslims, welteverstaan. Andere immigranten, zoals Engelsen of Fransen, zijn geen allochtonen maar gewoon buitenlanders.

Maar alles bij elkaar was zijn leven tot zijn zestiende oké. Na 11 september 2001 veranderde dat van het ene moment op het andere. Een golf van wantrouwen verspreidde zich door de samenleving. Nederlanders bleken opeens niet meer zo tolerant te zijn; ze sloten de gelederen.

De dag dat Pim Fortuyn werd vermoord, draaiden alle hoofden onmiddellijk naar de Marokkanen en Turken in het land. Het was een opluchting dat de moordenaar een Nederlander bleek te zijn, en tegelijk ergerde hij zich eraan dat daar zoveel aandacht aan werd besteed. Het leek alsof Nederland wachtte op het moment dat ze gelegitimeerd in de aanval konden gaan.

Erg lang hoefden ze niet te wachten. De moord op de conrector van een Haagse school door een Turkse leerling wekte zoveel verontwaardiging dat hij bijna niet meer over straat durfde. Een paar maanden later vloog het nieuws over de aanslagen in Madrid, opgeëist door Al Qaida, de wereld over en werd de sfeer zo grimmig dat hij voor het eerst overwoog na zijn studie terug te keren naar zijn geboorteland.

Maart gaat over in april. Steeds sneller gaan de dagen naar het einde van de maand.

Zo lang ik me herinner heb ik Koninginnedag gevierd. Toen ik klein was in Amstelveen, op de vrijmarkt in de buurt, waar ik met Sophie en Wouter van ons afgedankte speelgoed probeerde af te komen. Als puber heb ik op een bloedhete Koninginnedag samen met Wouter bekertjes cola verkocht. Later gingen we met groepjes vrienden Amsterdam in en zetten we de boel op stelten in kroegjes.

Vandaag zou ik het liefst in mijn bed blijven liggen, met mijn hoofd onder mijn kussen. In plaats daarvan sta ik op de ochtend van 30 april om zeven uur op en ga de deur uit. Ondanks het vroege tijdstip zijn er al heel wat mensen op straat. Met bakfietsen vol spullen rijden ze naar het Vondelpark en andere plekken in de stad waar ze hun rommel van zolder hopen te slijten.

Ik fiets de andere kant op, naar station Zuid, waar ik mijn fiets in de stalling zet en er twee kettingen om slinger. Vervolgens ga ik de stationshal in en haal koffie en een paar broodjes. In de kiosk koop ik een krant en een tijdschrift, terwijl ik met één oog de hal in de gaten houd.

In mijn droom kwam ik gelijk aan met de jongen in het leren jasje, maar dromen lopen niet synchroon met de werkelijkheid. Zelfs voorspellende dromen niet. Het is onmogelijk om te bepalen van welke kant hij zal komen, dus posteer ik me zo dicht mogelijk bij de metro-ingang.

Bij gebrek aan iets om op te zitten laat ik me naast de kaartjesautomaat op de grond zakken. Met mijn rug tegen de muur eet ik mijn broodjes, lees de krant, drink koffie, speel met mijn telefoon en kijk op bij iedere voorbijganger.

Er verschijnen twee mannen van de bewaking. Ze werpen me een snelle, inspecterende blik toe.

Niemand vraagt wat ik uitvoer. In Amsterdam zijn ze wel wat gewend. Zolang je niemand lastigvalt en je er niet gevaarlijk uitziet, kun je rustig een dag en een nacht op de grond zitten zonder dat iemand aandacht aan je besteedt.

Intussen neemt de drukte toe. Steeds meer mensen vullen de hal en scannen hun ov-chipkaart bij de toegangspoortjes.

De bewakers komen weer langs. Deze keer blijven ze voor me staan en spreken ze me aan. Of ik op iemand zit te wachten. Ik knik en ze lopen door.

Een halfuur later blijven ze opnieuw bij me stilstaan en nu beginnen ze door te vragen. Om van hen af te zijn, sta ik op en loop ik naar de detectiepoortjes. Met de ogen van de bewakers in mijn rug loop ik de trap op en even later sta ik op het perron.

Ik neem plaats op het dichtstbijzijnde bankje, waar ik de trap in de gaten kan houden. Als de bewakers naar boven komen, houd ik met moeite een diepe zucht binnen. Maar ze knikken me alleen toe, lopen twee keer heen en weer over het perron en gaan weer naar beneden.

Eigenlijk is het wel een veilig idee dat ze hier rondlopen. Ik heb er vluchtig aan gedacht wat ik zou doen als ik de jongen met het leren jasje zou zien verschijnen, maar verder dan alarm slaan ben ik niet gekomen. En als je alarm slaat, is het prettig als er iemand in de buurt is om je te helpen.

Zittend op het bankje is het wachten een stuk beter vol te houden, maar de tijd verstrijkt toch uiterst traag.

Er komen meer dan genoeg jongens langs die enigszins voldoen aan het beeld dat ik voor ogen heb, maar tegen twaalven heb ik de dader zelf nog niet gezien.

Stijf van het zitten en rondhangen loop ik wat heen en weer. Vanuit mijn ooghoeken zie ik de bewakers met een wantrouwige blik de trap weer op komen.

Ik slenter weg, achter de trap langs, om naar beneden te glippen zodra de twee mannen het perron op lopen.

Beneden, op mijn oude plekje bij de kaartjesautomaat, houd ik het nog een halfuur vol. Dan geef ik het op en ga naar huis.

De rest van de dag blijf ik thuis, met de televisie aan en mijn iPhone in mijn hand. Regelmatig kijk ik op Twitter of er iets bijzonders aan de hand is, want langs die weg verspreidt nieuws zich het snelst. Er lijkt echter niets aan de hand te zijn.

Terwijl heel Nederland feestviert en van een zonovergoten dag geniet, lees ik op de bank een boek en baal. Natuurlijk ben ik blij dat er geen aanslag is gepleegd. Ik zou er iets voor geven als mijn droom gewoon een nachtmerrie was.

Maar dat er vandaag niets is gebeurd, wil niet zeggen dat de aanslag niet voor een andere feestdag gepland staat, en bij de gedachte aan wat dat voor mij betekent, voel ik me een beetje moedeloos worden. Over een paar dagen is het Bevrijdingsdag en staat weer de hele stad op zijn kop. De hele zomer lang staan er feesten op de agenda.

Sail, het Grachtenfestival in de Jordaan, de Uitmarkt, ik kan er zo wel een paar bedenken. Ik zie mezelf al de hele zomer de metro-ingang bewaken.

Een van de eerste dingen die tante Josefien me leerde, was dat mijn helderziendheid me niet verantwoordelijk maakt voor de toekomst. Natuurlijk kun je proberen de loop der dingen te keren, en soms lukt dat ook, maar bepaalde gebeurtenissen in het leven zijn onveranderlijk. Je kunt proberen om er invloed op uit te oefenen, maar als je daar niet in slaagt, maakt dat je niet automatisch schuldig.

Ik weet het, maar toch zou ik het mezelf nooit vergeven als er een ramp zou gebeuren die ik had kunnen voorkomen.

En dus hang ik op de ochtend van 5 mei weer op station Zuid rond. Gelukkig lopen er andere bewakers rond en ik ben ook wat later van huis gegaan, maar evengoed is het moeilijk om de uren door te komen.

Als de jongeman die in de kiosk werkt naar buiten komt en een praatje met me aanknoopt, begrijp ik dat ik wel degelijk opval. En verontrust vraag ik me af of ik iemand anders misschien ook ben opgevallen.

Een paar dagen lang pieker ik wat ik moet doen. Ik kan de krant bellen of een waarschuwing laten uitgaan op Twitter en vragen of mijn volgers die willen doorsturen.

Het probleem is dat de meeste mensen sceptisch staan tegenover helderziendheid en helemaal als je rampen aankondigt. Ik word niet graag op één lijn gesteld met onheilsprofeten die het einde van de wereld aankondigen.

Het is misschien egoïstisch, maar ik kan het niet opbrengen mijn verhaal terug te zien als een sensatiebericht dat niemand serieus neemt. Ik overweeg om het nog een keer bij de politie te proberen, maar ik zou niet weten waarom ze deze keer wel actie zouden ondernemen.

Toch weiger ik me erbij neer te leggen dat ik niets kan doen. In hoeverre ik de details uit mijn droom letterlijk moet nemen weet ik niet, maar ik blijf ervan uitgaan dat de dader in Zuid op de metro zal stappen. Dat betekent dat ik er moet blijven posten en dat ik geen andere keus heb dan hulp vragen. Elvan laat nu al duidelijk merken dat ze het vreemd vindt dat ik zo vaak weg ben en dat ik zelfs op de drukste dag van de week de zaak aan Amber en haar overlaat. Het gaat haar niet aan en dat weet ze, maar ook zwijgen en fronsen is een vorm van protest. En de laatste tijd zwijgt en fronst ze veel.

Donderdag, tijdens de lunch, neem ik mijn collega's in vertrouwen. Het is rustig in de zaak, zodat we met z'n drietjes tegelijk kunnen eten, wat niet vaak voorkomt.

Ik begin met de mededeling dat ze vast wel gemerkt hebben dat ik de laatste tijd veel aan mijn hoofd heb en vaak weg ben. Amber knikt en zegt dat ze dat heel normaal vindt voor iemand die net haar man verloren heeft. Dat Elvan en zij het er al over gehad hebben en dat ze van plan waren me zoveel mogelijk ruimte te geven.

Elvan knikt, haar ogen donker en warm. 'We maken ons zorgen over je.'

Een beetje beschaamd omdat ik haar houding verkeerd heb beoordeeld, ga ik verder met mijn verhaal.

'Natuurlijk mis ik Jeroen,' zeg ik. 'Ik mis hem ontzettend. En het valt me inderdaad weleens zwaar om de hele dag over koetjes en kalfjes te praten met de klanten, of om me in hun problemen te verdiepen. Maar dat is niet de reden dat ik zo vaak weg ben. Ik had het jullie wel willen vertellen, maar...' Ik aarzel, kijk weg.

Elvan en Amber wachten af, met bezorgde, ernstige gezichten, en opeens weet ik dat ik hun alles kan vertellen. Misschien geloven ze me niet voor honderd procent, maar ze zullen er in ieder geval een poging toe doen.

En zo gaat het ook. Op mijn aarzelende vraag of ze weleens voorgevoelens hebben, knikken ze beiden. De voorbeelden die ze vervolgens noemen vind ik niet heel sterk, maar ik haak er dankbaar op in.

Ik vertel over mijn jeugd, over tante Josefien, over alles wat ik voorzag en heb onderdrukt. Ik geef legio voorbeelden voor ik begin over de vliegramp waar Jeroen bij is omgekomen. Als Elvan en Amber al onder de indruk waren, dan staan ze nu perplex.

'Heb jij over dat ongeluk gedróómd? En was dat de reden dat je de volgende dag pas vloog?' zegt Amber. 'Shit hé, dat is heftig!'

Elvan lijkt wat sceptischer. 'En Jeroen dan? Waarom nam hij die vlucht wel?'

'Hij geloofde me niet,' zeg ik. 'Jeroen heeft nooit veel op gehad met paranormale zaken. Als ik hem eens iets vertelde over wat ik voorvoelde, dan had hij er altijd van die wetenschappelijke verklaringen voor. Ik kon dat nooit weerleggen, net zomin als je het argument "toeval" kunt weerleggen. Dus op een gegeven moment hadden we het er niet meer over. Toen we in Marrakech zaten geloofde hij me ook niet.'

Ik dacht dat ik de herinneringen aan die dag wel aankon, maar opeens is er die trilling in mijn stem en het gevoel dat er diep vanbinnen iets smelt, wat via mijn ogen naar buiten vloeit.

Onmiddellijk heb ik twee paar armen om me heen, word ik over mijn haar gestreeld en hoor ik lieve, troostende woorden.

Resoluut veeg ik mijn tranen weg en hervat ik mijn verhaal. Aanvankelijk luisteren Amber en Elvan, nog vol in hun troostende rol, met een halfoor, maar als ik de woorden 'metro' en 'aanslag' laat vallen, heb ik hun volledige aandacht.

'Een aanslag?' zegt Amber geschokt. 'Hier in Amsterdam?'

Elvan kijkt ook geschrokken, maar ze herstelt zich snel.

'Maar dat hoeft niet te gebeuren. Rosalie, toch niet iedere droom van je komt uit? Ik bedoel, ik droom ook weleens iets verschrikkelijks dat heel echt lijkt, maar...' Ze maakt haar zin niet af, kijkt me vragend aan.

Het is vermoeiend om steeds weer uit te leggen hoe het zit met mijn dromen, maar het moet maar. Dus ik begin aan mijn relaas over heldere en gewone dromen, dromen die ik naast me neerleg en andere die een alarmsignaal bij me doen afgaan.

'Dat heb ik gemerkt,' zegt Elvan.

'Wat?'

'Dat van die voorgevoelens,' zegt Elvan. 'Je hebt af en toe van die opmerkingen. Op een gegeven moment viel het me op dat het vaak uitkwam wat je zei.'

'O ja? Wat dan?' zegt Amber.

'Kleine dingen, zoals hoe druk het ging worden die dag. En wat denk je van de voetbaluitslagen van het WK? Ze noemde geen scores, maar Rosalie wist altijd of we gingen winnen of verliezen.'

'Dat is waar! De uitslagen van het WK! Daar waren we toen zo verbaasd over.' Alsof Amber me voor het eerst ziet, zo getroffen kijkt ze me aan. 'Kun je dat echt? Kun jij de toekomst voorspellen?'

Hoewel het prettig is als mensen je een keer wél geloven, krijg ik toch een onbehaaglijk gevoel door de manier waarop ze me aankijkt.

'Niet op commando. Soms wel, soms niet. Ik heb er geen controle over.'

'Bizar,' zegt Amber. 'Echt bizar. Kun je ook zien wat je moet invullen bij een loterij?'

Elvan werpt haar een verstoorde blik toe en legt haar hand op de mijne. 'Luister Roos, ik kan je nu wel adviseren om afstand te nemen en het van je af te zetten, maar dat gaat je zo te zien niet lukken. Ik weet ook niet hoe serieus je die dromen moet nemen. Niemand kan je dat vertellen, de toekomst zal het moeten leren.'

'Ik denk niet dat het zo lang zal duren. Als iets zich in de verre toekomst gaat afspelen, dan weet ik dat. Op de een of andere manier is dat in die droom al duidelijk,' zeg ik.

'Dus je denkt dat er binnenkort een aanslag gepleegd gaat worden in de metro.'

Amber kijkt ronduit bang en dat spijt me. Ik had haar liever niet met mijn angsten opgezadeld.

'Je moet naar de politie stappen,' zegt ze zenuwachtig.

'Dat heb ik gedaan. Ze geloofden er duidelijk geen snars van.'

'O. En wat doen we dan nu? Gewoon maar afwachten of jouw droom uitkomt?' valt Amber uit.

Ik zeg niets en kijk naar Elvan, die in gedachten verzonken naar een grote poster staart van een goedgeknipt en geföhnd model.

Het belletje van de deur gaat, en abrupt teruggehaald naar de werkelijkheid van alledag kijken we alle drie tegelijk om.

Amber loopt snel naar de klant, Elvan brengt onze vuile bekers naar het aanrecht en zet de warme kraan aan. Terwijl zij afwast, pak ik een theedoek en droog af.

'Geloof je me?' Ik had het niet willen vragen, maar ik kan het niet laten.

Ze kijkt op en een paar seconden houden onze blikken elkaar vast.

'Ik geloof zeker dat jij meer voelt dan een ander,' zegt ze. 'Maar je zou het ook mis kunnen hebben. Toch?'

In haar donkere ogen zie ik iets weerspiegeld dat er net nog niet was. Angst. Omwille van haar gemoedsrust kan ik niet anders dan knikken.

Vermoeid kom ik aan het einde van de dag thuis. Terwijl ik de sleutel in het slot steek, hoor ik binnen de telefoon overgaan. Gehaast maak ik de deur open, gooi hem achter me dicht en sprint naar het bijzettafeltje bij de bank waar de telefoon staat.

'Met Roos.'

'Spreek ik met Rosalie Wesselink?'

'Ja.'

'Goedenavond. Neem me niet kwalijk dat ik u op dit tijdstip stoor. Ik ben Robert Haasbeek van *De Telegraaf* en ik zou u graag een paar vragen willen stellen.'

De mannenstem aan de andere kant van de lijn klinkt krachtig en zelfbewust, helemaal niet alsof hij zich opgelaten voelt dat hij me stoort op een tijdstip waarop veel mensen zitten te eten.

Ik houd een zucht binnen. Voor de vorm vraag ik waar het over gaat, al is dat me natuurlijk meteen duidelijk.

'Ik ben bezig met een artikel over de Airbus 321, het toestel dat in februari is neergestort. Ik heb begrepen dat u in dat vliegtuig had moeten zitten, maar dat u op het laatste moment een andere vlucht hebt genomen. Klopt dat?'

Ik gun mezelf een paar seconden om over een antwoord na te denken, maar blijkbaar duurt het te lang, want de verslaggever begint 'hallo?' te roepen.

'Ik ben er nog. Ja, ik had in dat toestel moeten zitten.'

'En hoe komt het dat u er niet in zat?'

'Daar ga ik liever niet op in.'

'Maar het is toch een onschuldige vraag? Was u ziek, kwam u te laat op het vliegveld aan, kortom, wat is de reden dat u niet instapte?'

'Ik heb uw vraag wel begrepen,' zeg ik geïrriteerd. 'Ik heb alleen niet zoveel zin om het erover te hebben.'

'Dat begrijp ik. Uit betrouwbare bronnen heb ik vernomen dat uw echtgenoot wél aan boord was van het toestel en dat hij verongelukt is. Mag ik u mijn oprechte deelneming aanbieden? Het moet een verschrikkelijk verlies voor u zijn.'

Haasbeeks stem daalt een octaaf, naar een begripvol, troostend niveau dat beelden oproept van een sterke schouder waarop je kunt uithuilen. Maar het beeld van een journalist die ieder woord dat ik spreek gretig opschrijft, is sterker, dus ik trap er niet in.

Intussen zoemen mijn hersenen als een overbelast netwerk, op zoek naar het antwoord op de vraag van wie Haasbeek zijn informatie heeft.

Amber? Het moet wel. Ze was vanmiddag zo onder de indruk van mijn verhaal. Wat een enorme vergissing om haar in vertrouwen te nemen.

Woede welt in me op, maar ik onderdruk die om de journalist te woord te staan.

'Zoals ik al zei, heb ik er geen behoefte aan om dit met u te bespreken, meneer Haasbeek,' zeg ik. 'Ik ben in de rouw, ik hoop dat u dat respecteert.'

'Natuurlijk respecteer ik dat, maar ik heb begrepen dat u gedroomd had over dat ongeluk en dat u om die reden uw ticket hebt omgeboekt. Ik heb ook gehoord dat u vaker voorspellende dromen hebt en dat u recentelijk hebt gedroomd dat er zich een ramp gaat voltrekken in de Amsterdamse metro. Klopt dat? En hebt u over een willekeurig ongeluk gedroomd of gaat het om terrorisme?'

Met stomheid geslagen laat ik de telefoon zakken. Paniek grijpt me bij de keel, wanhopig zoek ik naar de juiste reactie, een geschikt antwoord om deze journalist op afstand te houden. Tot ik besef dat ik hem helemaal geen antwoord verschuldigd ben en ik gewoon ophang.

Een volle minuut blijf ik met de telefoon in mijn hand staan, in de stellige overtuiging dat Haasbeek terug zal bellen, maar dat gebeurt niet.

Moe en chagrijnig ga ik die avond naar bed. Ik blijf me maar afvragen of Amber hem gebeld heeft. En als dat zo is, waarom heeft ze dat in hemelsnaam gedaan?

Wat ongelooflijk stom van me om zoiets te vertellen aan iemand die haar mond niet kan houden. Daar sta je dan met je intuïtie.

Een groot deel van de nacht lig ik te woelen en te draaien, en repeteer ik wat ik tegen Amber ga zeggen. In de uren die overblijven maak ik me vooral zorgen over wat me te wachten staat.

De volgende ochtend is Amber de kapsalon nog niet binnen of ze krijgt de volle laag.

'Hoe kon je dat nou doen!' foeter ik. 'Ik vertel jullie iets in vertrouwen, iets wat bij mij heel gevoelig ligt, en jij lult het door tegen een journalist! Echt Amber, dit valt me zo van je tegen!'

'Waar heb je het over? Ik heb helemaal niet geluld met een journalist,' zegt Amber terwijl ze haar jas ophangt.

'O nee? En waarom werd ik dan gisteravond gebeld door iemand van

*De Telegraaf*? Hoe kwam het dat hij alles wist van mijn nachtmerrie over die vliegramp, van Jeroens dood en noem maar op?'

'Weet ik veel!' zegt Amber verontwaardigd. 'Misschien hebben je ouders hun mond voorbijgepraat. Of je broer of zus. Ik was het niet!'

Als ze bluft, doet ze dat wel overtuigend. En aangezien ik me niet kan voorstellen dat ze keihard in mijn gezicht zou liegen, kalmeer ik.

'Natuurlijk was het mijn familie niet, die zou dat nooit doen,' sputter ik nog wat na.

'En ik wel zeker?' zegt Amber beledigd.

Ik zucht diep. 'Nee, van jou verwachtte ik zoiets ook niet. Anders had ik je dat allemaal nooit verteld. Maar als jij niets hebt gezegd, hoe komt die kerel dan aan zijn informatie?'

'Misschien heeft de vliegmaatschappij hem gegevens verstrekt,' oppert Elvan, die van een afstandje verschrikt heeft staan toekijken. 'Die zijn niet geheim, toch?'

'Maar hoe kan het dat hij ook wist van mijn droom? Ik begrijp er niets van.' Met een gevoel van onbehagen zet ik de deur van de kapsalon open. Er is gepraat en ook al kan ik me daar niets bij voorstellen, het moet iemand uit mijn nabije omgeving zijn. Het hoeft niet expres te zijn gebeurd, een verspreking is zo gemaakt, maar ik wil wel graag weten wie het was. Al is het alleen maar om erachter te komen wat die journalist nog meer weet.

Het is zaterdag en de werkdag begint meteen druk. Zoals altijd als je naar een moment zoekt om even rustig een telefoontje te plegen, volgen de klanten elkaar de hele dag door op, zodat we alle drie voortdurend bezig zijn.

Pas aan het einde van de dag, als Amber en Elvan al naar huis zijn, vind ik de tijd om mijn familie te bellen. Om niet beschuldigend over te komen, stel ik mijn vraag zo voorzichtig mogelijk, maar noch mijn ouders, noch Wout en Sophie hebben met welke krant dan ook gesproken.

In gedachten verzonken kijk ik voor me uit. De enige die overblijft is

Rafik, maar dat kan ik ook niet geloven. Ik besluit het hem een andere keer te vragen. Voor vandaag is het mooi geweest, ik ben moe en wil naar huis. Morgen is het zondag, lekker uitslapen.

Op straat kon hij zichzelf zijn. Niet op school, niet in de moskee, maar 's avonds, rondhangend in de wijk, kwam een belangrijk deel van zijn sociale leven tot stand. Daar heeft hij Abdullah ook leren kennen. Ze praatten over wat er mis was met de wereld in het algemeen en met die van hen in het bijzonder. Ze scholden op hun ouders die niets van hun problemen begrepen, over de politie die hen altijd moest hebben, over school waar je niets zinvols leerde, over wat er mankeerde aan Nederland en ook aan Marokko, waar ze niet veel milder over waren.

De hangplek waar ze iedere avond bij elkaar kwamen, leverde problemen op in de straat. Buurtbewoners klaagden dat ze overlast veroorzaakten, dat ze zich geïntimideerd voelden door de jongens, ook al stonden die rustig te roken en bemoeiden ze zich met niemand.

De politie kwam en legde uit dat er een samenscholingsverbod van kracht was, wat inhield dat er niet meer dan vier man bij elkaar mocht staan.

Uit frustratie gingen ze de strijd aan, gedroegen ze zich zoals van hen verwacht werd. Ze staken auto's in brand, jouwden de buurtbewoners uit, smeten stenen door de ramen van de klagers en toen de ME met groot materieel uitrukte, sloegen ze niet op de vlucht, maar wrikten ze het plaveisel los en gaven ze de politie de volle laag.

Achteraf is hij er niet trots op dat hij daaraan heeft meegedaan, maar aan de andere kant kan hij zich nog steeds kwaad maken om de manier waarop ze zonder enige reden werden tegengewerkt.

In ieder geval heeft hij zich niet laten verleiden tot de criminaliteit waarin veel van zijn vrienden belandden. Terwijl zij tankstations en supermarkten overvielen, zat hij braaf op school en haalde hij zijn havo-diploma.

Tijdens zijn mbo-opleiding moest hij stage lopen, maar hoe hij ook zijn best deed, het lukte hem niet op eigen kracht een stageplaats te vinden. Pas toen de conrector zich er persoonlijk mee bemoeide, kreeg hij een plekje toegewezen bij McDonald's.

'Omdat ze ons niet moeten,' zei Abdullah, toen hij er op weg naar de moskee over vertelde. 'Die kaaskoppen gaan voor, altijd. Als je straks je diploma hebt en werk zoekt, zal het precies zo gaan. Wat je ook doet, hoe je je ook inspant, voor hen blijf je een kut-Marokkaan.'

Ze hingen inmiddels niet meer op straat rond, maar spraken steeds vaker af in de moskee.

Rond die tijd bestond zijn vriendenkring uit jongeren die wel ontevreden waren, maar die het eigenlijk best goed deden. Bijna allemaal volgden ze een opleiding en vonden ze werk, en al was dat niet altijd het werk dat ze voor ogen hadden, het stelde hen in staat om een toekomst op te bouwen.

Hij kende niet veel traditionele moslims. Het merendeel van de moslimjongeren op school ging wel naar de moskee, maar tilde niet zo zwaar aan de geloofsregels. Al schreef de Koran voor dat alcohol en islam niet samengingen, ze dronken weleens een biertje en lieten zich het varkensvlees in de frikandellen van de Febo goed smaken. Hun filosofie was dat zolang je niet loog en bedroog en je je sociaal gedroeg, Allah wel een oogje toekneep.

Het groepje jongens dat hij in de moskee leerde kennen was veel strikter in de leer. Zij waren aanhangers van het salafisme, de strengste vorm van de islam. Hun vaders droegen baarden en djellaba's, hun moeders en zussen hulden zich in boerka's en hielden zich aan het voorschrift om zich terughoudend op te stellen door het andere geslacht geen hand te geven en zich thuis, bij mannenbezoek, op de achtergrond te houden.

Van zijn vrienden leerde hij hoeveel steun het geloof kan bieden. Tot dat moment noemde hij zichzelf moslim, maar dat was meer een vanzelfsprekendheid dan een beslissing. Wie als Marokkaan geboren was, kreeg het moslimschap er automatisch bij.

Het was gemakkelijker om af en toe naar de moskee te gaan en aan de ramadan mee te doen dan zich tegen de geloofsregels te verzetten. Niet dat hij daar behoefte aan had, maar een grote plaats had de islam nooit ingenomen in zijn leven.

Dat veranderde door zijn vrienden in de moskee. In eerste instantie had hij niet in de gaten dat een paar van hen niet alleen strikt in de leer waren, maar tegen het fanatisme aanleunden.

Abdullah behoorde tot die groep. Natuurlijk viel zijn religieus vuur wel op, net als zijn gebetenheid op misstanden in de wereld, maar hoe hoog Abdullah alles opnam, werd hem pas na verloop van tijd duidelijk.

Door Abdullah begon hij zich ook zorgen te maken over de snelle groei van extreem rechtse politieke partijen.

Abdullah zette hem aan het denken, vooral over politieke zaken zoals de 'hulp' van het Westen aan Afghanistan en Irak.

'Ze hebben die landen gewoon bezet, man,' zei hij. 'Dat kon Al Qaida toch niet pikken? Die aanslagen in Londen en Madrid waren heftig, maar wel nodig, anders waren die *kafirs* nooit opgerot. In de Koran staat dat je geweld met geweld mag beantwoorden als dat de enige oplossing is. Nou, dit was de enige oplossing: de taal van geweld. Een andere taal verstaan ze toch niet.'

Hij raasde verder, over de huichelachtige dubbele agenda van de Verenigde Staten die de ene dictator ten val bracht en de andere juist steunde. Die Koeweit bevrijdde om zijn olie en Saddam Hoessein liet verdwijnen omdat hij zogenaamd massavernietigingswapens zou ontwikkelen, terwijl de Verenigde Staten in werkelijkheid van Hoessein af wilden omdat hij weigerde naar hun pijpen te dansen.

Democratie interesseerde Amerika geen barst, volgens Abdullah. De regering trad alleen op als hun handelsbelangen geschaad werden. Dictators over de hele wereld mochten aan de macht blijven, moslims oppakken en zonder proces veroordelen, het Westen keek wel even de andere kant op. Maar op het moment dat er wat te halen viel of een islamitisch land de olieprijs verhoogde, konden ze een

bombardement verwachten in naam van de democratie en terrorismebestrijding.

Hij weet nog goed dat Abdullah hem het filmpje liet zien. Hij klikte
een hyperlink aan en na een paar seconden vulde het computerscherm
zich met verschrikkelijke beelden van de aanval op Irak.

Het Nederlandse journaal liet Irak vanuit grote hoogte zien, met
donkere, korrelige beelden die net zo goed opnamen van de maan
hadden kunnen zijn. Het internetfilmpje toonde de rauwe werkelijkheid. Van dichtbij, in kleur en met geluid.

De lucht was gevuld met fluitende bommen die hun weg zochten
naar beneden en daar doel troffen. Niet op fabrieken, maar op moskeeën en woonwijken. Op straten en pleinen vol mensen, op markten
en winkels, scholen en koffiehuizen.

Boven het geraas van de bommen en de sirenes uit klonk onophoudelijk het *Allahu akbar* vanaf de minaretten van Bagdad, in een poging
de inwoners te steunen in hun angst en doodsstrijd.

Kinderlijkjes lagen tussen de brokstukken, een jonge vrouw met een afgerukte arm wankelde over straat, een moeder drukte schreeuwend haar dode kind tegen zich aan voor ze zelf door een bom uiteengereten werd, mannen renden heen en weer in een poging hun gezin te bereiken, hulp te bieden of een veilig heenkomen te zoeken terwijl het bloed over hun gezicht liep.

'Ze beschuldigen ons van terrorisme, maar hoe noem je het als er clusterbommen op Irakese vrouwen en kinderen terechtkomen, omdat er zogenaamd op die plek een fabriek zou staan die chemische wapens maakt? Bullshit! Ze liegen alles aan elkaar vast om een excuus te hebben ons onschadelijk te maken!' zei Abdullah hees.

Samen keken ze het filmpje uit, en daarna nog een keer. De beelden namen bezit van zijn lichaam en geest, vervulden hem van een ijzige kou die hem leek te verlammen. Het was alsof zijn zintuigen de controle over zijn lichaam hadden overgenomen. Zijn spieren gehoorzaamden niet meer, hij kon alleen maar zitten kijken. Vooral naar de mededeling aan het einde van het filmpje, dat de bommen gefinancierd werden door de ABN-AMRO, eigenaar van wapenfabriek INSYS.

Dat was het keerpunt. Het was alsof Allah hem eigenhandig de ogen opende en hem de wereld toonde zoals die was. En hij wist dat hij zijn hoofd niet zou kunnen afwenden of zijn ogen weer sluiten.

Ik zie hem lopen, maar ik geloof het niet.

Ik durf gewoonweg niet op mijn ogen te vertrouwen, heb het gevoel dat ik begin door te draaien. Spijkerbroek, zwartleren jasje, wit honkbalpetje. De lengte van het donkere, licht krullende haar klopt en ook zijn manier van lopen.

Zonder er verder over na te denken begin ik hem te achtervolgen. Steeds sneller werk ik me door de winkelende mensen in de Bijenkorf heen. Ik gebruik mijn ellebogen om door de drukte heen te komen en ren het laatste stukje naar de deur, waar hij net door naar buiten loopt.

Knipperend tegen het zonlicht kijk ik om me heen waar hij gebleven is, en dan zie ik hem de trambaan oversteken en de Dam op lopen.

Hij loopt zo snel dat ik een sprintje moet trekken om hem niet kwijt te raken in de drukte. Toeristen maken foto's van elkaar voor het Paleis op de Dam, met duiven op hun schouders en hun hoofd. Om de levende standbeelden heen staat zoals altijd een kluitje lachende toeschouwers, dat de beschilderde artiesten tot een grimas of een onverwachte beweging probeert te verleiden.

Ik haast me tussen het gewriemel van mensenlijven door en kijk verwilderd om me heen. Waar is hij gebleven? Net liep hij hier nog en nu hij is weg!

Het volgende moment zie ik hem een straat in lopen, maar het is niet de Kalverstraat, Paleisstraat of Nieuwendijk. Het is een heel brede straat, die ik niet herken. Er rijden bussen en auto's en in de verte is de overkapping van een station zichtbaar.

De jongen in het leren jasje loopt een eindje verderop, heel snel, zodat hij algauw uit mijn gezichtsveld is verdwenen.

In verwarring kijk ik hem na en werp een blik om me heen. Mijn verwarring geldt zijn snelle aftocht, niet het feit dat ik opeens op een heel andere plaats ben.

Op dat moment weet ik dat ik droom en dat ik moet opletten. Een straatnaambordje is nergens te ontdekken, daarom kijk ik goed om me heen.

Ik begin te lopen in de richting van waar ik de jongen voor het laatst zag en kom langs blokken huizen, flats, bedrijfspanden en uiteindelijk bij een rij winkels. De Febo, een tabakswinkeltje, een kebabzaak, een internetcafé, Taj Foodstore, een kantoorboekhandel en op de hoek een broodjeszaak. Daar steek ik de straat over.

Waarom ik juist daar plotseling oversteek is me niet duidelijk, maar ik weet dat ik aan de overkant moet zijn. Zonder op of om te kijken loop ik de weg op en dan klinkt het afgrijselijke lawaai van piepende banden. Het hoge voorraam van een bus is opeens heel dichtbij, veel te dichtbij.

Als verlamd kijk ik naar de uitdrukking van afgrijzen op het gezicht van de chauffeur, dan raakt het gewicht van al dat staal me en maakt mijn lichaam zich los van het asfalt. Het vliegt door de lucht, zonder pijn, zonder letsel, en maakt een vrije val die eindigt in mijn bed. Gewoon thuis, in mijn slaapkamer, terwijl mijn wekker me hartstochtelijk piepend wakker probeert te krijgen.

Normaal gesproken neem ik na zo'n droom de tijd om tot bedaren te komen, waarna ik onder de douche de beelden van me afspoel. Deze keer pak ik, op advies van Katja Brouwers, het kladblok dat op de grond klaarligt. Met mijn kussen in mijn rug begin ik alles wat ik heb gezien gedetailleerd op te schrijven.

Het uiterlijk van de jongen met het leren jasje, de vorm van zijn gezicht, de lengte van zijn haar, zijn manier van lopen, ik schrijf alles op. Maar de meeste aandacht besteed ik aan de straat waar ik opeens in belandde en waar ik hem uit het zicht verloor.

Met de droom nog vers in mijn geheugen kost het me weinig moeite om alle bijzonderheden terug te halen. Die overkapping had ik achter me. Daarna kwamen er bedrijven, huizenblokken en uiteindelijk die rij winkels. Daar zag ik hem voor het laatst, daar wilde ik oversteken, als een jachthond die een spoor heeft geroken.

Welke winkels ben ik voorbijgelopen? Het is lastig om de beelden terug te halen, ze vervliegen met iedere seconde die verstrijkt. Verder dan de Febo en kantoorboekhandel Gebr. Winter kom ik niet. Ik sluit mijn ogen, herinner me nog een kebabzaak, maar meer komt er niet.

En dan was er nog de bus. Het zou mooi zijn als ik wist welke lijn het was, maar dat is niet het geval. Ik vraag me af of ik die aanrijding letterlijk of figuurlijk moet nemen. Zou ik me in gevaar begeven als ik die straat probeer te vinden en er ga rondsnuffelen? Of is het figuurlijk gesproken een dood spoor?

Er is maar één manier om daarachter te komen.

Veel tijd om aan de dag te beginnen heb ik niet nodig. Na een kattenwasje kleed ik me aan, smeer in de keuken twee boterhammen en eet ze op achter mijn computer. Ik stuur Elvan een sms dat ik wat later kom en zoek op Google Earth alle treinstations in Amsterdam op. Ik bekijk ze vanuit de lucht en vanaf de grond om te zien of ze overeenkomsten vertonen met het station uit mijn droom.

Station Lelylaan heeft een overkapping over de Pieter Calandlaan.

Ik toets een zoekopdracht in naar de Pieter Calandlaan en de straat uit mijn droom verschijnt op het computerscherm. Daar was het, ik herken het meteen.

Met de muis draai ik het beeld zo dat ik het station achter me heb, en als ik de cursor beweeg, kom ik algauw bij bekende punten uit.

De huizenblokken, de kantoren, het drukke verkeer, de bussen die af en aan rijden. Ik scrol verder en er gaat een schokje door me heen als ik de rij winkels bespeur.

Razendsnel registreren mijn ogen de middenstand in die buurt: de Febo, een elektriciteitszaak, een tabakswinkel, internetcafé Sarra Telecom en Taj Foodstore.

Ik scrol naar het einde van het winkelblok, naar de kantoorboekhandel en de kebabzaak waar ik de straat wilde oversteken, en met een diepe zucht leun ik achterover in mijn bureaustoel.

Alles komt overeen met wat ik in mijn droom heb gezien. Ik weet zeker dat ik nog nooit in de Pieter Calandlaan ben geweest. Misschien heb ik in een bus gezeten die door die straat reed, maar dan was ik me er niet van bewust waar ik precies was. En ik zou zeker niet onthouden hebben welke winkels er zaten.

Een golf van onrust spoelt over me heen. Ik moet ernaartoe, er is daar iets te zien of te vinden.

Een paar minuten later fiets ik naar station Zuid. Daar aangekomen zoek ik op de grote gele informatieborden uit welke sneltram naar station Lelylaan gaat.

Hij komt er net aan als ik het perron op loop. Het is maar een kort ritje naar Lelylaan. Vol verwachting stap ik uit en loop de Pieter Calandlaan in.

Amsterdam-West ademt een heel andere sfeer dan Zuid. Geen bakfietsen en dure auto's maar moslima's in boerka's of met een hoofddoek, in witte djellaba's gehulde Marokkaanse jongens, gladgeschoren en met baarden.

Niemand met een leren jasje en een wit petje, al is het natuurlijk mogelijk dat degene die ik zoek vandaag iets anders aanheeft.

Ik houd op met speuren en besluit te vertrouwen op mijn intuïtie. De bedoeling van dit uitstapje zal zich vanzelf wel aandienen.

Het is niet ver lopen naar het rijtje winkels en als ik daar ben aangekomen, kijk ik wat hulpeloos om me heen. En nu? Het zou wel erg toevallig zijn als die jongen nu opdook. Ik weet niet hoe hij heet of waar hij woont, er is geen enkel spoor. Eigenlijk slaat het nergens op dat ik hier op een draf naartoe ben gegaan.

Ik besluit om de tabakswinkel in te gaan. Misschien dat ik daar wat informatie kan krijgen.

Er staat een flinke rij voor de kassa en terwijl ik wacht, knoop ik een praatje aan met een lange, somber ogende man van een jaar of veertig die voor me staat. Ik vertel hem dat ik andere woonruimte zoek en vraag hem wat voor buurt dit is.

'Wat voor buurt? Zie je die schotels aan de overkant?' zegt de man.

Dat lijkt al genoeg te zijn, want hij voegt er niets aan toe. Ik volg zijn blik naar de overkant, waar een paar blokken laagbouwflats van vier verdiepingen dwars op de Pieter Calandlaan staan.

'Veel buitenlanders?' vraag ik.

'Heel veel. Af en toe vraag ik me af of ik niet in Turkije of Marokko woon in plaats van Amsterdam. Het is een verademing als er iemand binnenkomt die normaal Nederlands praat,' zegt de man met een zwaar Amsterdams accent. 'Als hij of zij überhaupt Nederlands praat,' voegt hij er in mineur aan toe.

'Zijn er weleens problemen met de politie?'

Dat eigenlijk niet, moet hij met tegenzin erkennen. Iedereen gaat hier rustig zijn gang, maar je kunt er natuurlijk op wachten. Hij zou hier graag weg willen. Maar ja, waar moet je naartoe? In andere wijken schijnt het nog veel erger te zijn.

'Hangen er hier weleens verdachte types rond?' informeer ik.

Het antwoord had ik zelf kunnen bedenken. Natuurlijk hangen er hier verdachte types rond, eigenlijk ziet hij alleen maar verdachte types. Dan is hij aan de beurt en verlegt hij zijn aandacht naar het pakje shag dat hij nodig heeft.

Na hem ben ik zelf aan de beurt. Ik koop een krant en een Twix en probeer informatie uit de verkoper los te peuteren, maar die heeft duidelijk geen zin in een praatje. Veel te vlug naar mijn zin sta ik weer buiten. Bijna onmiddellijk worden mijn ogen naar de flats aan de overkant getrokken.

In mijn droom wilde ik hier oversteken, waarschijnlijk op weg naar die huizen. Maar wat moet ik ermee? Ik kan moeilijk overal gaan aanbellen in de hoop dat er iemand opendoet die ik tot nu toe alleen in mijn dromen heb gezien.

Nadat ik me ervan verzekerd heb dat er in de verste verte geen bus te bespeuren valt, steek ik over. Ik wandel wat langs de grasveldjes tussen de flats, die vol met hondenpoep liggen. Er zijn geen bankjes waar ik quasinonchalant een tijdje kan zitten, en nadat ik een rondje om de flats heb gelopen, weet ik niet zo goed wat ik verder nog kan doen.

Hoewel het pas elf uur is, rommelt mijn maag hartstochtelijk dus ik besluit een vroege lunch te nemen.

Aan de overkant, op de hoek van het blok met winkels, zit Broodje Caland. Er staat een zitje van blauwe stoeltjes en een stalen tafeltje voor de etalage. Een mooi plekje om een tijdje te zitten. Gelukkig heb ik een krant om te lezen. Ik houd hem zo voor me dat ik over de rand kan kijken, als een undercoveragent in een James Bondfilm.

Er gebeurt niets bijzonders.

Ik bestel een broodje kebab, eet langzaam en doe daarna nog een halfuur over een flesje cola. Ogenschijnlijk ben ik in mijn krant verdiept, maar intussen bekijk ik iedereen die passeert of die de woningen aan de overkant binnengaat en verlaat, maar niemand komt me bekend voor.

Uiteindelijk ga ik naar binnen om af te rekenen. Als ik weer buiten kom, kijk ik een volle minuut naar de huizen aan de overkant. Een rilling trekt vanaf mijn billen langs mijn ruggengraat naar mijn nek.

Iemand kijkt naar me. Ik weet niet wie en vanuit welke positie, maar ik voel de energie van een scherpe, observerende blik.

Het is meer dan een gevoel, het is een signaal van mijn onderbewustzijn dat iemand me gadeslaat en dat ik ergens dichtbij ben. Heel dichtbij. En dat ik maar beter nu kan vertrekken.

Weer huiver ik. Zonder aarzelen draai ik me om en loop terug naar het station.

'Ben je ernaartoe gegaan? Echt waar? En?'

Elvan en ik zitten bij Casablanca, waar we tajine met kalfsvlees, dadels en aubergine hebben gegeten. Voor de verandering is het rustig in het restaurant, zodat Rafik de tijd heeft om bij ons te komen zitten. Met gulle hand schenkt hij gratis drankjes voor ons in en intussen hebben we het over mijn laatste droom en mijn zoektocht bij de Pieter Calandlaan.

Ik vertel dat er niets is gebeurd, dat ik bijna een uur op een terrasje heb gezeten en niemand heb gezien.

Elvan noch Rafik lijkt verbaasd en eigenlijk ben ik dat zelf ook niet. Niet meer, moet ik zeggen. Het onheilspellende gevoel dat me achtervolgde is langzaam weggeëbd en nu voel ik me alleen maar vermoeid en verslagen. Het verrast me dan ook dat Rafik erop doorgaat.

'Dus in je droom stak je de weg over bij Broodje Caland,' zegt hij.

'Ja. En toen werd ik geschept door een bus, maar dat is gelukkig niet echt gebeurd.'

'Hoe kun je dan bepalen wat je wel en niet serieus moet nemen in zo'n droom?'

Een terechte vraag, maar moeilijk te beantwoorden. Niet alles komt uit, zelfs niet in een voorspellende droom. Sommige delen beleef je intenser dan andere en de beelden kunnen vrij abrupt in elkaar overgaan. Misschien was het niet de bedoeling dat ik meer zag, misschien zou ik in gevaar zijn gekomen als ik naar het juiste adres was geleid.

Dat leg ik aan Rafik uit en hij knikt, maar ik zie aan zijn gezicht dat hij het geen bevredigend antwoord vindt.

'Ik weet niet wat ik van die dromen van jou moet denken,' zegt hij, 'maar ik ben het wel met je eens dat er iets staat te gebeuren. Laatst ben ik naar een radicale moskee gegaan. Ik wil niet zeggen dat ik er iets concreets heb gehoord, maar een goed verstaander heeft maar een half woord nodig. Ik heb er een paar keer de naam van een website horen vallen.'

'Wat voor website?'

'Het soort site dat door de veiligheidsdienst uit de lucht wordt gehaald, maar dat na verloop van tijd onder een andere naam weer opduikt. Je kunt er filmpjes bekijken van de aanslagen op de Twin Towers en van die in Londen en Madrid. Er staat een dodenlijst op en oproepen tot jihad, dat soort dingen.'

De donkere blik op zijn gezicht vervult me met een angstig voorgevoel. 'En? Wat ben je te weten gekomen?'

'Op het forum werd gesproken over "iets wat binnenkort gaat gebeuren" en "de dag waar we allemaal op wachten",' zegt Rafik.

Er valt een stilte na zijn woorden.

'Stond er verder niets bij? Iets waaruit je kon afleiden wat er precies gaat gebeuren?' vraagt Elvan.

Rafik schudt zijn hoofd. 'Zo stom zijn ze natuurlijk niet. Dat wordt niet op internet besproken.'

'Ik zou die site ook weleens willen bekijken,' zeg ik. 'Wat is het adres?'

Rafik pakt een achtergelaten bonnetje van tafel en schrijft er een internetadres op. Ik kijk er lange tijd op neer.

'Waar komt die intense haat tegen onze samenleving vandaan?' vraag ik zacht.

'Uit angst,' zegt Elvan. 'Angst en onbegrip. Iets wat je niet kent of waar je je door bedreigd voelt, probeer je te vernietigen. En daarnaast zien ze de Koran als een soort wetboek in plaats van een leidraad. Een wetboek dat ze helemaal verkeerd interpreteren.'

'Ik kan het mensen niet kwalijk nemen dat ze zo'n verkeerd beeld van de islam krijgen,' zegt Rafik. 'Vind je het gek, als de voorpagina's van de kranten vol staan met alarmerende berichten over moslimfundamentalisme. Je kunt geen tijdschrift openslaan of televisieprogramma aanzetten of het gaat over Al Qaida, over het gevaar van rondslingerende rugzakken en terreurdreiging. Zelfs de meest tolerante mensen beginnen zich onrustig te voelen als ze een groepje Marokkaanse jongeren bij elkaar zien staan of kijken wantrouwig naar hun buurman als hij in zijn djellaba naar buiten stapt om naar de moskee te gaan. Zelfs het woord moskee heeft een negatieve klank gekregen, alsof het allemaal ontmoetingscentra zijn waar tussen het bidden door aanslagen worden uitgedacht. Goed nieuws hoor je niet of nauwelijks. Stond het groot op de voorpagina van de krant toen Nederland de finale van het WK voetbal haalde en grote groepen allochtone jongeren toeterend van vreugde en zwaaiend met oranje vlaggen door de straten reden? Werd er in de opiniebladen aandacht besteed aan de Turkse en Marokkaanse huisvrouwen die oranje tompoezen haalden bij de Hema? Het is maar een heel klein groepje dat aanslagen beraamt.'

'Dat is juist het probleem,' zeg ik. 'Je weet niet voor wie je bang moet zijn en daarom vertrouwen de mensen helemaal niemand meer.'

'Onder Nederlanders lopen ook heel wat criminelen en moordenaars rond, maar als je een zitplaats zoekt in de metro, ga je er niet van uit dat je ernaast komt te zitten. Terwijl als er een Marokkaan naast hen gaat zitten, de mensen meteen ongemakkelijk kijken.' Rafiks stem klinkt rustig, maar ik hoor toch de enigszins bittere onderklank.

Verbaasd kijk ik hem aan.

'Nu overdrijf je, Rafik. Ik ga net zo gemakkelijk naast een Marokkaan zitten als naast een Nederlander. Bij allebei let ik op mijn spullen en ik voel me even ongemakkelijk als ze naar me staren of zich vreemd gedragen. Doen ze niets bijzonders, dan zit ik naast allebei even ontspannen. Ik weet zeker dat dat voor heel veel mensen geldt.'

'Ik weet zeker van niet.'

'Omdat jij je bij iedere keurende blik meteen gediscrimineerd voelt. Maar het is niet zo gek dat mensen elkaar even opnemen als ze naast elkaar gaan zitten. Ik denk dat allochtone jongeren een beetje overgevoelig zijn geworden. Ze voelen zich zo snel gediscrimineerd. Maar als een Marokkaanse jongen in de tram gewoon Nederlands praat, opstaat voor oude mensen en zich gedraagt zoals iedereen, wordt hij ook behandeld als iedereen.'

'Dat is niet waar. Dat is absoluut niet waar. Je weet niet waar je het over hebt.'

Ik zwijg, want misschien weet ik dat inderdaad niet. Ik kan alleen vanuit mijn eigen perspectief praten, ik weet niet hoe het is om moslim te zijn in Nederland.

In de stilte die valt, neemt Elvan het woord.

'Veel problemen die aan de islam worden toegeschreven, komen in werkelijkheid voort uit cultuurverschillen en tradities,' zegt ze. 'Wel of niet een hoofddoek dragen bijvoorbeeld. In de Koran staat nergens beschreven dat een moslima haar haren moet bedekken. Het kledingvoorschrift voor vrouwen luidt "bedek uzelf". Dat is iets anders dan "verberg uzelf". Volgens de Koran moeten vrouwen een sluier over hun borsten dragen en hun sieraad verbergen. Dat dateert uit een tijd dat ze er nogal vrijpostig bij liepen, wat problemen met mannen gaf. Dus dat werd door Allah verboden. Maar het wil niet zeggen dat vrouwen geen centimetertje huid meer mogen laten zien. Dat staat nergens. Op basis daarvan zou ik eigenlijk geen hoofddoek hoeven dragen, maar ik doe het toch. Ik draag hem omdat ik het wil, niet omdat het moet.'

'Er staan toch best strenge regels in de Koran,' zeg ik. 'En die hoofddoek hoeft misschien niet, maar er staat wel dat mannen hun vrouw mogen slaan.'

'Dat was veertien eeuwen geleden. Intussen is er veel veranderd in de relatie tussen man en vrouw. Een soortgelijke tekst staat toch ook in de Bijbel?' zegt Elvan, een beetje gepikeerd door mijn kritiek.

'Ja, daarom neem ik de Bijbel ook niet zo serieus. Die bepalingen zijn door mensen opgeschreven en mensen maken fouten. Als God bestaat, heeft Hij het misschien helemaal niet zo bedoeld. Ik kan me niet voorstellen dat God goedkeurend toekijkt hoe de ene mens de andere afrost.'

'Afrossen is wat overdreven, Roos. Kinderen krijgen toch ook wel eens een corrigerende tik?' zegt Elvan.

'Dat mag tegenwoordig ook niet meer. En waarom? Omdat er mensen zijn die het verschil tussen corrigeren en mishandelen niet begrijpen.'

'Precies, en daarom staat er ook in de Koran dat een man zijn echtgenote met vriendelijkheid moet behandelen en een corrigerende tik mag geven. Nergens staat dat hij haar mag afrossen. En tegenwoordig halen de meeste mannen die corrigerende tik ook niet meer in hun hoofd, omdat hun vrouw een mep teruggeeft of een scheiding aanvraagt. Zo lossen de meeste problemen zich in de loop der tijd vanzelf op. En zo moet het ook gaan met een geloof; het moet zich aanpassen aan de tijd waarin we leven. De paus kan toch ook niet meer volhouden dat je geen condooms mag gebruiken terwijl de halve wereld aids oploopt? Hij heeft dat verbod bijgesteld en zo hoort het ook. Mensen zoeken naar een vorm van religie die bij hen past.'

'Jammer genoeg doen terroristen dat ook,' zeg ik.

Rafik heeft achterovergeleund zitten luisteren. Als Elvan en ik een moment nemen om wat te drinken en over onze woorden na te denken, legt hij zijn armen op tafel en buigt naar voren.

'Ik geloof op mijn eigen manier,' zegt hij rustig. 'Allah zit in je hart, niet in het naleven van allerlei regeltjes. Ik ben moslim, ik ga naar de moskee en bid, ik doe mee aan de ramadan. Maar als het bloedheet is, neem ik af en toe een slokje water en toen ik jonger was, nam ik iets te eten als ik bijna flauwviel van de honger. Maakt dat me een minder goede moslim? Hoe streng je je geloof toepast, beslis je zelf. Die vrijheid geeft de Koran je ook.'

Hij leunt weer terug en voegt eraan toe: 'De islam is alleen gevaarlijk voor wie gevaarlijk wil zijn.'

Om een uur of tien neem ik afscheid en stap ik op. Terwijl ik naar mijn fietssleuteltje zoek, komt een man met dun grijs haar op me aflopen.

'Rosalie Wesselink?' zegt hij.

In eerste instantie schrik ik van de man die zo opeens in het donker opduikt, maar hij stelt zich meteen voor.

'Ik ben Robert Haasbeek van *De Telegraaf*. Ik heb u laatst gebeld,' zegt hij.

Met mijn rug naar de journalist toe morrel ik aan het slot van mijn fiets. Blijkbaar is dat een interessante actie, want Haasbeek maakt er een foto van.

'Zeg, houd eens op,' zeg ik geïrriteerd. 'Ik heb helemaal geen zin om met jou te praten.'

Ik stap op mijn fiets en wil de stoep afrijden maar Haasbeek gaat voor me staan.

'Eén kort gesprekje,' dringt hij aan. 'Een paar vragen maar. Als je me je verhaal vertelt, maak ik daar een mooi stukje van en dan is het klaar. Ik voorspel je dat het niet lang meer duurt voor mijn collega's hier voor de deur staan, en sommigen hebben er geen moeite mee om er wat op los te fantaseren als ze niet genoeg informatie krijgen.' Hij steekt zijn hand op om een ongeduldige uitval van mij in de kiem te smoren. 'Ik wil je een voorstel doen. Ik denk dat ik weet hoe het zit, dat je bepaalde gaven hebt waardoor je weet dat er een aanslag zal worden gepleegd. Ik begrijp ook dat je niet op publiciteit zit te wachten, maar die komt toch wel. Dus als we nu samen wat gaan drinken en jij vertelt wat je kwijt wilt, schrijf ik dat op en meer niet.'

Besluiteloos kijk ik hem aan. Hij heeft gelijk, hij gaat dat stuk toch wel schrijven. Als ik enige invloed op de situatie wil houden, is het beter om hem niet tegen me in het harnas te jagen.

'Goed, dan gaan we wat drinken.'

Om hem te pesten knik ik naar de snackbar waar Zaïd werkt. Het is vast niet wat Haasbeek in gedachten had, maar hij vertrekt geen spier. Waarschijnlijk maakt het hem geen bal uit, als hij zijn verhaal maar krijgt.

Zwijgend lopen we naar de snackbar toe en bij binnenkomst steek ik groetend mijn hand op. 'Hé Zaïd! Heb je een colaatje voor ons?'

'Hallo, Rosalie. Een cola? Niets eten?' Zaïds ogen gaan verbaasd van Haasbeek naar mij.

'Nee, dank je. Alleen een cola.'

Zaïd haalt twee ijskoude blikjes uit de koeling en zet ze op de toonbank.

'Is dat je vader?' vraagt hij.

Haasbeek kijkt hem verstoord aan en zegt licht gepikeerd: 'Nee, ik ben haar vader niet. Geef me nou maar een broodje hamburger, ja?'

Ik onderdruk een lach en volg Haasbeek naar een tafeltje in de hoek.

'Wat mankeert die gozer?' zegt Haasbeek. 'Moet je zien hoe hij naar ons staat te kijken.'

'Hij is gewoon nieuwsgierig. Laat hem maar.' Ik buig me over het tafeltje naar Haasbeek toe. 'Ik heb liever niet dat je iets over me schrijft.'

'Waarom niet?'

'Kom op, zeg, dat kun je toch zelf wel bedenken? Sowieso zit ik niet op publiciteit te wachten, maar het zou ook gevaarlijk voor me kunnen zijn.'

Haasbeek leunt naar voren en kijkt me aandachtig aan. Er ligt geen dictafoon tussen ons op tafel en hij noteert ook niets.

'Omdat je dingen weet die je niet behoort te weten? Je bent paranormaal begaafd, hè?'

Ik aarzel, speel met een achtergebleven servetje dat op tafel ligt en kijk van Haasbeek weg. Als ik mijn blik weer op hem richt, zie ik dat hij me vriendelijk en begrijpend aankijkt.

'Je ziet de kop zeker al voor je. Vrouw voorzag aanslagen! Hoe Rosalie Wesselink een drama voorkwam!' Hij lacht hartelijk. 'Ach, misschien zou het een weekje voor ophef zorgen, maar daarna zijn de meeste mensen het snel weer vergeten.'

'Maar niet iedereen.'

Zaïd verschijnt met een dienblad met de hamburger en zet hem op tafel neer.

'Dank je wel,' zegt Haasbeek, en als Zaïd weer achter de toonbank staat, spreekt hij op gedempte toon verder. 'Vind je niet dat je een bepaalde verantwoordelijkheid hebt naar je medemens toe, Rosalie? Dat je anderen moet laten weten dat er gevaar dreigt? Jij kunt beslissen om niet naar openbare feesten te gaan, of de metro niet te nemen. Zij niet, zij stappen vol vertrouwen in, verheugen zich op Sail, de Uitmarkt, wat dan ook, zonder zich van enig gevaar bewust te zijn. De politie gelooft je misschien niet, Rosalie, maar ik wel. En ik ben bereid jouw verhaal te publiceren, om de mensen te waarschuwen. Heb je eraan gedacht hoeveel levens dat kan redden? Zou dat het opgeven van een stukje privacy niet waard zijn?'

Uit het veld geslagen neem ik een slokje cola. Een echte journalist, hij weet precies waar hij me moet raken.

'Dat klinkt heel mooi,' zeg ik, 'maar jij wilt gewoon een sappig stuk schrijven. Denk je nou echt dat door zo'n artikel de mensen thuis zullen blijven? Dat ze massaal het openbaar vervoer negeren? Kom nou.'

'Al zijn het er maar een paar.'

'Ze zullen me beschouwen als een gestoorde. Mijn leven lang loop ik al tegen ongeloof en spot aan, waarom zou dat deze keer anders zijn?'

'Omdat je al een keer gelijk hebt gehad met die vliegramp in Marrakech. Zo'n verhaal, waarbij je op het laatste moment je ticket omboekt omdat je niet in durfde te stappen, maakt indruk. Als je daarna aankondigt dat je een soortgelijke droom hebt gehad over een aanslag, zijn er echt wel mensen die dat in hun achterhoofd houden.'

Ik kijk Haasbeek recht aan. 'Hoe ben je me eigenlijk op het spoor gekomen? Hoe weet jij dat ik in Marrakech ben geweest en dat ik in dat vliegtuig had moeten zitten?'

'Ik ving je gesprek op met de eigenaar van dat Marokkaanse eettentje,' vertelt Haasbeek. 'Ik was op weg naar het toilet, kwam langs de keuken en hoorde jullie praten.'

'Je hebt ons áfgeluisterd?'

'Zo zou ik het niet willen noemen. Ik stond daar en kon jullie luid en duidelijk horen. Toen je wegging, ben ik snel het toilet ingegaan.'

Zonder enige schroom doet hij verslag, alsof hij een enorme journalistieke prestatie heeft geleverd.

'Vind je dat normaal, mensen achtervolgen en afluisteren? Ik noem het...' Ik zoek naar een juiste benaming, vind die niet en zeg dan maar: 'verwerpelijk.'

'Verwerpelijk.' Haasbeek proeft het woord op zijn tong. 'Dat is een term die ik lang niet meer heb gehoord.'

'Nee? Dat verbaast me.'

Hij lacht en neemt een slok cola.

'Als jij een stuk schrijft over mij, dan klaag ik je aan,' zeg ik onomwonden.

Hij haalt zijn schouders op. 'Ik kan schrijven wat ik wil. Maar wees maar niet bang, ik doe niet aan riooljournalistiek. Wat ik wil is een gedegen stuk schrijven, met de hulp van de hoofdpersoon zelf.'

'Je denkt toch niet dat ik gek ben? Hoe denk je dat potentiële terroristen het zullen vinden dat ik over hun plannetjes droom? Heb je dáár weleens over nagedacht?'

Er valt een stilte, waarin Haasbeek naar een punt achter mij staart.

'Ik zou alleen je initialen kunnen gebruiken,' zegt hij ten slotte. 'Of een andere naam. En ik zal geen foto's gebruiken. Dan zou je veilig zijn.'

Ik zit nog steeds voorovergebogen, en kijk hem strak aan.

'Ben jij getrouwd, Robert? Heb je kinderen?'

Dat ik zijn voornaam gebruik verrast hem. Hij kijkt me even aan, maar slaat al gauw zijn ogen neer. Mijn vraag laat hij onbeantwoord.

'Hoe zou jij het vinden als je vrouw, je vriendin, je dochter, wie dan ook, op die manier in het nieuws kwam? Zou je vinden dat ze dan "veilig" was?' Of zou je bang zijn dat iemand die haar per se wil vinden daarin zal slagen?'

Robert Haasbeek krabt ongemakkelijk op zijn hoofd. 'Tja, maar je kunt toch niet van me verwachten dat ik dat artikel niet schrijf?'

Ik kijk net zo lang naar hem tot hij terugkijkt.

'Dat is precies wat ik verwacht,' zeg ik.

Zodra ik thuis ben, zoek ik vermoeid mijn bed op en zink weg in een diepe maar onrustige slaap. De nacht gaat voorbij met dromen waar ik steeds uit wakker schrik, maar die me niet bijblijven. Meermalen kom ik uit bed, ga naar de wc en drink wat water, om vervolgens een tijd wakker te liggen voor ik weer insluimer.

De volgende dag is het zondag, maar van uitslapen komt niets. Vol sombere gedachten neem ik bij het eerste daglicht een douche. Ik moet maar even bij mijn ouders langsgaan voor ze morgen *De Telegraaf* in handen krijgen.

Zoals ik al dacht, verloopt het gesprek moeizaam. We zitten buiten, in een hoekje van het terras, waar we de minste last hebben van de wind, in de warmte van de voorjaarszon.

Ik zet mijn zonnebril op en vertel over mijn telefoongesprek en ontmoeting met Robert Haasbeek.

'Hoe kon je dat nou doen,' zegt mijn vader verwijtend. 'Ik zou nooit met die journalist in gesprek zijn gegaan.'

'Ik had weinig keus,' verdedig ik mezelf. 'Hij sprak míj aan en hij was er heel duidelijk over dat hij dat artikel toch wel ging schrijven.'

'Maar om dan met hem te gaan éten,' zegt mijn moeder.

'We gingen naar de snackbar! Het was geen date of zo,' zeg ik geïrriteerd.

Mijn moeder wil wat terugzeggen, maar mijn vader heft zijn hand en zegt: 'Wat je moeder bedoelt is dat er dan toch een soort intimiteit ontstaat, waardoor je snel te veel zegt.'

'Ik heb niets gezegd.'

'Natuurlijk wel,' zegt mijn vader meteen. 'Ik weet hoe die journalisten te werk gaan. Aan een half woord hebben ze genoeg.'

Ik heb geen idee hoe hij dat kan weten, want voor zover ik weet is mijn vader nooit geïnterviewd, maar daar gaat het nu niet om.

'Hoe dan ook, ik wilde jullie even waarschuwen dat ik morgen misschien in de krant sta,' zeg ik. 'En de kans is groot dat ze jullie opsporen om commentaar te geven.'

'Dan komen ze van een koude kermis thuis,' zegt mijn vader grimmig. 'Wij zeggen niets.'

Ik blijf niet lang. Met het excuus dat ik ook nog even langs Sophie en Wout wil, stap ik op, maar op weg naar de metrohalte bedenk ik me.

Zomaar opeens mis ik Jeroen zo verschrikkelijk dat ik midden op straat blijf staan. Jeroen zou het ook stom hebben gevonden dat ik met Haasbeek heb geprat en hij zou het zeker niet gewaardeerd hebben dat er een artikel over mijn paranormale begaafdheid in de krant kwam, maar hij zou me wel gesteund hebben. Hij zou een arm om me heen hebben geslagen en alles wat op me afkwam opgevangen hebben. Hij zou me beschermd hebben.

Een beetje verloren kijk ik om me heen, alsof ik verwacht dat hij ieder moment de hoek om kan komen. Met een schok dringt het tot me door dat dat niet gaat gebeuren, dat ik hem niet meer zal zien. Nooit meer.

In plaats van naar Wout en Sophie neem ik de bus naar Westgaarde. Ik ben er niet meer geweest sinds de begrafenis, in de verwachting dat ik Jeroens aanwezigheid wel een keer zou voelen. Dat is niet gebeurd, en terwijl ik over de paden langs de graven loop, begint mijn hart verwachtingsvol te kloppen.

De zon schijnt nog steeds, maar het is fris. Met mijn handen diep in de zakken van mijn jas, mijn sjaaltje wapperend in de wind, sta ik aan Jeroens graf. Ik ril en probeer af te stemmen op iets wat hier hoort te hangen.

Ik weet niet wat ik verwacht. Misschien een verschijning, een bundeling van energie om me heen, een bepaald gevoel.

Mijn ogen glijden over de narcissen die rond het graf geplant zijn, waarschijnlijk door Jeroens moeder, en ik vraag me af waarom mensen eigenlijk naar begraafplaatsen gaan. Om bij hun gestorven geliefden te zijn, ja, maar zijn ze daar wel? Wat daar in die kist ligt aan verkoolde resten is niet Jeroen. Waar hij ook is, hier is het niet.

Alsof de hemel dat wil onderstrepen, verdwijnt de zon achter een wolk, wat het laatste beetje van de vriendelijke sfeer op het kerkhof uitdooft.

Teleurgesteld draai ik me om en loop terug naar de bushalte.

Thuisgekomen bel ik eerst mijn broer en dan mijn zus. Sophie is niet thuis, maar Wout wel. Hij lijkt zich niet erg druk te maken om mijn aanstaande roem.

'Joh, vandaag lezen we de krant, morgen verpakken we de vis erin,' zegt Wout. 'Maak je niet druk, het zal wel loslopen.'

'Maar als die terroristen het nou lezen? Straks komen ze achter me aan.'

'Omdat jij iets gedroomd hebt over wat zij van plan zijn? Zo gedetailleerd was die droom toch niet? Ik bedoel, je hebt geen namen, geen duidelijke locatie of datum doorgekregen. Anders had de politie wel een inval gedaan. Als er al een groepje is dat een aanslag plant, dan denk ik niet dat ze jouw droom erg serieus nemen.'

Hij heeft gelijk, besef ik. Haasbeek weet alleen dat ik over een explosie in de metro gedroomd heb. Van mijn droom over de Pieter Calandlaan weet hij niets. Het stuk dat hij gaat schrijven zal van vaagheden aan elkaar hangen. Nauwelijks iets om je bedreigd door te voelen als je kwade plannen maakt.

Toch blijf ik onrustig, de hele middag en avond. Voor de verandering haal of bestel ik mijn avondeten niet, maar doe ik boodschappen bij Albert Heijn. Ik pak een *Allerhande* uit het rek, zoek een lekker en gezond recept uit en even later verlaat ik de supermarkt met twee tassen vol boodschappen.

Koken geeft afleiding. Ik zet Jeroens favoriete cd op, ontkurk een fles rode wijn en haal mijn pannen uit de keukenkastjes. Halverwege mijn culinaire bezigheden gaat de telefoon. In de verwachting dat het

Sophie is, gris ik hem naar me toe. Het display vertoont echter een heel ander, onbekend nummer.

'Met Rosalie.'

'Rosalie, je spreekt met Robert Haasbeek. Ik heb het stuk over jou af en wil het naar je toesturen. Mag ik je postcode hebben?'

Heel even aarzel ik. Zou het kwaad kunnen dat hij mijn postcode heeft? Het lijkt me van niet, en ik wil graag weten wat hij over mij opge schreven heeft.

Ik geef hem mijn postcode en vraag wanneer het artikel geplaatst wordt.

'Morgen,' zegt Robert.

'Ik zou liever hebben dat je dat stuk niet plaatst.'

'Dat weet ik, maar dat gaat niet. Het spijt me. Dit is mijn vak, ik kan wel ophouden als ik iedere keer uit consideratie iets niet schrijf. Maar ik heb het zo geschreven dat je identiteit beschermd blijft.'

'En de foto's die je van me hebt gemaakt?'

'Die gebruik ik niet.'

'Echt niet?'

'Erewoord, maak je geen zorgen. Ik zorg dat er een krant op je mat ligt morgen. Zit er niet over in, niemand zal het interview met jou in verband brengen. Ik heb je zelfs een andere naam gegeven.'

Ik haal diep adem, laat de lucht uit mijn longen ontsnappen en voel de spanning die zich tussen mijn schouders heeft vastgezet afnemen. Haasbeeks inschikkelijkheid verbaast me, ik dacht dat journalisten over lijken gingen voor een scoop. Hij zal me wel te vriend willen houden. Je vangt immers meer vliegen met stroop dan met azijn.

Ergens op het randje van de ochtend, tussen zes en zeven, schrik ik wakker. Wonderlijk hoe je het ene moment diep in slaap kunt zijn en het volgende moment klaarwakker.

Als het goed is, ligt de krant in de bus, die van mij en het exemplaar van *De Telegraaf* dat Haasbeek me beloofd heeft te sturen.

Op blote voeten haast ik me de trap af en zie inderdaad twee ochtendbladen liggen. Ik gris *De Telegraaf* naar me toe. Haastig blader ik hem door, op zoek naar het artikel.

En daar is het, paginagroot. Met enorme rode letters schreeuwt de kop me toe:

KAPSTER VOORZIET AANSLAGEN

Daaronder staat een opgewonden tekstje in een zwart kader met gele letters:

Ze ontkwam ternauwernood aan de dood toen de Airbus 321 uit Marrakech in februari dit jaar in de buurt van Schiphol neerstortte, en nu moet ze opnieuw voor haar leven vrezen. Niet alleen aan dat van haarzelf, ook aan de levens van honderden Amsterdammers dreigt binnenkort in één klap een einde te komen. Linda W., kapster in Amsterdam, is paranormaal begaafd. Regelmatig maakt ze in haar dromen de nabije toekomst mee. Die dromen dicteren haar leven, maar hebben haar in februari ook gered, toen ze op vakantie in Marrakech droomde van een vliegramp met het toestel waar ze de volgende ochtend in zou stappen. Ze boekte haar ticket om en nam een andere vlucht. De Airbus 321 stortte neer. Maar Linda voorziet meer.

En dan volgt er een uitgebreid verhaal, voorzien van zwarte kaders met opruiende spoilers als 'Kapster waarschuwt voor aanslag' en 'Amsterdam wacht een bloedblad'.

Geagiteerd lees ik het hele stuk door, met blote voeten op de koude plavuizen in de gang.

Waarom moest hij er zo nodig bij vermelden dat ik kapster ben? Hij zou mijn identiteit beschermen! Natuurlijk ben ik blij dat hij mijn echte naam niet heeft genoemd, maar er zijn genoeg mensen die weten dat ik kapster ben en dat ik bijna in dat ongelukstoestel had gezeten.

Zonder mijn ogen van de krant los te maken loop ik naar binnen en zak neer op de bank. Mijn hart klopt als een bezetene, mijn ogen vliegen over de regels. Het is verschrikkelijk om mijn persoonlijke verhaal vetgedrukt te zien, alsof iemand in mijn dagboek zit te lezen. Niet dat ik er een bijhoud, maar ik kan me voorstellen dat het zo moet voelen.

Pas als ik het artikel drie keer heb gelezen, waarbij ik er de derde keer de tijd voor neem, word ik wat rustiger. Het enige wat ik hoef te doen is ontkennen. Kapster is nou niet bepaald een uitstervend beroep.

Toch blijf ik me een beetje trillerig voelen. Ik neem een douche, kleed me aan en rooster twee bruine boterhammen. Veel trek heb ik niet, maar ik voel me wel wat beter als ik heb gegeten.

Ik bel mijn ouders om te zeggen dat het allemaal wel meevalt, waarop ik het hele stuk moet voorlezen voor ze dat geloven.

'In de supermarkt hadden ze het er anders al over,' zegt mijn vader. 'Een aantal mensen die we kennen van de kerk begon over jou. Dat jij toch ook kapster was en of wij wisten wie die jongedame was. We hebben natuurlijk gezegd van niet, maar ik weet niet of ze het geloofden.'

'En dat voor kerkgangers,' zeg ik, in een poging lollig te zijn.

Mijn vader negeert die opmerking.

'Laat het een les voor je zijn,' zegt hij. 'Praat er voortaan niet meer over. Met niemand. Het brengt niets dan problemen, dat zie je nu maar weer.'

Ik ga niet in discussie, zeg ja, nee en amen en hang op. Vervolgens zet ik koffie en verschans me achter de computer om de administratie van mijn kapsalon op orde te brengen. Na een ochtendje doorbijten ben ik te moe om me lang te kunnen concentreren.

Een beetje landerig loop ik door de woonkamer en kijk door het raam naar buiten. Aan de overkant van de straat staat iemand omhoog te kijken. Het is een jongen met een buitenlands uiterlijk en hij kijkt precies naar de verdieping waar ik woon. Als hij ziet dat ik terugkijk, steekt hij zijn handen in zijn zakken en loopt met zijn capuchon over zijn hoofd getrokken weg.

Wantrouwig kijk ik hem na. Wat moest die gast hier? En stond hij al naar mijn woning te kijken of keek hij toevallig op toen hij mij voor het raam zag verschijnen?

Het geeft me een unheimisch gevoel. Ik was van plan om te gaan winkelen, maar nu lijkt thuisblijven met de deur op slot opeens ook heel aantrekkelijk. Maar na drie kwartier opruimen, de krant doorbladeren en mail beantwoorden, heb ik genoeg van thuisblijven. Er staat niemand op straat, ik heb er meer van gemaakt dan het was.

En dus trek ik een luchtige witte trenchcoat aan, pak ik mijn tas en ga de deur uit.

In de Van Woustraat zit een woonwinkel waar ik tot nu toe steeds voorbij ben gelopen. Het is het soort zaak waar Jeroen een bloedhekel aan had, maar waar ik altijd verlangend naar binnen keek. Om niet in de verleiding te komen iets te kopen ben ik er nooit binnen geweest, maar ik zie nu geen reden meer om mezelf een nieuwe inrichting te misgunnen.

Ik fiets ernaartoe, waarbij ik een aantal keren over mijn schouder kijk of ik gevolgd word. Dat lijkt niet het geval, en gerustgesteld zet ik mijn fiets tegen de gevel van de winkel. Ik ga naar binnen en beland in de wereld van romantisch wonen.

Eerst loop ik drie verkenningsrondjes door de zaak, dan ga ik aan de slag. Een schitterende kroonluchter, een verzilverd dienblad voor gekleurde windlichtjes, kussentjes met een bruin en lichtblauw motiefje en grote lichtblauwe vazen die het geweldig zullen doen op een houten eettafel.

Ik heb geen houten tafel maar een strak glazen geval, dus schaf ik er een aan. Voor bij de vazen. En als ik dan toch bezig ben, kan ik net zo goed dat leuke bijzettafeltje kopen om het verzilverde dienblad op te zetten. En dat mooie dressoir van witgeverfd hout, en die lantaarns om erop te zetten, en dat ingelijste schilderij van een Frans lavendelveld.

Vervolgens zwicht ik voor twee mooie stoeltjes en een heerlijke plofbank.

'Wilt u dat we het bezorgen?' vraagt de verkoopster, die enthousiast mijn aankopen op de kassa aanslaat. 'Het is allemaal uitverkoop, dus we kunnen het vanmiddag komen brengen.'

Dat lijkt me een goed plan. Nadat ik mijn adres heb opgegeven en een aanzienlijk bedrag heb gepind, verlaat ik de zaak. De kleine spulletjes neem ik op de fiets alvast mee.

Slingerend door de plastic tassen aan mijn stuur rijd ik de straat uit. Zaïd staat de tafeltjes op het terras schoon te maken en steekt zijn hand op. Omdat ik niet terug kan zwaaien, stap ik af.

'Hé, heb je lekker geshopt?' vraagt hij.

'Echt wel,' zeg ik. 'Dit is nog niet eens alles. De rest wordt gebracht.'

'Zin om iets te eten?' vraagt hij. 'Het is van het huis.'

'Het is een wonder dat deze zaak nog niet failliet is, zo vaak krijg ik iets van het huis.' Ik zet mijn fiets tegen een lantaarnpaal en neem plaats aan een blinkend gepoetst tafeltje. 'Ik wil wel iets eten, maar ik betaal gewoon. Heb je iets gezonds? Ik houd niet zo van patat op dit uur.'

'Je hebt mensen die de hele dag door snacken,' merkt Zaïd op. 'Gelukkig voor mij. Wil je een broodje met kaas, sla en tomaat?'

'Ja, lekker. Twee, graag.'

'Komt eraan.' Zaïd gaat naar binnen en is met vijf minuten terug met de broodjes. Hij veegt de laatste twee tafeltjes af en komt bij me zitten. 'Hoe staat het leven?'

'Best, hoor.'

'Echt?' Hij observeert me kritisch. 'Je ziet bleek en je hebt kringen onder je ogen.'

'Maar verder gaat het goed.'

Nieuwsgierig buigt Zaïd zich naar me toe. 'Wie was die vent nou met wie je hier zaterdag was?'

'Gewoon, een oude bekende die ik onverwacht tegenkwam.'

'Een journalist?'

Ontkennen heeft geen zin, mijn verraste gezicht verraadt me met een.

'Ja,' geef ik toe. 'Hij wilde een artikel schrijven over mensen die een vliegramp hebben overleefd, of die er net aan ontkomen zijn.'

Zonder iets te zeggen staat Zaïd op, loopt de snackbar in en komt terug met een krant in zijn hand. Hij vouwt hem open en spreidt hem uit op tafel. De grote rode letters met KAPSTER VOORZIET AANSLAGEN schreeuwen me toe. Ik probeer te voorkomen dat mijn gezicht iets uitdrukt, maar of ik daarin slaag weet ik niet. Wel ben ik me bewust van het feit dat Zaïd me oplettend aankijkt.

'Weet jij wie dat is?' vraagt hij.

'Ene Linda,' zeg ik.

'Linda wie?'

'Hoe moet ik dat weten? Er zijn honderden kapsters in Amsterdam.'

Zaïd komt tegenover me zitten en draait de krantenpagina naar zich toe. 'Haar verhaal lijkt wel erg op dat van jou. Vliegramp, echtgenoot dood...'

Met een diepe zucht capituleer ik. 'Oké, ik beken. Die man met wie ik laatst was, is de journalist die dit verhaal heeft geschreven. Hij had een gesprek van mij afgeluisterd en was vast van plan om het te publiceren. Ik heb geprobeerd hem tegen te houden, maar hij was er niet van af te brengen. Uiteindelijk wilde hij wel mijn identiteit geheimhouden. Daar ben ik blij mee, maar met dat stuk niet.'

Onderzoekend neemt Zaïd me op. 'Is het waar? Ben jij paranormaal begaafd?'

'Ik heb inderdaad gedroomd dat dat vliegtuig zou neerstorten, ja.'

'En dat andere, van die metro, heb je dat ook gedroomd?'

Ik knik zwijgend.

'Shit hé,' zegt Zaïd onder de indruk. 'Denk je dat het echt gaat gebeuren?'

'Ja.'

'Wanneer?'

'Geen idee, maar meestal komen dat soort dromen op korte termijn uit.'

'Dat zou niet best zijn,' zegt Zaïd bezorgd. 'Ben je bij de politie geweest?'

'Allang.'

'Ze namen je zeker niet serieus.'

'Totaal niet.'

'En nu?'

Ik haal mijn schouders op. 'Ik probeer de dader zelf te vinden.'

Met een frons op zijn voorhoofd vouwt Zaïd zijn armen over elkaar. 'Weet je dan waar je moet zoeken?'

'Zo'n beetje. Ik kan er alleen niets mee.'

'Laat dat zo,' zegt Zaïd dringend. 'Je kunt er inderdaad niets mee en het lijkt me niet ongevaarlijk om je neus in dat soort zaken te steken. Laat het aan de politie over.'

'Ja, dáár hebben we wat aan.' Ik hap in een broodje en kauw een tijdje. 'Weet je, ik begrijp gewoon niet waarom ze niet in actie komen. Al is het maar om dingen uit te sluiten.'

'Dat gaat niet zomaar. Voor je het weet moet justitie weer forse schadevergoedingen betalen omdat ze bij onschuldige mensen de zaak kort en klein geslagen hebben.'

'Dat is altijd nog beter dan achteraf spijt krijgen dat je niet hebt ingegrepen. Dan maar schadevergoedingen en onschuldige mensen in de gevangenis. Die komen wel weer vrij als ze echt niets op hun geweten hebben. Je mag gewoon niet het risico nemen dat het misgaat.'

'Daar heb je gelijk in. Waar denk je dat die gasten zitten?'

'Ergens op de Pieter Calandlaan. Daar heb ik over gedroomd. En toen ik er ging kijken, zag het er precies zo uit als in mijn droom.'

'Je bent ernaartoe geweest?'

'Ja. Niet dat het iets opleverde. Maar ik heb dat niet voor niets gedroomd.'

Ik eet mijn tweede broodje op en leg vier losse euromunten op tafel. 'Laat de rest maar zitten. Je hebt me al zoveel cadeau gedaan.'

'Dank je,' zegt Zaïd terwijl hij het geld oppakt. 'Het was alleen vijf euro. Maar laat maar zitten, het is wel goed zo.'

Thuis pak ik met een sinterklaasgevoel mijn sfeerkaarsen, kussentjes en schaaltjes uit en zet alles bij elkaar op de eettafel. Een halfuur later stopt er een wit busje voor de deur. Er stappen twee jongens uit. Ze zien er buitenlands uit.

Een beetje wantrouwig wacht ik ze boven op. Ze groeten me vriendelijk en beleefd, vragen of ik mevrouw Wesselink ben en sjouwen vervolgens alles wat ik heb gekocht naar boven. Opgelucht maar ook een beetje beschaamd geef ik ze een flinke fooi en doe achter hun rug de deur weer op slot.

De rest van de middag ben ik druk bezig met het verschuiven en opnieuw inrichten van mijn woonkeuken. Als ik klaar ben, kijk ik ademloos rond in mijn nieuwe huis. Het is prachtig. Gezellig, sfeervol en niet te druk. De kroonluchter vangt het licht van de kaarsen en weerkaatst het naar de wanden, die niet langer steriel en leeg ogen. Een van de wanden wordt gesierd door een op doek afgedrukte foto van Jeroen en mij tijdens onze laatste dag in Marrakech.

Ik bekijk hem lange tijd. Daarna draai ik een rondje om mijn as door de kamer.

'Hoe vind je het?' vraag ik. 'Het is mooi geworden, hè? Niet jouw smaak, dat weet ik. Maar ik kan me niet voorstellen dat je dit niet gezellig vindt.'

Er komt geen antwoord, maar dat had ik ook niet verwacht.

Stukje bij beetje maakte zijn gevoel van weerzin plaats voor verrassing, ongeloof en vervolgens voor de overgave waarmee je nieuwe inzichten aanvaardt. De manier waarop het Westen, met Amerika voorop, de lakens uitdeelde in de wereld begon hem steeds meer tegen te staan.

Dat Nederland de Amerikanen steunde, soldaten naar Irak en Afghanistan stuurde en vol overtuiging meedeed aan die zogenaamde vredesmissie, viel hem zwaar tegen.

Het was niet zo dat de aanslagen in Londen en Madrid hem niets deden, integendeel, maar hij begreep de motivatie van de daders. Het was de noodkreet van mensen die dreigden te worden verpletterd onder het gewicht van de westerse normen en waarden.

Wat leek op een nobel streven van Amerika om de democratie in Irak en Afghanistan te introduceren, was niet meer dan een poging om de regeringen van die landen hun wil op te leggen.

De vraag die hij zich iedere ochtend als hij wakker werd stelde, bleef echter of aanslagen plegen het juiste verweer was. In Spanje had het geholpen. De verkiezingen stonden voor de deur, de bevolking eiste terugtrekking van de troepen en de regering was gezwicht.

Rechtvaardigde het doel daarmee de middelen? De aanslagen in Londen deden hem twijfelen. Er waren immers ook moslims omgekomen, en mensen die niet op die regering hadden gestemd en dus ook niet verantwoordelijk konden worden gesteld voor overheidsbeslissingen.

Abdullah was het niet met hem eens.

'In iedere oorlog vallen slachtoffers, dat is niet te vermijden,' zei hij. 'Denk aan de duizenden Afghanen en Irakezen die omkomen en waar geen aandacht aan wordt besteed in de westerse media. Wie komt er voor hen op? Wie geeft hun een stem? Als we het Westen niet duidelijk te verstaan geven waar de grens ligt, nemen ze het Midden-Oosten land voor land over.'

Abdullah introduceerde hem in een kleine groep van broeders die pal voor elkaar stonden. Kwam een van hen in de problemen, dan kon hij rekenen op de steun van de anderen. De broeders vielen elkaar niet af, niemand stond alleen.

Samen zaten ze op internet, spelden ze de websites van Al Qaida en keken ze naar de beelden van Guantanamo Bay, de beruchte gevangenis van de Verenigde Staten op Cuba, waar politieke gevangenen gruwelijk werden gemarteld.

Het geloof nam een centrale plaats in bij de groep en hoe meer hij zich in de Koran verdiepte, hoe sneller zijn gevoel van eenzaamheid afnam. Hij ontdekte de kracht van het samen bidden.

Bidden op islamitische wijze was meer dan je richten tot Allah. Het voortdurend vooroverbuigen en het onophoudelijk prevelen van mantra's veroorzaakte een roes, waarin je je als het ware opgenomen voelde door de handen van Allah zelf. Alsof Hij je naar een hoger plan tilde en alle aardse geluiden en zorgen om je heen liet verstommen. Op dezelfde manier bereikten de eentonige woorden van de imam hem, als een stroom die door hem heen trok en hem vervulde van de boodschap.

Hij besefte dat hij helemaal niet alleen was. Tijdens het gebed ervoer hij een diepe verbondenheid met Allah en zijn broeders die hem in staat stelde de dagelijkse ergernissen en beledigingen het hoofd te bieden.

Aanvankelijk waren er genoeg moskeeën waar ze terecht konden, maar na een tijdje werden die, onder druk van de Nederlandse regering, een stuk gematigder van toon en kwamen ze er niet meer. Ze weken uit naar de drieënveertigjarige Syriër Mustafa Khaled, een imam die thuis predikte.

De eerste keer dat hij er kwam, wist hij niet wat hij zag. De huiskamer in de bovenwoning was al niet groot, maar door een enorme hoeveelheid spullen leek hij nog kleiner. Overal stonden tafeltjes met kleedjes. De hoekbank was zo groot dat hij de helft van de kamer in beslag nam en het wit van de muren, die nog een indruk van ruimte hadden kunnen geven, was bedekt met levensgrote posters. De meeste vertoonden beroemde moskeeën uit de hele wereld, andere portretten van imams en allemaal waren ze voorzien van in het rood afgedrukte soera's uit de Koran.

Hier kwamen ze wekelijks samen om over het geloof te praten en de laatste ontwikkelingen in de Nederlandse politiek te bespreken. Vooral de snelle opkomst van de PVV van Geert Wilders hield hen bezig.

Rond die tijd bracht Wilders *Fitna* uit, een kort filmpje dat geen televisieomroep wilde uitzenden. Daarom zette Wilders het op internet, waar het onmiddellijk door miljoenen mensen werd bekeken.

Vol tegenzin keek hij er thuis naar. Liever had hij het hele filmpje genegeerd.

Hij vreesde de woede diep in hem, de frustratie van het altijd verkeerd begrepen worden. Hij was het zat om telkens met zijn rug tegen de muur te staan en zich te moeten verdedigen. Diep in zijn hart wist hij dat zijn onverschillige houding in werkelijkheid een dun vlies was, dat niet lang meer weerstand zou bieden als er een poging werd gedaan het door te prikken.

*Fitna* verraste hem niet. Conform zijn verwachtingen bestond de film uit tot geweld oproepende soera's die geheel uit hun context waren gehaald, ontdaan van mitsen en maren en rijkelijk voorzien van gewelddadige beelden.

In soera 8, vers 60, de bekendste soera waarin tot strijd wordt opgeroepen, was voor het gemak de rest van de passage weggelaten: 'En als zij geneigd zijn tot vrede, wees daar dan ook toe geneigd.'

Hij had vermoeid zijn laptop uitgeschakeld en zijn ogen gesloten. Hij kon zich voorstellen dat de strijdlustig gehevene bebloede messen, de live vertoonde onthoofding van een journalist en het dreigement dat de islam op een dag over de Verenigde Staten en Europa zou heersen, mensen zou schokken en bang maken. Dat was immers de bedoeling van dit filmpje: angst zaaien.

Als het niet zo ernstig was, zou je erom kunnen lachen dat Wilders zich schuldig maakte aan wat hij zijn tegenstanders verweet.

Een tijdje lijkt het alsof niemand het artikel over kapster Linda heeft gelezen, of dat het niemand iets interesseert. De eerste paar dagen nadat het stuk is verschenen hoor ik er in ieder geval niets over. Maar daarna begint het.

'Zeg, dat verhaal over dat meissie met die dromen, heb je dat gelezen?' vraagt Fien als ik tussen de middag snel wat boodschappen doe. 'Ik moest meteen aan jou denken toen ik het las.'

'Ik zou willen dat ik helderziend was,' zeg ik opgewekt. 'Lijkt me reuzehandig.'

'Nou, dat weet ik niet. Ik zou als de dood zijn om naar bed te gaan als ik wist dat ik van dat soort dromen kreeg. Aan de andere kant, als je daardoor allerlei ellende kunt voorkomen...' zegt Fien twijfelend. 'Maar jij kent dat meissie niet?'

Ze kijkt me zo strak aan dat ik heel goed besef dat ze met 'kent' eigenlijk 'bent' bedoelt, maar ik weersta haar blik en zeg dat ik geen idee heb wie Linda is.

'Wel toevallig, ook een kapster,' vindt Fien.

Ik zou haar erop kunnen wijzen dat er heel wat kapsters in Amsterdam rondlopen, dat Marrakech een populaire vakantiebestemming is en dat het zo bezien niet zo heel toevallig is, maar dat doe ik niet. Ieder woord is er nu een te veel en Fien is te slim om het niet te zien als ik in de verdediging schiet. Dus beaam ik dat het heel toevallig is en maak er verder geen woorden aan vuil. Maar ik voel Fiens ogen in mijn rug prikken als ik wegloop.

Tegen mijn gewoonte in ga ik aan het einde van de werkdag meteen naar huis. Ik haal geen eten, maak geen praatje met de marktkooplui die hun kramen afbreken, ik hang mijn boodschappen aan het stuur en fiets snel naar Zuid.

Ik rijd net mijn fiets de stoep voor mijn deur op, als ik het zie.

Een dode duif in mijn portiek.

Ik zet mijn fiets tegen de gevel en buig me over het beestje heen. Zijn oogjes zijn halfdicht, zijn nekje is naar achteren geknakt. Gebroken.

Hoe is die vogel hier terechtgekomen? Amsterdam zit vol duiven en er gaan er vast ook een heleboel dood, maar ik heb er nog nooit een in een portiek zien liggen. Het kan zijn dat hij op straat lag en dat iemand hem opzij heeft geschopt. Het kan ook zijn dat iemand speciaal voor mij zijn nek heeft gebroken en hem zorgvuldig voor mijn deur heeft neergelegd.

Slecht op mijn gemak kijk ik om me heen, maar er is niemand te zien. Ik schuif de duif met mijn voet naar de rand van het trottoir tot hij in de goot ligt. Haastig zet ik mijn fiets vast met het kettingslot en ga naar binnen. Even ben ik bang dat op het portaal ook iets ligt, maar dat is niet zo.

Misschien is het onzin om er iets achter te zoeken, was het gewoon een dode duif, maar iets zegt me dat dat niet het geval is. Voor de zekerheid draai ik de deur achter me in het nachtslot.

Het is moeilijk te accepteren dat er dingen zijn die buiten je macht liggen. Ik kan niet in mijn eentje een terreuraanslag voorkomen. Ben ik verantwoordelijk voor wat er staat te gebeuren als niemand me wil geloven? Moet ik doorgaan tot ik zelf het slachtoffer word, zonder dat dat enige verandering in de situatie brengt?

De rest van de week gebeurt er niets ongewoons. De eerste twee dagen kijk ik voortdurend over mijn schouder en gaan mijn ogen als eerste naar het portiek als ik thuiskom, maar er duiken geen dode duiven meer op.

Toch slaap ik slecht. Overdag kan ik de ogen die me in de gaten houden voelen en een paar keer zie ik iemand door mijn straat lopen die achteloos een blik omhoog werpt, naar mijn etage.

Ik moet hier met iemand over praten, iemand die weet wat het is om dingen aan te voelen en die zin en onzin van elkaar kan scheiden.

Op een lichtbewolkte zondag neem ik de trein naar Haarlem en zoek tante Josefien weer op.

Helaas blijkt ze te slapen. Teleurgesteld sta ik voor de deur van haar kamer, waar een meisje met een blond paardenstaartje net uit vandaan komt.

'Om een uur of vier komt ze meestal weer uit bed,' zegt ze.

Geweldig. Dat wordt tweeënhalf uur wachten of accepteren dat ik de reis voor niets heb gemaakt.

In dubio keer ik terug naar de hal. Bij de receptie staat een vrouw met kort bruin haar iets te bespreken met de receptioniste. Ik schat haar halverwege de vijftig.

'Uw moeder heeft bezoek,' zegt de receptioniste. 'O, kijk, daar komt ze net aan.'

Beiden kijken in mijn richting, de vrouw met het bruine haar met een vraag op haar gezicht.

'Hallo.' Ik steek mijn hand uit. 'Ik ben Rosalie Wesselink.'

'Rosalie!' Het gezicht van de vrouw licht op. 'Wat leuk om je te ontmoeten. Ik ben Ellie, de oudste dochter van Josefien.'

Ze drukt mijn hand stevig en als afgesproken nemen we beiden plaats in het zithoekje.

'Ik wilde je moeder verrassen met een bezoekje, maar ze slaapt,' zeg ik. 'Dom van me. Ik had even moeten informeren of het uitkwam.'

'Ja, ze slaapt veel de laatste tijd. Je kunt goed merken dat ze oud wordt. Dat was ze natuurlijk al toen ze hier kwam wonen, maar toen was ze toch een stuk vitaler,' zegt Ellie met spijt in haar stem.

'Woont ze hier al lang?'

'Bijna vier jaar.' Ellie kijkt me onderzoekend aan. 'Zeg, je was laatst ook al een keer langsgekomen, toch? Mijn moeder had het er de hele tijd over, ze vond het zo leuk.'

Er klinkt een onuitgesproken vraag door in haar woorden.

'Ja, ik wilde graag eens met je moeder praten over bepaalde zaken. Over haar paranormale begaafdheid, bedoel ik.'

'Ze zei dat jij die gave ook hebt.'

'Ja, en soms is dat best lastig. Jouw moeder weet dat als geen ander.'

'Dat kun je wel zeggen. Het heeft haar veel verdriet gedaan, zoals mensen op haar gave reageerden. Gelukkig heb ik het zelf niet, hoewel het me soms ook wel handig lijkt. Maar vroeger was het anders, over dat soort dingen werd niet zo vrij gepraat als nu. Mensen vonden het eng of des duivels. Ze dachten dat je niet goed wijs was als je dingen zag die voor anderen onzichtbaar bleven. Tegenwoordig word je hooguit niet geloofd, maar je wordt niet meer voor gek verklaard.'

'Maar het blijft lastig,' zeg ik. 'Zeker als je iets ziet waar je geen raad mee weet.'

'Dat lijkt me inderdaad moeilijk. Mijn moeder zat ook niet altijd te wachten op de informatie die ze kreeg. Op een gegeven moment leerde ze daar wel mee om te gaan, maar als het mijn broer en mij aanging, vond ze het een stuk moeilijker. Zo zag ze op mijn trouwdag dat mijn man binnen een jaar vreemd zou gaan en dat dat ons huwelijk zou kosten. Ze heeft er niets over gezegd, zelfs niet toen ik aankondigde dat ik graag zo snel mogelijk een kind wilde.'

'Wat knap van haar. Ik weet niet of ik in zo'n geval mijn mond zou kunnen houden.'

'Wel als steeds meer mensen zich van je afkeren. Het is begrijpelijk dat mensen je uit de weg gaan als je ze steeds een glimp van hun toekomst geeft. Dat willen ze niet, ze willen hun eigen beslissingen kunnen nemen, hun eigen fouten maken,' zegt Ellie.

'En in noodgevallen? Zweeg ze dan ook?'

'Wat voor noodgevallen bedoel je?'

'Als ze zag dat iemand ernstig ziek was of een ongeluk ging krijgen. Iets wat misschien te voorkomen viel.'

'Dan zei ze het wel, maar niet met zoveel woorden. Zo wist ze dat mijn eerste zwangerschap in een miskraam zou eindigen.' Ellie leunt voorover en speelt met de zilveren ring om haar vinger. 'Dat was niet gemakkelijk,' zegt ze na een korte stilte. 'Voor ons allebei niet. Ik was zo blij dat ik zwanger was, kocht allerlei spulletjes, ging meteen aan de slag om een babykamertje te maken... De eerste drie maanden zei ze niets, hoewel ze het slechte nieuws al wist voor ik haar überhaupt had verteld dat ik zwanger was. Pas in de vierde maand begon ze me langzaam voor te bereiden. Ik ben heel lang kwaad op haar geweest omdat ze het me niet meteen had verteld, maar achteraf weet ik dat ze de juiste beslissing had genomen. Het zouden ondraaglijke maanden voor me zijn geweest.'

Ze kijkt me van opzij aan, alsof het opeens tot haar doordringt dat ik mijn vraag niet voor niets heb gesteld.

'Wat zie jij? Toch niet iets met je ouders?'

'Nee, gelukkig niet.'

'Of met je broer en zus?'

'Ook niet. Dat wil zeggen...' Ik aarzel, al weet ik zelf niet goed waarom. Als ik bij iemand vrijuit kan spreken, is het wel bij Ellie.

En dus vertel ik haar het hele verhaal, vanaf mijn laatste nacht met

Jeroen in Marrakech tot het moment dat ik vanochtend besloot tante Josefien om raad te gaan vragen. Ellie luistert zonder me te onderbreken, met een gezicht dat steeds ernstiger wordt.

'Nu snap ik het,' zegt ze als ik uitverteld ben. 'Ik was al bang dat mijn moeder wartaal begon uit te slaan. Ze vroeg me naar jouw telefoonnummer, drong erop aan dat ik het voor haar zou opzoeken omdat ze je wilde spreken. Ze zei dat ze je moest waarschuwen.'

'Waarschuwen? Waarvoor?' vraag ik met een wat schrille klank in mijn stem.

'Voor een of ander feest,' zegt Ellie. 'En ze zag jou ergens vastzitten.'

'Vastzitten?'

'Ja, in een heel kleine ruimte.'

Die woorden moet ik even op me in laten werken. Voor mijn ogen verschijnen beelden van mijn ingestorte huis waar ik vastzit op het toilet of in een kast en vervolgens van een geëxplodeerde metro. Er verdringen zich allerlei beelden in mijn hoofd, projecties van mijn eigen angst. Met visioenen heeft het niets te maken, maar helemaal zeker ben ik er niet van. Momenteel ben ik sowieso nergens meer zeker van, het is een warboel in mijn hoofd. Angst beïnvloedt je intuïtie in negatieve zin, vertroebelt voorgevoelens tot een brij waarin zin en onzin niet meer van elkaar te onderscheiden zijn.

Ik pak mijn portemonnee, waar nog een kassabon van de supermarkt in zit, en schrijf op de achterkant van het papiertje mijn mobiele nummer.

'Wil je dit aan je moeder geven? Vraag of ze me belt zodra ze wakker is.' Ik steek Ellie het bonnetje toe.

Met duidelijke tegenzin neemt ze het van me aan, maar ze knikt toch.

'Ik zal het haar vragen,' zegt ze.

Met een tollend hoofd van gedachten zit ik op het bankje van de bushalte. Waar zou tante Josefien me voor willen waarschuwen? Wat heeft ze precies gezien, en welke kleine ruimte bedoelde ze? Is het de bus waar ik nu op zit te wachten? Of wacht me straks in de trein een ramp? Een kleine ruimte kun je een treincoupé niet noemen, hoewel het er maar aan ligt wat je onder klein verstaat. Het halletje bij de deur is klein. Misschien is het druk in de trein en moet ik daar staan. In dat geval stap ik niet in.

De bus laat nog zeker een kwartier op zich wachten en in die tijd probeer ik orde te scheppen in mijn hoofd.

Ik moet afstand nemen. Ik had met mezelf afgesproken dat ik me niet meer bezig zou houden met dit probleem omdat ik er toch niets aan kon doen, maar ergens in mijn achterhoofd ligt het nog steeds op de loer.

Een jongen van een jaar of negentien, lang en met een donkere huidskleur, komt in de abri staan. Hij knikt me toe en bestudeert de vertrektijden. In het kwartier dat we samen wachten, zegt hij geen woord. Onze blikken kruisen elkaar af en toe en dwalen dan weer af.

De bus is zo goed als leeg. Ik ga helemaal achterin zitten, waar ik de jongen in de gaten kan houden. Een paar haltes voor station Haarlem stapt hij uit en loopt zonder omkijken weg.

Op het station neem ik de trein naar Amsterdam Sloterdijk. Daar kan ik overstappen naar Amsterdam Zuid.

Op Sloterdijk kom ik niet door de detectiepoortjes vanwege een te laag saldo op mijn ov-chipkaart. Geërgerd door het oponthoud loop ik naar de kaartautomaat en waardeer mijn pasje op.

Een bundeling van energie doet mijn huid prikken. Het is alsof er iemand heel dicht achter me is komen staan.

In een reflex draai ik me om, maar er is niemand. Dat wil zeggen, niet in mijn directe omgeving. Een eindje verderop gooit een jongeman geld in de snackmuur en haalt er iets uit. Een man staat buiten bij de boekhandel een krant te lezen. Reizigers lopen heen en weer door de hal, maar niemand lijkt bijzondere aandacht voor mij te hebben.

Nog één keer laat ik mijn ogen door de stationshal glijden, dan haal ik mijn schouders op. Op weg naar de metro kijk ik om, maar niemand volgt me.

De metro komt net binnenrijden en ik installeer me op een zitplaats bij het raam. Onderweg vermaak ik me met mijn iPhone door tweets te bekijken, maar intussen houd ik de overige passagiers in de gaten. Het idee dat ik word gadegeslagen is nog niet verdwenen. Sterker nog, ik krijg buikpijn. Een snel toenemende pijn die me de adem afsnijdt.

Het is dezelfde onderdrukte spanning als voor een onweersbui, als de natuur zijn adem lijkt in te houden voor het natuurgeweld losbarst. De druk zet zich vast in mijn maag en maakt dat ik me nauwelijks kan concentreren op mijn telefoon.

Nerveus kijk ik om me heen, naar passagiers die verveeld voor zich uit kijken of in de *Metro* of *Spits* bladeren.

Ik schrik op van de harde ringtone en kijk hoopvol op het display.

Tante Josefien. Mijn hart begint te bonzen.

'Tante Josefien? Met Rosalie!'

'Dag kind, met mij. Ik hoorde dat je langs bent geweest.'

'Ja, dat klopt. Maar u sliep, dus ik heb u maar niet gestoord.'

'Wat jammer nou.' Het breekbare stemmetje van tante Josefien klinkt spijtig. 'Als ik had geweten dat je zou komen, was ik opgebleven.'

'De volgende keer zal ik eerst bellen,' beloof ik.

'Doe dat. Ik vind het ook vervelend voor jou dat je helemaal voor niets gekomen bent, Roos.'

'Dat geeft niets. Ik kwam Ellie tegen en heb even met haar gepraat.' Ik aarzel even voor ik verderga. 'Ze vertelde me dat u iets over mij hebt gezien. Ze begreep het niet helemaal, maar het had te maken met een kleine ruimte waarin ik opgesloten zat...'

Aan de andere kant van de lijn zucht tante Josefien licht.

'Heeft ze je dat verteld? Dat had ze niet moeten doen.'

'Natuurlijk wel. Als ik op de een of andere manier in moeilijkheden kom, wil ik dat graag weten.'

'Lieve kind, het is helemaal niet gezegd dat je in moeilijkheden komt.'

'Maar u zag mij opgesloten zitten in een kleine ruimte. Wat voor ruimte was dat? Waarom was dat? Wat wilde u me zeggen?'

Het blijft een tijdje stil, dan klinkt weer een beverig zuchtje.

'Ach kind, ik weet het niet precies meer. Dat heb je als je oud bent, het ene moment ben je helder en het volgende ogenblik heb je geen idee wat je nou zo bezighield. Ik weet nog van die kleine ruimte, maar ik weet niet meer precies wat ik zag. En waarom ik je wilde bellen. Echt, ik kan het me niet herinneren.'

In de stilte die ons verbindt moet mijn teleurstelling duidelijk voelbaar zijn, want na een tiental seconden begint tante Josefien weer aarzelend te spreken.

'Ik weet nog wel dat ik vond dat je maar ergens moest gaan logeren. Even weg uit je huis. Maar waarom weet ik niet, Roos. Ik heb geen idee. Is er iets met je huis? Heb je het daar niet naar je zin?'

Ik zie haar zitten, met gebogen schouders, zich concentrerend op wat ze gezien mag hebben, niet in staat me te helpen. Eén helder moment zag ze iets belangrijks, waarna het weer afdaalde naar de bodem van haar geheugen. Wat doe ik dat arme mens aan?

'Och, we hebben allemaal zo onze probleempjes,' zeg ik zo luchtig mogelijk. 'Het komt wel weer goed. Ik kom binnenkort bij u langs en dan praten we verder, goed?'

'Dat lijkt me gezellig,' zegt ze, wat opgewekter. 'En ga een tijdje je huis uit. Dat lijkt me echt het beste.'

De Holbeinstraat ligt er vredig bij. Te vredig, ik word zenuwachtig van zoveel rust. Het is een rustige, smalle straat, maar vandaag heeft die kalme sfeer iets dreigends. De bomen staan er roerloos bij, zonder dat een zuchtje wind de bladeren beroert.

Ik ga aan de overkant staan en kijk vanuit die positie naar mijn huis op de tweede en derde etage. Er is iets, al kan ik niet zeggen wat. In plaats van een baken van veiligheid en een warm thuis, heeft het huis iets afstandelijks, alsof het me probeert te verjagen.

Slecht op mijn gemak kijk ik om me heen, maar er is niemand te zien. Ondanks dat glijdt er een koude huivering langs mijn ruggengraat. Ik kan hier niet blijven. Tante Josefien had gelijk, ik moet ergens anders de nacht doorbrengen.

Zal ik even naar binnen gaan om wat spullen te pakken? Nee, beter van niet. Wat ik wel mee kan nemen is mijn fiets, die aan de lantaarnpaal staat vastgeketend.

Zo snel ik kan fiets ik in de richting van de Albert Cuyp en van daaruit naar mijn kapsalon. Het voelt vreemd om daar op zondagmiddag aan te komen. De Cuyp is verlaten, de winkels zijn gesloten en in de kapsalon zelf heerst een doodse stilte. Ik rijd mijn fiets naar binnen, laat de jaloezieën dicht en sluit de deur goed af.

Een beetje verloren sta ik in de schemering tussen de wasbakken en de spiegels, die mijn bleke, vermoeide gezicht reflecteren.

Ik kan in ieder geval mijn haar wassen als ik hier lang moet blijven, bedenk ik zuur, terwijl ik naar het keukentje loop. Ik zet thee, haal een Twix uit de zak die op tafel ligt en loop ermee naar het aangrenzende kantoor. Er staan een paar ingeklapte tuinstoelen waar we op mooie dagen op zitten in het piepkleine tuintje achter. Ik leg de bijbehorende kussens op de grond en leg er een schoon tafelkleed op. Als ik de verwarming aanzet en mijn jas vannacht aandoe, kan ik er wel een nachtje op doorbrengen. Morgen kan ik op de Albert Cuyp een slaapmatje en beddengoed kopen. Ik zou de situatie kunnen uitleggen aan mijn vrienden. Ze zouden me zeker een slaapplaats hebben aangeboden, maar ik wil hen niet in moeilijkheden brengen. Nee, ik blijf hier wel slapen en morgen ga ik naar de politie om te vertellen over die duif. Stom, ik had er een foto van moeten maken. Of het beest moeten meenemen in een plastic zak.

Even overweeg ik om terug te gaan en hem te halen, maar daar zie ik toch maar van af. In films zoekt de heldin ook altijd onnodig het gevaar op als ze net een goede verstopplaats heeft gevonden. Ik zit hier goed.

Om mezelf bezig te houden start ik mijn computer op en ga ik verder met de administratie. Er is ook nog een waslijst aan mail die ik moet beantwoorden, dus ik hoef me niet te vervelen.

Het is dan ook niet de verveling die me parten speelt, maar het vreemde van de situatie. In je eentje in een doodstille zaak zitten waar het altijd gonst van bedrijvigheid heeft beslist iets griezeligs.

Het zou fijn zijn om even met Rafik te praten, maar die heeft het op dit tijdstip veel te druk in zijn zaak. Dus bel ik Elvan en laat de telefoon lang overgaan, tot ik me herinner dat ze met haar zus naar de film zou gaan.

Landerig zet ik me weer aan mijn administratie. Harde stemmen buiten doen me opschrikken en als er een bons op het raam klinkt, vlieg ik overeind. Geruime tijd sta ik daar in het kantoortje, met mijn hand op mijn hart, het bloed ruisend door mijn aderen.

Er gebeurt verder niets, waarschijnlijk waren het gewoon een paar baldadige voorbijgangers. Als het een halfuur rustig is gebleven, is de avond nog niet half om. Al heeft hij weinig tijd, ik besluit toch maar even naar Rafik te gaan.

Voor ik de deur opendoe, gluur ik tussen de jaloezieën door of niemand me staat op te wachten, en dan pas glip ik naar buiten.

Met vlugge passen loop ik naar Casablanca. Door het raam zie ik al dat alle tafeltjes bezet zijn. Binnen ruikt het naar gekruide couscous en kalfsvlees, het is er druk en gezellig.

Ik groet het bedienend personeel en loop meteen door naar achteren.

'Hé,' zegt Rafik als hij me ziet. 'Tijdje niet gezien. Hoe is het?'

Bij wijze van antwoord haal ik mijn schouders op.

Samen met zijn kok werkt Rafik in hoog tempo de bestellingen af en als het even wat rustiger is, wenkt hij me naar de bijkeuken en zegt: 'Je ziet er niet goed uit.'

'Ik voel me ook niet zo goed.'

'Wat is er aan de hand?'

Ik aarzel even, maar vertel hem dan over de dode duif die voor mijn deur lag.

'Vind je dat niet vreemd? Ik ben zo bang dat de terroristen over wie ik heb gedroomd me op het spoor zijn. Ik durf niet meer thuis te slapen.'

Met zijn armen over elkaar hoort Rafik me aan.

'Omdat er een paar dagen geleden een dode duif voor je deur lag? Wat is dat nou voor onzin,' zegt hij. 'Als terroristen jou bang willen maken, gebruiken ze wel duidelijkere taal. Een dode duif slaat nergens op.'

Door de overtuiging waarmee hij dat zegt, begin ik me zowaar een beetje paranoïde te voelen. Overdrijf ik? Haal ik me dingen in mijn hoofd?

Ik weet het niet meer. Voorgevoelens en werkelijkheid, dromen en realiteit, alles loopt door elkaar als natte verf op een schilderij. En het beeld dat daaruit ontstaat wordt steeds onscherper.

'Waar slaap je nu, als je niet meer naar huis durft?' vraagt Rafik.

'In mijn kapsalon.'

'Dat meen je niet! Daar heb je toch geen bed? Hoe doe je dat?'

Ik vertel hem van de tuinkussens en hij kijkt me aan alsof ik niet goed bij mijn hoofd ben.

'Je bent echt bang, hè? Waarom kom je niet bij mij logeren?'

'Dat is lief van je, maar ik red me wel. Het is maar voor één nachtje. Denk ik.'

'Denkt ze!' Rafik fronst zijn wenkbrauwen. 'Ik vind het geen prettig idee dat je daar vannacht helemaal alleen bent.'

'Wat is het verschil? Thuis ben ik ook alleen. En ik dacht dat je het onzin vond van die duif.'

'Dat vind ik ook, maar als jij bang bent...'

'Ik heb het gevoel dat er iets staat te gebeuren, maar ik heb geen idee wat. Misschien begin ik een beetje paranoïde te worden en misschien was die duif wel toeval, maar ik neem het risico maar liever niet.'

'En wie zegt dat je in je kapsalon veilig bent?'

'Wie zegt dat ik bij jou thuis veilig ben? Als ze me volgen, weten ze precies wat ik uitvoer. Maar mijn tante heeft gezegd dat ik beter niet naar huis kon gaan. Zij is ook paranormaal begaafd, dus ik doe maar wat zij zegt.'

Aan Rafiks gezicht kan ik zien dat hij er nu ook niet meer zo gerust op is.

'Ik heb echt liever dat je vannacht hier blijft slapen, Roos. Alsjeblieft? Je krijgt een eigen slaapkamer, als dat het probleem is. Ik slaap wel op de bank.'

Ik schiet in de lach. 'Dat is het probleem helemaal niet, en jij hoeft niet voor mij op de bank te slapen. Ik weet zeker dat ik goed zit in mijn kapsalon. Ik ga straks lekker slapen, en...'

'En zodra er iets is, bel je mij,' valt Rafik me in de rede. 'Beloofd?'

'Beloofd,' zeg ik.

Het wordt een vreemde nacht. Bij ieder onbekend geluid schrik ik op, en er zijn heel wat geluiden die ik niet kan thuisbrengen. Wat me overdag ontgaat in het lawaai van haardrogers, water en het geprat met de klanten, valt nu dubbel op. Gekraak, gebonk, geruis. Mijn kapsalon is gevestigd in een oud pand, waarvan het houtwerk en de leidingen een eigen taal spreken.

Uiteindelijk dommel ik toch in, om even na vijven wakker te schrikken. Ik blijf nog een halfuurtje liggen en kom dan stijfjes overeind. Een warme douche zou nu welkom zijn, maar over die luxe beschik ik niet. Een kattenwasje bij een van de wasbakken moet volstaan. Gelukkig zijn er borstels en föhns genoeg om te zorgen dat ik er naar behoren uitzie.

Ik ruim de tuinkussens op en wis alle sporen die verraden dat ik hier de nacht heb doorgebracht. Daarna smeer ik een boterham in de keuken, zet een kop thee en ga ermee aan tafel zitten.

Zou ik nu naar huis kunnen? Even maar, om te kijken of er iets veranderd is in de sfeer? Het zou fijn zijn om even te douchen en schone kleren aan te trekken. Ik kan in ieder geval gaan kijken. Zodra ik onraad bespeur, keer ik snel terug. Misschien wil Rafik wel even met me mee. Het is nog wel vroeg, maar hij zal me dat niet weigeren.

Ik bel hem, maar hij neemt niet op. Hoe vaak ik het ook probeer, iedere keer krijg ik zijn voicemail. Uiteindelijk geef ik het op, pak mijn tas en rijd mijn fiets de kapsalon uit.

Even later ben ik op weg naar huis, en hoewel ik voortdurend in de gaten houd of iemand te dicht in mijn buurt komt, is het fijn om even buiten te zijn. De frisse lucht en beweging doen me goed, en als ik mijn straat inrijd, kan ik me niet goed voorstellen dat daar echt iets aan de hand zal zijn.

De schok is dan ook groot als ik het glas en de houtsplinters voor mijn deur zie. Een groepje mensen staat op het trottoir te wijzen naar de voordeur, die met veel geweld is ingetrapt.

Ze zijn hier geweest, vannacht of vanochtend vroeg. Als ik hier was blijven slapen, was ik nu dood geweest.

Mijn keel is opeens kurkdroog, er blijft slijm in hangen alsof mijn lichaam niet meer weet hoe het moet functioneren. Mijn benen voelen aan alsof er vla in zit en ik zie opeens een beetje wazig. Alleen mijn hart blijft onverstoorbaar doorkloppen, met zware slagen die me de adem benemen.

Ik moet naar de politie. Ze kunnen me nu niet meer als fantaste beschouwen, dit is een duidelijke aanwijzing dat ik in gevaar ben. Op de hoek van de straat pak ik mijn iPhone, maar in mijn zenuwen klik ik het icoontje met Twitter aan in plaats van het telefoontje.

Zo vroeg op de ochtend zijn er meestal nog niet veel tweets, maar zodra ik Twitter geopend heb, stromen de berichten binnen. Ze gaan allemaal over één ding.

## OVERVAL IN DE PIETER CALANDLAAN!
## TERRORISTEN OPGEPAKT IN DE PCLAAN IN WEST!

Met een scherp geluid houd ik mijn adem in. Ik moet erheen. Die arrestatie heeft natuurlijk al plaatsgevonden, maar ik zal me pas echt gerust voelen als ik zeker weet dat het om dat ene adres gaat, en dat die terreurcel is opgepakt.

Ik spring op mijn fiets en rijd snel weg. Het kost me zeker een halfuur, maar dat maakt me niet uit. Het opgejaagde gevoel dat zich al weken heeft vastgezet in mijn lichaam ebt met iedere trap weg. Ik kan weer ademhalen en loslaten.

Opgewonden en met frisse wangen van de buitenlucht rijd ik even later de Pieter Calandlaan in.

Al van ver zie ik dat er nog steeds mensen bijeen staan. Ik trap wat harder en kom buiten adem aan bij een grote groep omstanders die opgewonden met elkaar staat te praten.

Op mijn vraag wat er aan de hand is, krijg ik van verschillende kanten tegelijk antwoord.

'Een arrestatie,' zegt een dikbuikige Amsterdammer die een teckel aan de riem heeft. 'Een heel arrestatieteam kwam hier vanochtend vroeg binnenvallen. Ik heb het gezien. Ze ramden gewoon de deur in en hebben al die gasten meegenomen.'

'Ik heb altijd al gevonden dat daar vreemde types kwamen,' zegt een oudere vrouw met een gewatergolfd kapsel op vertrouwelijke toon. 'Ze liepen hier in en uit. En die man die hier woont heb ik ook altijd al verdacht gevonden. Liep voortdurend met een telefoon aan zijn hoofd.'

Meer verdachts blijkt ze, na enig doorvragen, niet gezien te hebben, maar dat hoeft ook niet.

'Hij liep in een djellaba,' zegt ze. 'Een Syriër was het,' voegt ze er nog aan toe, alsof dat de deur dichtdoet.

'Het is een aardige man,' zegt een jonge Marokkaanse vrouw vertwijfeld. 'Mijn kinderen kregen vaak een snoepje van hem als hij ze tegenkwam, en hij zei me altijd vriendelijk gedag.'

Ik kijk naar de deur van de trapopgang waar ik nog niet zo lang geleden langs ben gelopen, die nu als versplinterd wrakhout in de gang ligt.

'Ze ramden hem zo open,' zegt de man met de teckel. 'Een heel arrestatieteam kwam aanrennen, met machinegeweren en kogelwerende vesten en de hele santenkraam. Zes van die gasten hebben ze meegenomen; allemaal tuig. Dat kon je zo wel zien.'

De jonge Marokkaanse vrouw doet er het zwijgen toe en streelt een klein jongetje dat naast haar staat over zijn hoofd.

Het duurt even voor het tot me doordringt wat hier gebeurd is, maar dan realiseer ik me met een schok van vreugde dat ik van mijn verplichtingen bevrijd ben. Er zijn arrestaties verricht! Hier, op de plek uit mijn droom!

Mijn voorgevoelens hebben me niet bedrogen, ze hebben me in de juiste richting geleid. Maar ik hoef er niets meer mee te doen, het is nu in handen van de recherche. Een enorme last valt van mijn schouders.

Met een brede glimlach haal ik mijn iPhone uit mijn tas en zoek het nummer van Rafik op. Zijn telefoon gaat over, maar hij neemt niet op. Dan stuur ik hem wel een sms'je.

Ik begin druk te typen. De auto die naast me parkeert valt me wel op, maar als een object op de achtergrond. Pas als de bestuurder uitstapt en recht op mij afloopt, kijk ik opzij.

Van de andere kant komt nu ook een man op me af, met snelle, resolute passen. Ik wil op mijn fiets stappen, maar de man gaat voor me staan. Met een beslist handgebaar houdt hij me tegen en toont me een badge.

'Rosalie Wesselink?'

'Ja,' zeg ik, op mijn hoede.

'U wordt aangehouden op verdenking van deelname aan een criminele organisatie en het voorbereiden van een aanslag,' zegt hij.

'Wat?' Ik schiet in de lach, een automatische reactie op een absurde situatie. Even denk ik aan een grap, maar waarom zouden twee onbekenden een grap met me willen uithalen? De legitimatie die ze me voorhouden ziet er niet uit als een onderdeel van een grap, en de handboeien die een van hen tevoorschijn haalt evenmin.

'Dit is een misverstand,' zeg ik, met een glimlach die een einde moet maken aan deze idiote situatie.

Ze luisteren niet eens. Een van de rechercheurs grijpt me vast, de ander zet mijn fiets aan de kant en terwijl ik dat zie gebeuren voel ik koud metaal om mijn polsen. De rechercheur draait mijn armen achter mijn rug, klikt de boeien aan elkaar vast en neemt me met zachte dwang mee naar een auto die langs de stoep geparkeerd staat.

'Wat krijgen we nou? Ik heb niets gedaan! Nee, ik ga niet mee, laat me los!' protesteer ik. Mijn hoofd wordt naar beneden gedrukt en ik word zo op de achterbank geduwd. Zonder een woord te zeggen stappen de mannen in. De portieren gaan op slot, alsof de rechercheurs bang zijn dat ik met geboeide handen als een soort Uri Geller uit de auto zal verdwijnen. Zonder er verder een woord aan vuil te maken, rijden ze met me weg.

Het is geen lange rit naar bureau Meer en Vaart, maar ik benut die korte tijd om een aantal zaken duidelijk te maken. Zo goed en zo kwaad als dat gaat met handboeien om buig ik me naar voren.

'Jullie vergissen je, ik heb niets met de bewoners op dat adres te maken. Ik begrijp dat jullie dat dachten omdat ik net voorbijkwam, maar echt, dat was toeval. Ik heb er niets mee te maken.'

De rechercheurs wisselen een blik, maar zeggen niets.

'Hoort u me?' zeg ik dringend. 'Ik praat tegen u!'

Via de achteruitkijkspiegel kijkt de rechercheur achter het stuur me niet onvriendelijk aan. 'Daar hebben we het straks wel over.'

'Waarom niet nu? Dit is volslagen belachelijk. Je kunt toch niet zomaar willekeurige mensen van de straat plukken en handboeien omdoen?' Mijn stem is scherp van verontwaardiging, maar er klinkt ook een trilling in die ik herken als paniek.

'Als u er niets mee te maken hebt, dan zal dat vanzelf wel blijken, mevrouw. We willen alleen even met u praten,' zegt zijn collega op geruststellende toon.

Zijn woorden hebben effect. Ik leun naar achteren en besluit dat we het dan maar op het bureau moeten uitpraten.

Toch klopt mijn hart in mijn keel als we aankomen bij het donkerblauwe blok dat politiebureau Meer en Vaart vormt. Het toegangshek gaat open en we rijden een binnenplaats op. Alsof ik een zware crimineel ben, zo snel komt er versterking om mij te helpen uitstappen en naar de ingang te begeleiden.

Met zware benen ga ik naar binnen, een trap op, naar een kamertje met een balie die voorzien is van plexiglas. Iemand doet mijn handboeien af.

'Schuif uw persoonlijke eigendommen hier maar naar binnen,' zegt een van de rechercheurs en hij wijst op een opening in het plexiglas.

Hij fouilleert me, vindt mijn telefoon en geeft die aan zijn collega.

Met een gevoel alsof ik buiten de werkelijkheid ben geplaatst, duw ik mijn tas door de opening. Dat is nog niet genoeg, ze moeten ook mijn sieraden hebben. Oorbellen, armband, ringen, een voor een sta ik mijn eigendommen af en zie ze in zakjes verdwijnen. Daarna gaat alles in een grote plastic zak, waar mijn naam op wordt geschreven.

'Dank u wel,' zegt de politieagente. Het zou een poging tot vriendelijkheid kunnen zijn, maar het klinkt eerder zakelijk. 'Zou u hier even willen tekenen?'

Ze schuift me een formulier toe. Ik beef zo dat mijn handtekening volledig mislukt, maar daar zitten ze niet mee.

'Volgt u mij maar, mevrouw.' De rechercheur begeleidt me door een geelgeverfde gang naar een vertrek met een lange houten bank.

'Hier mag u even blijven wachten. We komen zo weer bij u,' zegt hij en hij loopt weg.

Niet-begrijpend kijk ik hem door de glazen wand na. Geen uitleg, geen verhoor. Waar moet ik precies op wachten, waarom vertelt niemand me iets?

Verbijsterd laat ik me op de bank zakken en kijk om me heen. Degene die hier de schilders opdracht heeft gegeven de boel in de verf te zetten, was gek op de kleur geel. Alles is geel, de kozijnen, de deuren, de raamsponningen. Misschien was de achterliggende gedachte dat dat de boel zou opvrolijken, maar mijn overgevoelige zintuigen vinden het schel en agressief.

Hoe lang ik daar zit te wachten weet ik niet, maar het lijkt wel een uur.

Op een gegeven moment komen er twee vrouwelijke agenten binnen, gevolgd door een vrouw in burger.

'Dokter Vreeland,' stelt ze zich voor, maar ze blijft op veilige afstand staan en geeft me geen hand.

'Komt u maar mee, mevrouw,' zegt een van de agenten.

Ik sta op en volg de vrouwen de gang in, naar een deur met het bordje 'fouilleringskamer'. Ze laten me naar binnen gaan en sluiten de deur.

Het eerste wat me opvalt is de onderzoektafel, de rest van het vertrek zie ik amper.

'Kleedt u zich maar even uit,' zegt de agente.

'Waarom?' Verstijfd van angst sta ik midden in het vertrek, mijn blik gericht op de tafel.

'We zullen een kleine inspectie moeten houden, mevrouw. Als u meewerkt, is het zo voorbij.'

Ik zie ze hun handschoenen aantrekken, hoor het plopgeluid waarmee het latex zich om hun vingers sluit. Ongelovig kijk ik van de een naar de ander, maar ik zie geen medeleven, alleen maar beslistheid.

Langzaam kleed ik me uit. De agentes wachten met verveelde, bijna ongeduldige gezichten. Voor hen is dit routine, een van de minder geliefde klusjes van hun dagelijks werk, maar toch werk.

In eerste instantie houd ik mijn ondergoed aan, maar dat is niet de bedoeling.

'Alles moet uit, mevrouw.'

Poedelnaakt sta ik voor hen, kippenvel trekt over mijn huid en ik begin te klappertanden.

Een van de agentes inspecteert zorgvuldig mijn kleding. Ze draait alles binnenstebuiten, zelfs mijn slip. Hij is niet helemaal schoon, zie ik vol schaamte.

'Zo koud is het hier toch niet?' zegt een van de agentes. 'We zijn zo klaar, hoor. Wilt u even in het rond draaien? Armen in de lucht, graag. Nu even vooroverbuigen. Iets verder, alstublieft.'

Een vinger in mijn anus. Het bloed uit mijn lip smaakt sterk en ijzerachtig.

Er wordt een strook papier op de onderzoektafel gelegd.

'Als u nu even wilt gaan liggen...'

Liggen is het laatste wat ik wil, maar er is geen ontkomen aan. Het papier plakt aan mijn billen en voelt koud aan op mijn huid.

'Spreidt u uw benen maar.'

Een uitstrijkje laten maken is al geen prettige ervaring, maar dit laat het bloed naar mijn gezicht vliegen. Het duurt ook langer en is pijnlijker. Ik kan een kreet niet onderdrukken. De dokter mompelt een excuus maar maakt geen haast.

Uiteindelijk richt ze zich op. 'U kunt zich weer aankleden.'

Het kost me moeite om van de onderzoektafel af te komen. Mijn lichaam lijkt opeens dat van een ander en trilt zo dat ik bijna val. Ik kijk zoekend om me heen naar mijn kleren, maar in plaats van mijn spijkerbroek en blouse ligt er een blauw papieren pak op het krukje.

Vol ongeloof kijk ik de agenten aan. Dat menen ze toch zeker niet?

'Trekt u dat maar aan,' zegt een agente met een knikje naar het pak.

'Dat rare pak? Waarom? Ik wil mijn eigen kleren terug.' Mijn stem schiet uit, de tranen zitten nu hoog.

'Standaardprocedure, mevrouw. Arrestanten krijgen zo'n pak aan en u bent een arrestant.'

Ik kijk om me heen of ik mijn kleren ergens zie en mijn oog valt op twee plastic zakken in de hand van de agente. Aan de smalle streep die haar mond vormt, is te zien dat ze niet van plan is om een uitzondering te maken en ze aan me terug te geven.

Ik sta in mijn blootje en heb het koud. Wederom heb ik geen andere keus dan te gehoorzamen. Met opeengeklemde kiezen trek ik het pak aan, dat als een krant op mijn huid valt.

De dokter vertrekt, de agentes wachten geduldig tot ik klaar ben.

'En nu?' zeg ik, met een stem die ik nauwelijks herken. 'Ik wil een advocaat. Kunt u een advocaat voor me bellen?'

'Hebt u een voorkeur voor iemand?'

Natuurlijk heb ik dat niet, ik heb nog nooit een advocaat nodig gehad. Een van de agentes zegt dat me in dat geval iemand toegewezen wordt.

'Gaat u maar mee.' Ze neemt me bij de arm en brengt me terug naar de arrestantenbalie. Daar word ik opnieuw geboeid en de trap weer afgeleid. Blijkbaar bevinden de verhoorkamers zich ergens anders, want we gaan naar buiten, de binnenplaats op, en lopen naar het naastgelegen donkerblauwe gebouw.

Daar belanden we in een gang vol deuren waar ik met een schok cellen in herken. Een van de zware ijzeren celdeuren wordt geopend en de agente kijkt me aan.

'Moet ik erin?' vraag ik vol ongeloof.

Ik moet erin. De bons waarmee de deur zich achter me sluit en het geknars van de sleutels in het slot laten daarover geen misverstand bestaan.

Ik sta in een betonnen hok van drie bij drie waar niets anders te zien is dan een brits en een stalen toiletpot. Onmiddellijk krijg ik visioenen van mensen die daar vóór mij op gezeten hebben. Ik onderdruk die beelden met kracht, maar de frustratie van mijn voorgangers schreeuwt me van alle muren toe.

*Fuck you all*
*Hate the police*
*Matennaaiers worden in hun kont geneukt*

Mijn ogen glijden omhoog, naar de felle lamp in het plafond, en dwalen naar de intercom en de bel bij de deur. De neiging om erop te drukken is groot. Als ik het gevoel zou hebben dat toegeven aan die impuls verschil zou maken, zou ik het doen. Maar een aanval van ademnood maakt iedere assertieve handeling onmogelijk en doet me op de brits belanden.

Met mijn handen als een kom voor mijn mond adem ik in en uit om een paniekaanval te onderdrukken. Na een tijdje word ik minder benauwd, al slaat één blik op de betonnen wanden om me heen meteen weer alle lucht uit mijn longen.

Ik laat me zakken op het bankje, recht mijn rug en sluit mijn ogen terwijl ik gelijkmatig in- en uitadem.

Straks leg ik uit dat het een misverstand is en dan laten ze me gaan. Dit gaat voorbij. Nu zit ik er middenin, maar uiteindelijk gaat alles voorbij.

Na een tijdje begint het langdurige verblijf in de cel me te irriteren. Wat denken ze wel? Eerst pakken ze me onschuldig op en vernederen ze me tot op het bot, om me vervolgens te laten wachten. Heb ik geen rechten? Waar blijft mijn advocaat? Het is moeilijk om voor jezelf op te komen als je niet weet waar je staat. Assertiviteit is ook lastig als er niemand is om iets tegen te zeggen.

Dus blijf ik voortdurend de rechten waarover ik denk te beschikken in mijn hoofd herhalen. Ik dreun ze voor mezelf op zodat ik ze straks, als ik de agenten eindelijk te woord zal staan, paraat heb.

Maar als de celdeur onverwacht en met veel geknars van sleutels opengaat, kondigt de bewaarster meteen aan dat er een advocaat op me zit te wachten.

Opgelucht sta ik op, laat me boeien en loop mee de gang in. We gaan weer naar buiten, naar het andere gebouw. Dan het trapje op, naar de arrestantenbalie waar ik eerder mijn spullen heb ingeleverd, langs het wachthok en de fouilleringskamer.

Aan het einde van de gang blijven we staan, waar een bordje hangt met de tekst RUIMTE ADVOCAAT.

De bewaarster opent de deur en nodigt me met een handgebaar uit om naar binnen te gaan.

In een donker kamertje zonder ramen zit iemand aan een stalen tafel. Een kleine, mollige vrouw met een bos donkerbruine krullen staat op en stelt zich voor als Astrid Pronk.

Na een handdruk gaan we tegenover elkaar zitten.

Astrid Pronk beantwoordt helemaal niet aan het beeld dat ik van een advocate heb, al weet ik niet precies wat ik had verwacht. Maar als ik in haar ogen kijk, voel ik me gerustgesteld. Tegenover me zit iemand met ogen die me zien, in plaats van me te beschouwen als het zoveelste geval waar ze onverwacht voor moet komen opdraven.

'Ik ben hier om je bij te staan,' zegt Astrid. 'Ik heb al wat informatie gekregen, maar ik wil ook jouw versie van het verhaal horen. Probeer het zo bondig mogelijk te vertellen, want we hebben maar een halfuur. Je bent gearresteerd op verdenking van deelname aan een terroristische samenzwering. Waarom denken ze dat jij daar schuldig aan bent?'

'Geen idee. Ik was compleet verbijsterd toen ik werd gearresteerd. Ik begrijp het nog steeds niet.'

'Waarom denk je dat je gearresteerd bent?'

'Hebben ze jou dat niet verteld?'

Ze schudt haar donkere krullen. 'Ze hoeven mij niets te vertellen, ik moet het doen met wat ik van jou hoor. Daarom weet ik alleen waarvoor je gearresteerd bent, meer niet. Tot je in bewaring wordt gesteld, mag ik je dossier niet eens inkijken.'

'Maar waarom ben je hier dan?'

'Om jou de procedure uit te leggen en je te vertellen wat je rechten zijn. Wat de procedure betreft: ze mogen je drie dagen in hechtenis nemen, de zogenaamde inverzekeringstelling. Na drie dagen beslist de rechter-commissaris of er voldoende grond is om je langer vast te houden. In dat geval word je in bewaring gesteld en ga je naar een bewaarhuis.'

'Een bewaarhuis?'

'De gevangenis. In dit geval de Bijlmerbajes. Maar dat gebeurt alleen als er voldoende bewijzen worden gevonden om je voor de rechter te brengen.'

Met open mond hoor ik haar aan. Gevangenis, de Bijlmerbajes, het zijn woorden waarvan ik nooit gedacht had dat ze mij zouden aangaan.

'Ik heb niets gedaan,' fluister ik. 'Echt niet.'

'Dat zal dan snel genoeg blijken,' stelt Astrid me gerust. 'Vertel me eerst eens waarom je denkt dat je gearresteerd bent.'

'Ik ben op de plaats van die inval geweest. En ik weet dingen die ik niet behoor te weten. Maar ik kan uitleggen hoe dat komt.'

'Wat voor dingen?'

Voor de zoveelste keer doe ik mijn verhaal over mijn paranormale gave, de vliegramp, de dood van Jeroen, de droom over de aanslag op de metro en mijn acties daarna. Zo chronologisch mogelijk, zonder van de hak op de tak te springen en belangrijke feiten te vergeten. Mijn advocate moet een duidelijk beeld krijgen van de omstandigheden die me hier hebben doen belanden.

'Dus de enige bewijslast bestaat uit het feit dat jij bij die metro-ingang en de Pieter Calandlaan rondhing,' zegt mijn advocate.

Ik knik. 'Wat gaat er nu verder gebeuren?'

'Ze gaan je verhoren. Ik raad je aan je te beroepen op je zwijgrecht. Ook onschuldige mensen kunnen dingen zeggen waar ze later spijt van krijgen. Tussendoor houden we contact.'

'Tussendoor? Ben je niet aanwezig bij die verhoren?'

Astrid schudt haar hoofd. 'Pas na drie dagen, als overgegaan wordt tot inbewaringstelling. Vroeger was het zo dat je verhoord kon worden voor je met een raadsman gesproken had, maar sinds april 2010 is een nieuwe wetgeving van kracht. Die geeft je het recht om in de eerste zes uur voor het politieonderzoek een advocaat te raadplegen. Anders zouden ze je nu al aan het verhoren zijn.'

Voorlopig sta ik er dus alleen voor. Het duurt even voor ik me hersteld heb van die mededeling.

'Nou ja,' zeg ik dan, 'ik heb niets te verbergen. Ik ben hier zo weer weg.'

'Dat mag zo zijn, maar ik wil je toch met klem aanraden om zo min mogelijk te zeggen tijdens de verhoren. Ik ken zaken genoeg waarin iemand door de hoge druk van het verhoor of door uitputting bekende. Een bekentenis is verdraaid lastig terug te draaien. Ook als je niet bekent, kan je verklaring tegen je gebruikt worden in de rechtszaal. Maar goed, we houden het positief. Voorlopig gaan we ervan uit dat het niet zo ver komt. Tenzij je vingerafdrukken in die woning worden gevonden of andere bewijzen van je aanwezigheid, denk ik niet dat er grond is om je langer dan drie dagen vast te houden.'

'Drie dagen? Dus ook als ze niets vinden, kunnen ze me zo lang vasthouden?'

'Jazeker. Misschien nog wel langer.'

'Maar als er geen bewijs is, moeten ze me laten gaan. Toch?'

Astrid tikt met een pen tegen haar onderlip en kiest vervolgens haar woorden met zorg.

'Luister Rosalie, dit is een rare zaak. In veel gevallen kan ik vrij nauwkeurig voorspellen wat er gaat gebeuren, maar in dit geval niet. Als het om terrorisme gaat, heeft justitie liever tien onschuldige mensen in de cel dan één terrorist met een bom op vrije voeten. Met de gebruikelijke regels wordt wat flexibeler omgegaan, de periode van inverzekeringstelling kan langer duren, de rechter-commissaris wijst de inbewaringstelling wat soepeler toe...'

Met ieder woord dat ze spreekt versnelt mijn hartslag.

'Wat probeer je nou te zeggen? Dat ze me voor onbeperkte tijd kunnen vasthouden?'

'Dat zou kunnen, ja.'

Ik leun naar achteren, te aangeslagen om een woord te kunnen zeggen. Voor het eerst dringt de ernst van de situatie goed tot me door.

Astrid geeft me de tijd om tot mezelf te komen. Ze rommelt wat in haar papieren en kijkt pas op als ik iets zeg.

'Maar ze kunnen me toch niet veroordelen? Daar is toch wel bewijs voor nodig?'

'Natuurlijk,' stelt ze me gerust. 'Justitie heeft ook verdachten van terrorisme laten lopen bij wie complete handleidingen voor het maken van bommen en plattegronden van kerncentrales in huis zijn gevonden. Dus als jij er zeker van bent dat er niets tegen jou pleit, zou ik me maar niet te veel zorgen maken.'

Ligt er iets bij mij thuis? De Koran, maar ook de Bijbel. Verder niets. In de inloggegevens van mijn computer zullen ze zien dat ik de Pieter

Calandlaan op Google Earth heb opgezocht, maar dat kan onmogelijk als belastend bewijs tellen.

Astrid verzamelt haar papieren en stopt ze in een aktetas; het half-uur is voorbij, haar taak zit erop. 'Kan ik verder nog iets voor je doen? Iemand bellen?'

Traag schud ik mijn hoofd. Alsjeblieft niet. Hoe minder mensen van deze vernedering weten, hoe beter.

Astrid trekt haar jas aan, pakt haar tas en geeft me een hand.

'Sterkte, hè? Probeer niet te piekeren en houd zoveel mogelijk je mond als je wordt verhoord. Intussen probeer ik uit te vissen wat ze aan bewijslast tegen jou hebben. Als ik nieuws heb, kom ik terug.'

Meteen na het vertrek van Astrid word ik meegenomen voor verhoor. Een agente leidt me naar de verhoorkamer. Wat ik te zien krijg, lijkt een parodie op de standaardpolitiefilm.

Een ongezellig hok zonder ramen wacht op me. Tafel en stoelen zijn aan de grond gekluisterd en worden belicht door een felle lamp aan het plafond. Rood-wit gespikkelde muren, alsof ze bespat zijn met bloed, donkerrood zeil op de grond.

'Ga daar maar zitten. De rechercheurs komen zo,' zegt de bewaarster. Ze doet mijn boeien af en vat post bij de deur. Langzaam laat ik me op een van de stoeltjes zakken.

Weer moet ik lang wachten en voor het eerst dringt de vraag zich aan me op of dit soms onderdeel van hun aanpak is. Een psychologisch spelletje om je te laten weten dat ze met je kunnen doen wat ze willen, zo lang als ze willen.

Uiteindelijk komen de rechercheurs binnen. Het zijn niet dezelfde als die me gearresteerd hebben en ze stellen zich voor als Huijtinga en Seghers.

Ik leg mijn handen in mijn schoot en bestudeer de rechercheurs terwijl ze plaatsnemen.

Huijtinga is een stevige kerel van een jaar of vijftig, met kortgeknipt grijs haar dat flinke inhammen vertoont. Ik kan me hem moeiteloos voorstellen als vader van een paar pubers die hij met een enkele blik in bedwang houdt.

Zijn collega Seghers is jonger, begin dertig schat ik, en ook een stuk magerder. Zijn slanke postuur wordt versterkt door zijn lengte; hij lijkt niet goed raad te weten met zijn armen en benen achter dat tafeltje. Ook hem kan ik me wel voorstellen met een gezin, maar an als vader van jonge kinderen die hij laat paardjerijden op zijn rug.

Huijtinga neemt een stapeltje papieren door en kijkt me vriendelijk aan.

'Mevrouw Wesselink, laten we dit beschouwen als een gewoon gesprek. Ik neem aan dat uw advocaat u heeft voorbereid?'

Ik knik.

'U weet dat u niet verplicht bent om antwoord te geven op onze vragen. Maar we zijn natuurlijk een stuk sneller klaar als u dat wel doet.' Huijtinga rommelt in zijn papieren en houdt één vel omhoog. 'U bent opgepakt op verdenking van deelname aan een criminele organisatie en het beramen van een terroristische aanslag. Weet u waarom?'

Ik denk aan Astrids woorden. Een antwoord op deze vraag zou heel goed tot een soort bekentenis kunnen worden verdraaid. Maar mijn behoefte om een aantal dingen te verduidelijken is te groot om haar advies op te volgen.

'Ik weet wel waarom. Jullie hebben een vergissing gemaakt.'

'Een vergissing?'

'Ja, het is gewoon een samenloop van omstandigheden.'

'Legt u dat eens uit.' Huijtinga kijkt me afwachtend aan terwijl zijn collega er eens goed voor gaat zitten.

'Hebt u ook weleens dat u iets droomt wat later uitkomt?' vraag ik.

Beiden kijken me bevreemd aan.

'Nee,' zegt Huijtinga. 'Dat heb ik nog nooit gehad.'

De lichte frons tussen zijn wenkbrauwen nodigt niet uit om door te gaan, maar ik heb weinig keus.

'Ik wel. Als kind voorvoelde ik al gebeurtenissen die later uitkwamen. En ik droomde. Iedereen droomt, maar bij mij is er verschil. Meestal is het warrige onzin, maar af en toe droom ik helder.'

'Helder,' herhaalt Huijtinga.

Ik knik, bestudeer ieder trekje in zijn gezicht om erachter te komen of hij openstaat voor mijn uitleg.

Seghers mengt zich in het gesprek. 'In de zin van helderziend?'

Opnieuw knik ik.

'En ik neem aan dat u een heldere droom heeft gehad over... over wat eigenlijk?' vraagt Huijtinga.

'Over de vliegramp met de Airbus 321.'

Dat was duidelijk niet het antwoord dat de mannen verwachtten. Seghers, die op het toetsenbord van de computer zit te tikken, kijkt verwonderd op, Huijtinga trekt zijn wenkbrauwen op. Voor de zoveelste keer doe ik verslag van de manier waarop ik in februari aan de dood ontsnapt ben en mijn man heb verloren.

Seghers raadpleegt de computer en zegt: 'Hier staat dat u weduwe bent sinds 19 februari. Dat is inderdaad de dag waarop het vliegtuigongeluk plaatsvond. En u ontkwam dus aan die ramp omdat u erover gedroomd had.'

'Ja.'

'En uw echtgenoot kwam om omdat hij wel in het noodlottige toestel stapte.'

'Ja.'

'Dan hebt u verbazend veel geluk gehad.'

'Dat is maar hoe je het bekijkt. Ik had liever gehad dat mijn man ook zijn ticket had omgeboekt.'

'Natuurlijk, dat begrijpen we. Maar u bent wel ontkomen.' Huijtinga laat zich iets onderuitzakken. 'Hoe wist u dat het vliegtuig zou neerstorten?'

'Dat heb ik net verteld. Door die droom.'

De rechercheurs wisselen een blik. Seghers recht zijn rug en gaat aan de slag met de computer, het verhoor verder aan zijn collega overlatend.

'Goed,' zegt Huijtinga, met de beslistheid van iemand die een einde wil maken aan een niet ter zake doende discussie. 'Maar dat is geen antwoord op mijn vraag of u begrijpt waarom u bent gearresteerd.'

'Ik was ook nog niet klaar. Dat vertelde ik om duidelijk te maken dat ik voorspellende dromen heb.' Ik begin mijn verhaal, maar Huijtinga onderbreekt me al snel.

'Dat is allemaal heel interessant, maar laten we het even over vanochtend hebben. Waarom was u daar, in de Pieter Calandlaan?'

'Gewoon, om te kijken.'

'Om te kijken?'

'Ja, ik had op Twitter gelezen dat er een inval was gedaan.'

'En toen sprong u op uw fiets en racete ernaartoe. Waarom?'

'Omdat ik al vermoedde dat er op dat adres terroristen zaten. Ik was blij dat ze opgepakt waren.'

'Waarom vermoedde u dat?' vraagt Huijtinga geïnteresseerd.

Ik slaak een zucht en Huijtinga slaat zijn armen over elkaar. 'Wat een diepe zucht.'

'Ik zucht zo omdat ik nu al weet dat mijn antwoord u niet zal bevallen.'

'Probeer het eens.'

'Ik had over dat adres gedroomd,' zeg ik. 'Dat wil zeggen, niet over dat specifieke adres, maar wel over die buurt. In mijn droom kwam ik de dader van de aanslag tegen en volgde ik hem naar de Pieter Caland-laan. Ik wilde kijken of ik hem daar tegen zou komen. Dat was niet zo, maar toen ik over die inval las, wist ik dat ik het bij het rechte eind had.'

'Mevrouw Wesselink, u hecht wel erg veel waarde aan uw intuïtie en dromen, nietwaar?'

'Alleen aan lucide dromen. En wat mijn intuïtie betreft, die heeft me nog nooit in de steek gelaten. Ik kan niet uitleggen hoe dat voelt.'

'Dus als ik het goed begrijp, hebt u alles wat u weet gedroomd.'

'Ja.'

Er valt een lange stilte, waarin ik me steeds onbehaaglijker begin te voelen, tot me iets invalt.

'Het heeft ook in de krant gestaan,' zeg ik. 'In *De Telegraaf*. Die journalist, Robert Haasbeek, had een gesprek van mij afgeluisterd en wist dat ik over de vliegramp en de aanslag had gedroomd. Daar heeft hij een artikel over geschreven. Ik was er niet blij mee, maar nu wel. Hij kan getuigen dat het echt zo is gegaan.'

Mijn ondervragers zijn niet onder de indruk van dit bericht. Seghers maakt wel een notitie, maar ze vragen geen van beiden door.

'Hmm,' zegt Huijtinga alleen.

'Gaat u met hem praten?' vraag ik.

'Dat zullen we zeker doen,' zegt Huijtinga. 'Het komt wel vaker voor dat terroristen op de een of andere manier aanslagen aankondigen. Onrust en paniek zaaien is ook een terroristische activiteit, mevrouw Wesselink.'

Met open mond kijk ik hem aan. 'Denk u dat ik de krant voor mijn karretje heb willen spannen met een onzinverhaal?'

'U zegt het.' De bruuske manier waarop Huijtinga in zijn papieren bladert en over zijn kin wrijft vertellen me dat hij het meent.

Verbijsterd kijk ik van de een naar de ander, te aangeslagen om nog iets ter verdediging aan te voeren. Wat heeft het ook voor zin als alles wat je zegt wordt omgedraaid en tegen je wordt gebruikt? Over de dode duif voor mijn deur begin ik niet eens.

Huijtinga bijt op de achterkant van zijn pen en neemt me peinzend op. Onverwacht leunt hij naar voren, zodat ik verschrikt terugdeins.

'Weet u hoe dit hele verhaal op mij overkomt, mevrouw Wesselink?' zegt hij. 'Niet als onwaarschijnlijk, maar als volslagen bullshit. Waarom vertelt u niet gewoon hoe u van de plannen voor de aanslag afwist en wat uw betrokkenheid daarbij is? Want óf u bent niet helemaal goed bij uw hoofd, óf u zit hier glashard te liegen.'

Door die beschuldiging vind ik iets van mijn oude assertiviteit terug.

'Ik ben prima in orde en ik lieg niet,' zeg ik snibbig. 'Trouwens, jullie hebben toch zelf gezien dat die terroristen mijn woning zijn binnengedrongen? Waarom zouden ze zoiets doen als ik bij hen hoorde?'

Vermoeid wrijft Huijtinga over zijn voorhoofd. 'Houdt u alstublieft op met die spelletjes,' zegt hij. 'U weet heel goed dat wíj die inval in uw huis hebben gedaan. En als door een wonder was u niet thuis. Waar was u eigenlijk de hele nacht, mevrouw Wesselink? Wie heeft u gewaarschuwd dat er weleens een inval kon gaan plaatsvinden?'

Ik sluit mijn ogen en zeg niets. Dit is een nachtmerrie van de ergste soort. Wie me gewaarschuwd heeft, zeg ik maar niet. Ze zijn in staat om tante Josefien ook nog op te pakken.

Ik heb altijd gedacht dat ik wist wat eenzaamheid was, maar nu ik hier zit, uitgemaakt voor leugenaar en terrorist, lijkt alles wat ik heb meegemaakt vingeroefeningen voor dit moment te zijn geweest.

Iets van mijn oude overgevoeligheid voor het ongeloof waar ik als kind al mee te maken kreeg, steekt de kop op. Iemand overtuigen van iets wat bijna niet uit te lèggen is, is een onmogelijke opdracht, maar het zal toch moeten.

Het geïrriteerde gezicht van Huijtinga en het feit dat Seghers opgehouden is met typen en nu met zijn armen over elkaar en een frons tussen zijn wenkbrauwen naar me zit te kijken, werken echter niet erg stimulerend.

'Ik was bang,' zeg ik mat. 'Er lag een dode duif voor mijn deur, ik voelde me achtervolgd en ik durfde niet meer thuis te zijn. Ik heb afgelopen nacht in mijn kapsalon geslapen. Toen ik op Twitter las dat die gasten waren opgepakt, was ik zó opgelucht. Ik ging snel kijken op de Pieter Calandlaan en toen werd ik gearresteerd. Als u me niet gelooft kan ik daar ook niets aan doen.'

Zeker een minuut lang staart Huijtinga me aan. Ik kijk terug, niet van plan te wijken, maar ik ben zo nerveus dat ik uiteindelijk toch mijn ogen neersla.

'Laat ik u eens uit de doeken doen hoe wij het zien, mevrouw Wesselink, dan mag u daarop reageren,' zegt Huijtinga ten slotte. 'U kwam bij ons in beeld toen u verscheen op filmpjes die onze bewakingscamera's op station Zuid hebben gemaakt. Kijkt u maar even mee.'

Seghers draait het computerscherm naar me toe en nadat hij iets heeft aangeklikt, verschijnt de stationshal van Zuid op het scherm. Het is een totaaloverzicht, waarbij de winkels, de detectiepoortjes en de kaartjesautomaat zichtbaar zijn. En waarop ik duidelijk in beeld ben, zittend op de grond, met mijn rug tegen de muur geleund.

'U hebt daar een heel tijdje doorgebracht,' zegt Huijtinga, zonder een seconde zijn blik van mijn gezicht los te maken. 'En al die tijd hield u de voorbijgangers in de gaten, alsof u op iemand zat te wachten. Op wie zat u te wachten, mevrouw Wesselink?'

Ik zie de val die voor me opgezet wordt, ik kan de worst die erin hangt bijna ruiken, maar ik heb geen andere keus dan erin te trappen.

Beroep je op je zwijgrecht, hoor ik Astrid in gedachten zeggen. Maar de drang om me te verdedigen is te groot.

'Ik wachtte op de dader.'

'Welke dader?'

'Degene die in mijn droom de aanslag pleegde. Hij stapte op dat station op de metro, gelijk met mij. Ik dacht, als ik daar ga wachten, komt hij vanzelf een keer.'

'En hoe wist u wannéér u daar precies moest gaan zitten wachten? Had u misschien ook een datum meegekregen in uw droom?'

'Nee, natuurlijk niet. Ik wist alleen dat het op een feestdag zou gebeuren. Vandaar dat ik op Koninginnedag ging posten. Ik was bang dat de dader die dag had uitgekozen om een aanslag te plegen.'

'En toen dat niet gebeurde, besloot u op 5 mei weer de beveiliging van het station op u te nemen.' Huijtinga knikt naar de computer, waar nu beelden op verschijnen van mijn zitsessie op Bevrijdingsdag.

'Ja.'

'Maar er gebeurde weer niets.'

'Gelukkig niet, nee.'

'Inderdaad, gelukkig niet. Waaraan lag dat, denkt u?'

'Waarschijnlijk hebben ze die aanslag op een andere dag gepland, hè. Dat lijkt me duidelijk,' zeg ik een beetje kattig.

'O ja? Is dat zo duidelijk? Dat weet ik nog niet zo zeker. U zou daar ook hebben kunnen zitten om te kijken hoe het met de beveiliging van het station gesteld is. Of om de bewaking uit te proberen. Daar hebben we interessante beelden van.'

De volgende minuten kijken we alle drie hoe ik word aangesproken door de twee bewakers en hoe ik ten slotte de trap op loop naar het perron, waarna een andere camera wordt ingeschakeld, die beelden produceert van de manier waarop ik de bewaking probeer te ontwijken.

'Afleidingsmanoeuvres,' concludeert Huijtinga. 'U was bezig uit te zoeken hoe ver u kon gaan of hoe u de aandacht kon afleiden. Terroristische aanslagen worden altijd goed voorbereid. Niets wordt aan het toeval overgelaten. Kijk maar, op het moment dat u te veel in de gaten loopt, gaat u ervandoor.'

Seghers draait het beeldscherm naar me toe en we kijken weer naar de beelden. Beide rechercheurs slaan hun armen over elkaar en observeren me.

Ik strengel mijn vingers ineen om mijn opkomende nervositeit te onderdrukken.

'Hebt u daar iets op te zeggen?' informeert Huijtinga na een tijdje.

Ik haal mijn schouders op. 'Om eerlijk te zijn vind ik het allemaal nogal overdreven.'

'Overdreven?'

'Ik bedoel dat u niet veel heeft. Als dat al genoeg is voor een arrestatie...'

'O, maar dit is nog niet alles. Nog lang niet! En we gaan het u allemaal voorleggen, wees maar niet bang. En u gaat ons haarfijn uitleggen hoe het zit.'

'Dat heb ik al gedaan.'

'Dus u blijft bij het verhaal van die droom?'

'Ja, natuurlijk. Dat is de waarheid.'

Huijtinga's vermoeide zucht waait als een tochtvlaag in mijn gezicht.

'Goed.' Met een berustende klap op tafel maakt hij een einde aan het gesprek. 'Dan laten we het hierbij.'

Opgelucht recht ik mijn rug en ontspan me. 'Mag ik naar huis?'

Huijtinga's wenkbrauwen vliegen omhoog. 'Naar huis? Nee, dat dacht ik niet. We zijn nog lang niet uitgepraat. Ik kan niet wachten om te horen waar u nog meer van gedroomd hebt, mevrouw Wesselink.'

De ironische toon ontgaat me niet, net zomin als de glimlach die Seghers zich permitteert.

'Maar... wanneer mag ik dan naar huis?'

Hij haalt zijn schouders op en spreidt zijn handen. 'Wie zal het zeggen? Voorlopig blijft u nog even bij ons. In ieder geval vannacht.'

Mijn god, ze houden me hier. Ik ga de nacht in een cel doorbrengen. Ondanks mijn gesprek met Astrid had ik toch gehoopt dat ik tijdens het verhoor de recherche van mijn onschuld zou kunnen overtuigen.

Ik probeer me goed te houden, maar mijn keel wordt dik en een waas voor mijn ogen vertroebelt het zicht. 'Ik wil mijn advocaat spreken,' zeg ik.

'Het spijt me, dat mag niet. Zo zijn de regels, mevrouw,' zegt Seghers en in zijn stem meen ik iets van medelijden te horen.

Regels? Het lijkt eerder alsof ik in een dictatuur ben beland, ontdaan van al mijn rechten. Na alles wat ik heb moeten doorstaan is de mededeling dat ik hier de nacht ga doorbrengen te veel. Als een zombie laat ik me terugbrengen naar het andere gebouw, naar mijn cel.

De bewaarster die me begeleidt heeft dit duidelijk vaker meegemaakt, want ze loopt totaal onaangedaan naast me.

Vol weerzin kijk ik naar het plastic matras dat is neergelegd en de papieren lakens en de oude deken die het me comfortabel moeten maken.

Met grote tegenzin neem ik plaats op het matras en leun met mijn rug tegen de muur. Ik kan nog steeds niet bevatten dat ik hier zit, maar met iedere minuut die verstrijkt wordt het meer realiteit.

De vier wanden om me heen lijken naar elkaar toe te schuiven en me te pletten met hun gewicht. Ik probeer weg te kruipen achter mijn eigen muurtje, waar ik al mijn gevoelens op laat afketsen zodat ze me niet kunnen bereiken.

Ik zie mezelf al in de rechtbank staan, verdacht van terrorisme. Zelfs als ik word vrijgesproken, zullen er altijd mensen zijn die aan mijn onschuld twijfelen. Vrienden zullen me mijden, klanten zullen op zoek gaan naar een andere kapsalon. Ik zou net zo goed Amsterdam kunnen verlaten, want het leven zoals ik dat gekend heb, zou voorbij zijn.

Uiteindelijk ben ik zo moe van het piekeren dat ik ga liggen, mijn ogen sluit en mezelf voorstel dat ik ergens anders ben. Thuis, in mijn eigen vertrouwde slaapkamer. Liggend op mijn zachte bed, waarvan het frisgewassen dekbed naar wasmiddel ruikt in plaats van naar verschaald zweet.

Opeens denk ik aan tante Josefien. Ze heeft gelijk gekregen. Ik zit vast in een kleine ruimte. Opgesloten.

Het is niet moeilijk om een bom te maken. Even zoeken op Google en je stuit op diverse handleidingen. Als je liever wat anoniemer zoekt, hoef je alleen maar naar de bibliotheek te gaan en wat kopietjes uit scheikundeboeken te maken. Vervolgens bestel je via internet wat je nodig hebt en je krijgt de hele zaak keurig thuisbezorgd. Geen haan die ernaar kraait.

Ze zeggen dat dit soort verdachte transacties geregistreerd wordt en dat je een bezoekje van de AIVD of een gratis overnachting in een politiebureau kunt verwachten. Toch heeft niemand van de broederschap ooit een politieagent gezien, laat staan iemand van de AIVD.

Zelfs als de politie huiszoeking komt doen, sta je na een paar dagen weer op straat, omdat het bezit van dergelijke spullen niet bewijst dat je kwaad in de zin hebt. Zoals Abdullah al zei, hoef je alleen maar te zeggen dat je een grote belangstelling hebt voor scheikunde en natuurkunde en je verzameling nitraat en explosieven is verklaard.

De nonchalance in de politiek slaat hem al jaren met stomheid. Iedereen is het erover eens dat terrorismebestrijding hoog op de agenda moet staan, maar niemand onderneemt stappen tegen websites waar plattegronden van kerncentrales en de beveiliging van Schiphol op staan.

Als er ooit iets gebeurt, heeft Nederland het aan zichzelf te danken.

Toen hij was opgenomen in de broederschap las hij dagelijks in de Koran. Bepaalde stukken kon hij uit zijn hoofd opzeggen, wat hem veel waardering opleverde. Maar hoe meer hij zich bezighield met het geloof, hoe meer het hem opviel dat zijn vrienden zich voornamelijk op de gewelddadige stukken uit de Koran concentreerden. Terwijl er zoveel meer in stond.

Je kon de soera's niet los van elkaar lezen, ze vormden een geheel. Elk afzonderlijk boden ze ruimte voor diverse interpretaties, maar als geheel vertelden ze een verhaal van vrede en verdraagzaamheid.

Maar de broeders beschouwden het interpreteren van de Koran als godslastering. Volgens hen was Allahs woord onherroepelijk en was het niet aan de mens om het om te vormen naar een islam die hun beter uitkwam. Hij had niet de moed om te zeggen dat dat precies was waar ze zelf mee bezig waren.

411

De onmacht is het ergst. Woede, angst, vernedering, ik ben eraan overgeleverd en kan er niets tegen doen. Van pure frustratie begin ik te tellen om het aantal minuten dat verstrijkt bij te houden. Na een tijd word ik moe en raak ik de tel kwijt.

Ik heb geen idee hoe lang ik in die cel zit als de deur opengaat en me iets te eten wordt aangeboden. Rijst met kip-kerrie.

Vol weerzin wend ik mijn gezicht af. Alleen al het idee dat ik die gele smurrie naar binnen moet werken maakt me misselijk. Ik heb geen honger, wel erge dorst. De beker water die bij de maaltijd geserveerd wordt, drink ik meteen leeg. Uiteindelijk besluit ik toch maar iets te eten, al was het alleen maar om van de geur af te zijn die zich door mijn cel verspreidt. Bovendien moet ik op krachten blijven. Als ik vannacht met een rommelende maag wakker word, kan ik niet even naar de koelkast lopen om iets te eten te pakken.

En dus eet ik. Zodra ik mijn bord leeg heb, gaat de deur weer open en wenkt de bewaarster me.

'Ga je mee?'

'Waarnaartoe?' Stijf van het lange zitten kom ik van het matras af.

'Je wordt weer verhoord.'

De handboeien gaan weer om en we lopen door de gangen, steken de binnenplaats over en gaan het andere gebouw in. Trap op, langs de arrestantenbalie, naar de verhoorkamer.

Mijn twee vrienden zitten al klaar.

Nadat de handboeien zijn afgedaan, ga ik zitten en kijk de rechercheurs een voor een aan. Mijn blik blijft rusten op Seghers, die tegenover me zit. Huijtinga heeft achter de computer plaatsgenomen.

'Heb je goed gegeten? Smaakte het?' vraagt Seghers vriendelijk.

Ik knik alleen maar, heb geen zin in een praatje over de combinatie van te droge kip met gestolde kerriesaus.

'Rosalie, ik zou graag wat meer willen weten over die dromen van je,' komt Seghers ter zake.

Afwachtend kijk ik hem aan. Het ontgaat me niet dat hij me opeens tutoyeert.

'Zijn er mensen die van jouw droom over die aanslagen weten? Heb je het aan iemand verteld?'

'Ja, natuurlijk,' zeg ik. 'Ik heb het er heel vaak over gehad met mijn familie. En met mijn collega's en vrienden.'

'Dus zij zouden jouw verhaal kunnen bevestigen?'

'Ja,' zeg ik, en dan krijg ik een inval waarvan ik me afvraag waarom ik er niet eerder op ben gekomen. 'Ik heb er ook melding van gemaakt bij de politie, op het bureau aan de Van Leijenberghlaan.'

Seghers schrijft het meteen op. 'En wanneer was dat?'

'Al een tijdje geleden. Begin maart, geloof ik. De precieze dag weet ik niet meer.'

'Geeft niet, dat zoeken we wel uit. Weet je nog met wie je toen gesproken hebt?'

Dat weet ik nog heel goed. 'Met Tessa van Loon.'

Ook dat wordt opgeschreven, waarna Huijtinga met de computer aan de slag gaat. Seghers kijkt met zijn collega mee tot hij gevonden heeft wat hij zocht.

'Het klopt,' zegt Huijtinga uiteindelijk. 'Ze heeft aangifte gedaan bij brigadier Van Loon over een mogelijke aanslag.'

'Zie je wel,' kan ik niet laten te zeggen.

Huijtinga kijkt me langs het beeldscherm heen aan. 'Dat verandert niets aan de vraag hoe serieus we die droom van jou moeten nemen.'

'Precies,' valt Seghers hem bij. Hij legt zijn armen op tafel en kijkt me vriendelijk aan. 'Begrijp je ons probleem? Wat wij zien is een jonge vrouw die voortdurend opduikt op plaatsen waar ze niets te zoeken heeft, maar die wij al een tijdlang observeren. Dat is op z'n zachtst gezegd merkwaardig.'

Tijdens het verblijf in mijn cel heb ik meer gedaan dan alleen maar minuten tellen en in- en uitademen. De rustpauze en het eten hebben me tot mezelf gebracht en de mist in mijn hoofd is opgetrokken.

'Ik zou graag willen weten op wat voor gronden u me vasthoudt.' Mijn stem klinkt rustig, maar onder tafel vouw ik mijn ene hand om de andere en knijp om mijn zelfbeheersing te bewaren. 'Voor zover ik het kan zien, is er alleen indirect bewijs. Ik was op de verkeerde plaats op het verkeerde moment, dat is alles. Jullie hebben een inval gedaan in die woning aan de Pieter Calandlaan, mensen gearresteerd. Wat hebben die verteld? Kennen ze mij? Zijn mijn vingerafdrukken in die woning gevonden? Is er ook maar iets wat met mij in verband kan worden gebracht?'

Zoveel assertiviteit hadden ze niet verwacht. Even is zowel Huijtinga als Seghers uit het veld geslagen, wat me met triomf en hoop vervult. Ze hebben niets, eigenlijk zouden ze me moeten laten gaan.

'Je zegt net dat je met niemand in verband gebracht kunt worden,' hervat Seghers zijn aanval. 'Dat is niet helemaal waar. Er is wel degelijk iemand.'

Hij bluft, maar ik ben niet van plan daar in te trappen. Dus schud ik alleen mijn hoofd, zonder verder te reageren.

'Ken je deze jongeman?'

Seghers haalt een foto uit het dossier dat voor hem ligt en schuift hem naar me toe.

Mijn hart begint zwaar te bonzen, alsof mijn onderbewustzijn de feiten al kent voor ze me medegedeeld zijn. Van een afstand zie ik al wie erop staat en de aanblik bezorgt me een fysieke schok die me het spreken onmogelijk maakt. Lamgeslagen kijk ik naar de foto van een Marokkaanse jongeman die net de woning aan de Pieter Calandlaan verlaat. Hij kijkt wantrouwig opzij, alsof hij voelt dat hij bespied wordt. Het beeld is een beetje korrelig maar toch is er geen twijfel aan zijn identiteit.

Het is Rafik.

Terug in mijn cel word ik bestormd door tientallen vragen. De foto heeft me zo overstuur gemaakt dat een verder verhoor weinig zin had.

Hoe Huijtinga en Seghers mijn enorme schrik geïnterpreteerd hebben weet ik niet, het zal hen wel gesterkt hebben in hun verdenking.

Een tijdlang loop ik onafgebroken heen en weer door mijn cel, vechtend tegen een muur van wanhoop die voor me oprijst. Daarna kalmeer ik wat, de muur brokkelt af en nieuwe gedachten dringen door de kieren en gaten heen.

Wat heeft Rafik hiermee te maken? Wat moest hij in de Pieter Calandlaan? Ik heb dat adres zelf genoemd, maar het is wel erg vreemd dat hij in dat huis is geweest. Hij moet die mensen gekend hebben. Waarom heeft hij mij daar niets van verteld? Hóórt hij misschien bij die terreurcel?

Ongelovig schud ik mijn hoofd. Het lijkt onmogelijk, maar ik kan geen andere verklaring bedenken voor zijn aanwezigheid daar.

Tegelijk bedenk ik dat als Rafik er iets mee te maken heeft, hij mij zal vrijpleiten. Hij kent mijn motieven en ik kan me niet voorstellen dat hij iets anders zal beweren.

Maar hoe goed ken ik de man die ik mijn beste vriend noem eigenlijk? God mag weten wat hij tegenover de recherche allemaal beweert.

Misschien zit hij wel vast in hetzelfde politiebureau, wordt hij op dit moment verhoord. Het is onze vriendschap die de grondslag voor mijn arrestatie vormt. Een arrestatie op verdenking van terrorisme. Bij twijfel zullen ze me nooit laten gaan.

Het moet nacht zijn, al wijst niets daarop. Maar ik weet dat het niet eeuwig avond kan blijven en dat iedere dag, hoe lang ook, uiteindelijk voorbijgaat. Het licht in mijn cel blijft aan, ook al vraag ik een paar keer of het uit mag omdat ik niet kan slapen.

Het mag niet. Waarom niet wordt me niet uitgelegd.

Misschien omdat in het donker op de bewakingsmonitoren moeilijk zichtbaar is wat je uitvoert. Zover je iets kúnt uitvoeren in zo'n kleine ruimte. Ik heb de keuze tussen op mijn matras liggen of zitten, afgewisseld met opstaan en wat rek- en strekoefeningen doen.

Door de wisseling van de wacht, waarbij de agenten elkaar een prettige nachtdienst wensen, ontdek ik dat het al laat is. In mijn blauwe papieren pak lig ik onder het papieren laken, met een stinkende deken over me heen.

Als mijn ouders me toch eens zo konden zien. Goddank hebben ze geen flauw idee dat ik hier ben. Niemand weet dat. Het is maandag en de kapsalon is gesloten, dus vandaag heeft niemand me gemist. Morgen zal Elvan de zaak moeten openen. Ze zal zich afvragen waar ik blijf. Vooral als ze ontdekt dat Rafik ook verdwenen is.

Welke weg mijn gedachten ook kiezen, ze komen voortdurend bij Rafik uit. Mijn hoofd zit vol vragen en verwijten, maar ik probeer ze te blokkeren. Denken aan Rafik leidt tot zinloos gepieker en dat wil ik voorkomen. Mijn hersenen zijn te moe om bevredigende antwoorden te bedenken of de situatie te relativeren. Ieder minuutje slaap is welkom, omdat het me rust en vergetelheid biedt. Wat zou het heerlijk zijn om nu weg te doezelen en opeens wakker te worden met de ontdekking dat de lange nacht ongemerkt voorbij is gegaan.

Maar zo gaat het niet. Het felle licht maakt het me lastig om in slaap te vallen en de keren dat ik insluimer, schrik ik wakker van onverwachte geluiden. Gehoest en gekreun uit andere cellen, voetstappen in de gang, een deur die in het slot valt, een gevangene die begint te schreeuwen.

Ik houd mijn ogen stijf gesloten om de kille muren niet te hoeven zien. Maar al ben je nog zo moe, slapen doe je niet als je je iedere seconde bewust bent van een vijandige omgeving.

De uren gaan traag voorbij. Tijd wordt een relatief begrip waar ik geen vat op heb. Het kan net zo goed halfeen zijn als een uur of acht, ik heb geen idee. Bij iedere beweging die ik maak, ritselt het papieren pak en als ik weer eens wakker schrik, plakt het onaangenaam aan mijn huid.

Een doffe wanhoop neemt bezit van me. Mijn eenzaamheid en heimwee naar huis worden zo groot dat ze me dreigen te verzwelgen, op te slokken, alsof ik ieder moment kan verdwijnen in een diep zwart gat.

En dan begint mijn bovenarm te tintelen. Ik voel een warme plek, alsof iemand een hand op mijn arm legt.

Met ingehouden adem wacht ik af.

De tinteling verspreidt zich over mijn rug en billen, de warmte eveneens. Ik blijf doodstil liggen, bang dat het op zal houden.

Daar is hij dan. Ik heb er zo lang op gewacht en nu is hij er, precies op het moment dat ik hem het hardst nodig heb.

Het warme gevoel verplaatst zich naar mijn gezicht en doet mijn wang gloeien. Mijn lichaam ontspant en ik glimlach. Met mijn hand op mijn wang doezel ik weg en val in slaap.

Ik heb het gevoel dat ik maar heel kort heb geslapen als de deur wordt geopend. Dat gaat zo plotseling en met zoveel lawaai, dat ik overeind vlieg en een ogenblik totaal gedesoriënteerd ben. Met mijn hand tegen mijn wild bonzende hart kom ik tot bedaren en kijk naar de vrouw in de lichtblauwe blouse die in de deuropening staat.

Het duurt een aantal seconden voor het tot me doordringt waar ik ben.

'Goedemorgen,' zegt de agente vriendelijk. 'Hebt u goed geslapen? U kunt met me meekomen om te douchen.'

Nog duizelig van de slaap kom ik van mijn brits en volg de vrouw naar de douches. Even later stroomt er warm, schoon water over mijn lichaam, een heerlijk gevoel. Ik was mijn haar, zeep mijn lichaam in en als ik me heb afgedroogd, ligt er een schoon papieren pak voor me klaar.

Na het ontbijt, dat geserveerd wordt in mijn cel, word ik meteen meegenomen voor verhoor.

Huijtinga zit al klaar, Seghers komt even later. Ze wensen me goedemorgen en vragen hoe mijn nacht is geweest. Ik kijk hen alleen maar aan, stel me voor hoe ze in hun comfortabele bed hebben gelegen om vervolgens met de ochtendkrant van hun ontbijtje te genieten, hun vrouw te kussen en van huis te gaan. Op weg naar hun werk, naar mij.

'We houden jouw vriend Rafik al langere tijd in de gaten. De groep waarmee hij omgaat heeft contact met radicale moslims in Nederland, Engeland en Spanje,' komt Seghers meteen ter zake.

'Was hij op dat adres aan de Pieter Calandlaan toen jullie daar binnenvielen?' vraag ik.

'Nee, maar we hebben heel wat foto's van hem waarop hij dat huis binnengaat,' zegt Huijtinga.

En dan begint het vragenvuur.

Waar ken ik Rafik van? Met wie gingen we nog meer om? Op welk moment merkte ik dat ik me aangetrokken voelde tot hun ideeën? Hoe vaak ben ik in die woning aan de Pieter Calandlaan geweest?

Het zweet breekt me uit. Opeens begrijp ik hoe onverstandig het was om zo openhartig te zijn tijdens dat eerste verhoor. Alles wat ik zeg kan tegen me gebruikt worden. Een formulering als uit een misdaadfilm, die klinkt als een cliché. Maar de ergste clichés zijn vaak de grootste waarheden.

'Ik beroep me op mijn zwijgrecht,' zeg ik.

Foto's worden onder mijn neus geschoven, de ene na de andere. Ze zeggen me niets, op één na. Het is het gezicht dat me in mijn droom al een keer heeft aangekeken. Ik herken het meteen, maar durf niets te zeggen.

'Ik beroep me op mijn zwijgrecht,' zeg ik wanhopig.

Ze leggen me uit dat deze houding mijn zaak benadeelt, dat het de rechter-commissaris niet zal bevallen dat ik niet wil meewerken en dat ze mijn hechtenis zullen verlengen als ik niets zeg. Of ik dat begrijp.

'Ik begrijp het wel, maar mijn advocaat heeft me geadviseerd om te zwijgen. Dus het lijkt me beter om dat te doen.'

Ze kijken elkaar vermoeid aan, proberen me duidelijk te maken dat dat helemaal niet het beste is, maar juist het domste wat ik kan doen. Want als er onduidelijkheden blijven bestaan, zal de verdenking die op mij rust niet weggenomen worden. En dus heb ik alleen mezelf ermee.

'Jij denkt waarschijnlijk dat we je niets kunnen maken en dat als je niets zegt, je straks weer naar huis mag. Laat ik je even uit de droom helpen,' zegt Huijtinga grimmig. 'In de tijd dat jij hier op het bureau bent, heeft een team rechercheurs je huis doorzocht en je computer in beslag genomen. Je kapsalon is binnenstebuiten gekeerd. Op dit moment is de digitale recherche bezig al je berichten te bestuderen, zowel die in je mailbox als die in je iPhone. Ook de berichten die je verwijderd hebt. Die kunnen ze vrij eenvoudig terughalen. Je begrijpt dat daar heel wat informatie uit te halen valt.'

Ik hoor het zwijgend aan. Het idee dat een team agenten door mijn huis is gegaan, in mijn kasten heeft gesnuffeld en alles gelezen heeft wat er te lezen viel, bevalt me niets. Om nog maar te zwijgen van het onderzoek in de kapsalon. Dat zal niet onopgemerkt zijn gebleven. Maar dat is ongeveer het enige waar ik me druk over hoef te maken, want wat zouden ze gevonden kunnen hebben?

Alsof ik die vraag hardop uitspreek, haalt Huijtinga een foto uit een map. Zonder een woord te zeggen schuift hij hem over tafel naar me toe. Het is een afbeelding van de Koran in mijn boekenkast.

Stomverbaasd dat ze dat als belastend bewijsmateriaal zien, kijk ik op. Ik vergeet zelfs dat ik me had voorgenomen niets meer te zeggen.

'De Koran,' zeg ik. 'Nou en? Hij staat naast de Bijbel. Is het verboden om geïnteresseerd te zijn in religie?'

'Nee,' zegt Huijtinga. 'En het is ook niet verboden om op internet radicale websites te bezoeken. Maar het valt wel op.'

Weer laat hij me een foto zien, deze keer van een papiertje. Het bonnetje waar Rafik het adres van die radicale website op heeft geschreven. Het zat in mijn portemonnee en nu ligt het hier voor me, als een belastend bewijsstuk.

'We hebben het handschrift laten bestuderen. Het is van dat vriendje van je.'

Ik herinner me mijn voornemen en zwijg.

'Waarom heeft hij dat aan je gegeven?' vraagt Seghers.

Glad ijs, niet reageren. Ik staar voor me uit, precies tussen de beide rechercheurs door.

'Zoals ik al zei, zal het op de rechter-commissaris geen beste indruk maken als blijkt dat je niet wilde meewerken aan het onderzoek. En wat is nou het probleem? We stellen je een paar vragen en het enige wat je hoeft te doen is daar antwoord op geven.' Vragend kijkt Huijtinga me aan.

'Als mensen niet luisteren omdat ze niet willen horen, heeft praten geen zin,' zeg ik slechts, maar die opmerking moedigt hen alleen maar aan om door te gaan met dreigen en overreden.

De hele ochtend zitten we tegenover elkaar in het verhoorkamertje, dat steeds onfrisser begint te ruiken. Ze lokken me uit mijn tent, beledigen me, zeuren aan mijn hoofd, dreigen. Eén keer verlaten ze beiden de verhoorkamer en laten me eindeloos zitten op dat ongemakkelijke stoeltje.

Het is op dat moment dat de tranen van onmacht hoog zitten en ik me tot het uiterste moet beheersen om me niet te laten gaan. Ik ben moe, zo moe. Mijn hoofd bonst van de slaap en het gebrek aan frisse lucht. Bovendien is mijn keel zo uitgedroogd dat hij brandt van de dorst.

Als mijn ondervragers terugkeren, huil ik niet, maar het scheelt niet veel. In plaats van dat ik wat rust en mededogen krijg, begint het nu pas. De ene vraag volgt op de andere, de rechercheurs wisselen elkaar af, lopen rond, slaan met hun vuist op tafel en brengen hun gezicht zo dicht bij het mijne dat ik terugdeins. Dit mag niet, ik weet dat je een verdachte niet onder druk mag zetten, maar het gebeurt toch en ik kan er niets tegen doen.

Niemand weet hier iets van, niemand schiet me te hulp. Ik sta er alleen voor.

Lunchtijd. Een kartonnen bordje met twee boterhammen met kaas. Een plastic bekertje melk. Een appel.

Ik eet alles op, wurg het door mijn keel, spoel het weg met de melk. Niet eten ondermijnt je krachten.

Meteen na de lunch gaan we verder. Mijn rug doet zeer van het ongemakkelijke stoeltje. Ik schuif heen en weer om een wat comfortabelere houding te vinden, maar die is er niet. Wat zou het me goed doen om even op te staan en te bewegen, om buiten frisse lucht te happen.

Maar mijn persoonlijk welzijn heeft op dit moment geen enkele prioriteit. De vragen en intimidatiepogingen gaan door, tot we alle drie schoon genoeg van elkaar hebben. Dan word ik eindelijk teruggebracht naar mijn cel.

Onderweg op de binnenplaats zuig ik de zachte zomerlucht mijn longen in. Het is mooi weer, de zon streelt mijn gezicht alsof hij me troost wil bieden. Een paar seconden, dan word ik het blauwe gebouw binnengeleid en maken licht en warmte plaats voor de troosteloosheid van mijn cel.

De belangrijkste strijd die hij had te winnen was die met zichzelf. Die strijd nam hij overal mee naartoe, er was geen ontkomen aan. Tijdens een bezoek aan Marokko sprak hij de imam van een vooraanstaande moskee in Casablanca aan en legde hem zijn vraag voor: hoe kon hij integreren in een niet-islamitisch land en zich tegelijk houden aan de voorschriften uit de Koran?

De imam nam er de tijd voor. Hij verzocht hem te gaan zitten, schonk thee voor hen beiden in en beantwoordde zijn vragen met een eenvoud en helderheid die van wijsheid getuigden.

'Een goede moslim houdt zich aan de voorschriften zoals die in de Koran staan,' zei hij, 'maar waar het om gaat, is dat je aan het eind van je leven kunt zeggen dat je een goed méns bent geweest.'

Hij liet een stilte vallen, zodat zijn woorden goed tot zijn toehoorder doordrongen en sprak toen verder.

'Hier in Casablanca gaat het anders dan in de omliggende dorpen en daar gaat het weer heel anders dan in het Rifgebergte. Maar gelooft de zakenman uit de grote stad minder oprecht dan een boer van het platteland? Aan het einde van ons leven wikt en weegt Allah onze gedragingen en intenties. Niet wij en zeker niet de mensen die misdaden tegen de mensheid plegen in Zijn naam. Allah is groot, Hij heeft onze hulp niet nodig om de mensheid te straffen en Zijn woord te verspreiden.'

'Ik ben opgegroeid in Nederland, met westerse normen en waarden,' zei hij.

'Vind de gulden middenweg,' zei de imam. 'De profeet Mohammed heeft zelf geadviseerd in moeilijke tijden niet de grenzen op te zoeken. De mens, met zijn verstand en ervaringen, verandert. Wij zijn niet meer de mensen van veertienhonderd jaar geleden. De wereld om ons heen verandert en zo moet Allah het ook bedoeld hebben. Volgens de

Koran moeten moslims die in een niet-islamitisch land leven en daar de minderheid vormen, zich houden aan de wetgeving van dat land. Tenzij die de fundamentele waarden van hun geloof aantast, maar daar is in Nederland geen sprake van. Ik spreek veel Marokkanen die in Nederland wonen en hier tijdens hun vakanties naar de moskee gaan. Ze vertellen allemaal dat ze zonder problemen hun geloof kunnen uitdragen en dat er overal moskeeën voor hen worden gebouwd.'

'Niet iedereen in Nederland is daar blij mee.'

'Maar het gebeurt wel. Zolang er een regering zit die geloofsvrijheid toestaat, dient die regering gerespecteerd te worden. Zo staat het in de Koran.'

Een fel spotje.

Bleekwater in de stalen wc-pot.

Een schoon, ongekreukeld papieren laken.

Opruiende teksten op de muren.

Ik strek me uit op mijn brits en draai me op mijn zij, met mijn rug naar de muur toe.

Ik had nooit kunnen denken dat ik mijn cel als een toevluchtsoord zou beschouwen.

Zo moe, zo verschrikkelijk moe.

Ik beroep me op mijn zwijgrecht.

Ik zeg niets meer.

Mijn ogen vallen dicht met dezelfde onverbiddelijkheid als mijn celdeur.

Ik lig op mijn brits en denk aan Astrid.

Ook al lijkt het niet zo, ik sta er niet alleen voor, er is iemand die zich voor me inzet. Het is gewoon even volhouden tot ze bij de verhoren mag zijn.

Of ze me gelooft doet er niet toe. Ik heb het gevoel dat ze dat wel doet, maar ik heb er expres niet naar gevraagd. Waar het om gaat is dat ze aan mijn kant staat.

Dat ik niet wil dat mijn familie weet dat ik gearresteerd ben, wil nog niet zeggen dat ik geen behoefte heb aan hun aanwezigheid. Nu meer dan ooit heb ik ze nodig, al was het maar om met mensen te kunnen praten die blind in mijn onschuld geloven en tegenover wie ik me niet hoef te verdedigen.

Ik weet niet hoe lang ik het nog volhoud in deze cel. Als ik maar een boek had, of een puzzeltje, dan zou ik de tijd wel doorkomen. Maar overgeleverd aan je eigen, angstige gedachten, zonder enig zicht op wat er gebeuren gaat, heb je aan drie dagen ruimschoots voldoende om door te draaien.

Later op de middag word ik opgehaald voor een kort gesprekje met Astrid. Hoopvol zit ik tegenover haar.

'Volgens mij hebben ze niets,' zegt ze. 'Anders zouden ze niet zo gefrustreerd doen. Bij voldoende bewijs kunnen ze zonder moeite een inbewaringstelling afdwingen bij de rechter-commissaris, maar nu zien ze in dat ze je moeten laten gaan.'

'Wanneer?'

'Dat kan ik niet met zekerheid zeggen. Mocht de rechter-commissaris niet kiezen voor een inbewaringstelling, dan is de officier van justitie bevoegd om je inverzekeringstelling met nog eens drie dagen te verlengen. Maar dan moet er wel sprake zijn van onderzoeksbelang, wat natuurlijk een nogal vage term is. En voor verdenking van terrorisme gelden andere, zwaardere regels. Tussen twee haakjes, ik heb je collega, Elvan Arslan, gebeld. Het bleek dat zij ook door de politie is gehoord.'

'Wat! Hebben ze Elvan opgepakt? Waarom?'

'Ze hebben haar gehoord, dat is iets anders dan opgepakt en verhoord. Nadat ze haar verhaal had gedaan, mocht ze naar huis. Ik heb haar gevraagd wat ze wilden weten en dat verschilde niet zoveel van de vragen die jij kreeg. Wat ze van Rafik wist, hoe lang ze hem al kende, wie zijn vrienden waren. En ze stelden ook veel vragen over jou.'

'Wat voor vragen?'

'Over je helderziendheid. Ze heeft jouw verhaal over die voorspellende dromen bevestigd. Maar ja, of dat genoeg is om de politie te overtuigen...'

'En mijn familie? Hebben ze daar ook mee gepraat?'

'Nee, nog niet. Directe familieleden worden niet als betrouwbare getuigen gezien. De politie kijkt eerst naar je vriendenkring.'

'Gelukkig. Ik wil niet dat mijn ouders slapeloze nachten over mij hebben.'

'Goed, ik zal ze niet inlichten. Voorlopig blijft het afwachten wat er gaat gebeuren. Het spijt me dat ik niet meer voor je kan betekenen, Rosalie.'

Het spijt mij ook, meer dan ik kan zeggen.

De rest van de dag laten ze me met rust. Ook al zit ik er de hele tijd op te wachten, ik word niet meer opgehaald voor verhoor. Niet dat ik daar behoefte aan heb, maar urenlang opgesloten zitten in een cel met niets te doen is ook behoorlijk frustrerend.

Ik dood de tijd met spelletjes die ik als kind op de achterbank van de auto, op weg naar verre vakantiebestemmingen, met Wout en Sophie speelde. Het dierenalfabet noemden we het, een spelletje waarbij we om beurten een dier moesten noemen dat met een bepaalde letter begon. Degene die de meeste dieren kon noemen was de winnaar. Urenlang konden we ons ermee vermaken, en als we bij de z waren, begonnen we opnieuw met een ander onderwerp.

Liggend op mijn brits doe ik het dierenspel. De a levert geen problemen op, de b evenmin maar bij de c kom ik niet verder dan cavia. Sophie heeft ooit voorgesteld om dierennamen die met ch begonnen ook goed te keuren, wat ons in ieder geval nog de chimpansee en de chihuahua opleverde maar meer ook niet.

Zo gaat de avond voorbij en begint de tweede lange nacht. Door het constante licht val ik maar moeilijk in slaap, en als ik slaap ben ik zo weer wakker.

Na urenlang gepieker, afgewisseld door korte hazenslaapjes, ben ik uitgeput als de dag aanbreekt. En natuurlijk word ik klokslag negen uur opgehaald. Deze keer kost het me geen moeite om te zwijgen. Dodelijk vermoeid trek ik me terug achter een beschermend schild waarop alle vragen en beledigingen afketsen. Ik zeg niet eens dat ik me beroep op mijn zwijgrecht, ik zeg helemaal niets. Nu en dan zak ik weg, om wakker te schrikken van een harde klap op de tafel.

Terug in mijn cel slaap ik wat bij, maar niet genoeg om het middagverhoor te doorstaan. Alsof mijn hoofd gevuld is met watten, zo dof klinken de stemmen van Huijtinga en Seghers. Ik kan niet meer helder denken en daarom denk ik maar helemaal niet meer. Of ik hier zit of op mijn brits lig, het kan me niet zoveel meer schelen.

De derde nacht val ik als een blok in slaap, maar dat brengt geen ontspanning. Ik droom, angstaanjagend helder en realistisch. Het is een nieuwe droom, maar de boodschap is dezelfde als altijd: bloed, gegil, her en der verspreid liggende lichamen, gierende sirenes. Ik zie een ramp van kolossale omvang, op diverse plekken in Amsterdam.

Deze keer maak ik er geen deel van uit maar zweef ik erboven, als een vogel die op veilige hoogte alles gadeslaat. Wat er te zien is, is te verschrikkelijk voor woorden. Ik weet dat ik droom, maar het lukt me niet om wakker te worden. Ergens tussen slaap en bewustzijn blijf ik hangen en maak alle verschrikkingen mee, tot het geluid van mijn eigen geschreeuw me terughaalt naar de werkelijkheid.

Nog voor negenen word ik gehaald en even later zit ik weer tegenover mijn vrienden van de recherche. Hoe ik geslapen heb. Waarom ik zo schreeuwde. De nachtdienst heeft er melding van gemaakt.

Ik kijk weg en onderdruk een geeuw. Eén woord over een aanslag en ik zit in de Bijlmerbajes.

'Heb je weer gedroomd?'

Huijtinga klinkt begaan.

Vermoeid kijk ik hem aan. Zijn gezicht drukt medeleven uit, geen sarcasme. Niet dat ik daarin trap.

'Nee hoor.'

'Waarom lag je dan zo te gillen?'

'Deed ik dat? Daar weet ik niets meer van.'

Ze geloven me niet, dat is duidelijk, maar daar heb ik geen boodschap aan.

'Luister,' zegt Seghers. 'We weten dat we je hard hebben aangepakt. Misschien onnodig hard, maar we móésten erachter komen of jij iets met die terreurcel te maken had. De belangen zijn te groot om fouten te maken, snap je? Niemand hier op het bureau heeft ervaring met voorspellende dromen, niemand weet goed wat hij ervan moet denken, maar we weten allemaal dat het voorkomt. En dat er meer is tussen hemel en aarde. Daarom hebben we besloten je het voordeel van de twijfel te geven. Wil je ons vertellen over je droom van vannacht?'

Wantrouwig staar ik hem aan.

'Je gilde,' helpt Seghers me nogmaals herinneren.

'Misschien droomde ik wel van jullie.'

Daar moeten ze beiden hartelijk om lachen. Je zou bijna denken dat we gezellig in de kroeg zitten in plaats van in een verhoorkamer.

'Dus je droomde,' stelt Huijtinga zakelijk vast.

'Zoals ik al zei, kan ik me daar niets van herinneren.'

Ze kijken elkaar aan. Seghers bijt op zijn pen. Huijtinga geeft een klapje op de tafel.

'Tja,' zegt hij. 'Dan zijn we klaar.'

Seghers knikt.

Met ogen die prikken van vermoeidheid kijk ik hen aan. 'Mag ik terug naar mijn cel?'

'Nee, nee,' zegt Seghers. 'Je begrijpt ons verkeerd. Je bent vrij om te gaan.'

## 35

Volkomen onverwacht sta ik weer bij de arrestantenbalie, maar nu niet langer als arrestant. Het afstaan van mijn spullen had net zo'n groot psychologisch effect als het terugkrijgen ervan. In hetzelfde kamertje als waar ik de meest vernederende ervaring van mijn leven heb ondergaan, kleed ik me om. Nog nooit heb ik me zo snel van iets ontdaan als van het blauwe papieren pak; het is uit voor ik het weet. De sensatie van mijn eigen vertrouwde kleding op mijn huid, het vrolijke motiefje van mijn blouse, de zachtheid van mijn spijkerbroek, het emotioneert me hevig.

Astrid is gekomen om me te begeleiden naar de vrijheid. Bij de arrestantenbalie controleert ze op de lijst van mijn persoonlijke bezittingen of ik alles terugkrijg wat ik heb ingeleverd. En dan kan ik gaan. Zonder een woord van excuus en zonder 'mijn' rechercheurs nog even gezien te hebben, mag ik de deur naast de balie doorgaan, naar de hal van het politiebureau. En als een normale, vrije burger kan ik de hoofdingang uitlopen, de zon in.

Eigenlijk zou mijn familie moeten klaarstaan om me in de armen te sluiten. Op z'n minst zou Astrid me iets te drinken kunnen aanbieden om nog even na te praten en zo de overgang van gevangenschap naar vrijheid wat minder abrupt te maken. Maar ze geeft me alleen een hand, wenst me het allerbeste en loopt met snelle passen naar haar auto.

Ik draai me om en kijk door het hek naar de binnenplaats die ik meermalen heb overgestoken om van het ene gebouw naar het andere te komen. Een politieauto staat met draaiende motor te wachten tot de poort opengaat en rijdt naar binnen. Voor de hoofdingang van het politiebureau staan twee jonge agenten een sigaretje te roken; ze begroeten hun collega's die net aan komen rijden in een surveillancewagen.

Al die zwarte broeken, witte overhemden, strepen op mouwen en petten om me heen werken op mijn zenuwen. Ooit gaf de aanwezigheid van politie me een veilig gevoel, nu moet ik me beheersen om niet te gaan rennen.

In plaats daarvan hijs ik mijn tas wat hoger op mijn schouder en loop rustig weg. Ik zou een taxi kunnen nemen, of de bus, maar het enige wat ik wil is lopen, kilometerslang lopen. Ook al ben ik nog zo moe, ik kan niet genoeg krijgen van de onbeperkte ruimte om me heen, de namiddagzon in mijn gezicht en de levendige stadsgeluiden om me heen.

Terwijl ik loop haal ik mijn telefoon uit mijn tas om te zien hoeveel gemiste oproepen ik heb, maar de batterij is leeg. Geërgerd stop ik het toestel terug en vervolg mijn weg.

Ik ben in een heel ander stadsdeel, maar ik blijf lopen tot ik geen stap meer kan verzetten. Dan houd ik een taxi aan en laat ik me via de kortste weg naar huis brengen.

Als de achtbaan waar je tegen je zin bent ingeduwd is gestopt, er geen scherpe bochten meer voor je opdoemen en je niet voortdurend een vrije val maakt, als je bent uitgestapt en omkijkt, dan pas zie je dat waar maar geen einde aan leek te komen, in werkelijkheid heel kort duurde. Wat niet wegneemt dat je even lang loopt na te trillen en je je misselijk en beverig voelt.

Zo moeten zeelui zich voelen na maandenlang op de deining van de golfslag te hebben geleefd. Uren nadat ze aan land zijn gegaan, blijft hun lichaam hun wijsmaken dat ze nog op zee zitten. Je hersenen kunnen de plotselinge verandering in de situatie niet verwerken en blijven je verkeerde informatie geven.

Met mijn armen langs mijn lichaam sta ik doodstil te luisteren naar de geluiden van mijn huis.

Zo lang ben ik niet weg geweest, al voelt het alsof ik terugkeer van een wereldreis.

De rommel in huis valt mee, de recherche heeft zich ingehouden of alles netjes opgeruimd.

Ik loop de woonkeuken in, leg mijn telefoon aan de oplader en neem een glas water. Met mijn rug tegen het aanrecht geleund kijk ik om me heen.

Ik ben thuis, precies zoals ik in mijn cel zo hartgrondig wenste, maar de witgesausde muren staan vol schuttingtaal en ik hoor nog steeds geknars van sleutels en het geschreeuw van de andere gedetineerden.

Haastig zet ik de televisie aan, maar het kookprogramma dat op het scherm verschijnt kan mijn aandacht niet vasthouden. Het gebabbel van de kok werkt echter geruststellend genoeg om de tv aan te laten staan.

Terwijl ik kijk, bereikt een indringende geur mijn neusgaten. Stink ik echt zo? Ik heb iedere dag gedoucht, maar de lucht van mijn cel en matras is in iedere porie van mijn huid gaan zitten.

Ik ga meteen naar boven, naar de badkamer, en draai de warme kraan van de whirlpool open. Zittend op de rand kijk ik hoe het bad zich vult met water. Als de kuip halfvol is giet ik er een flinke scheut lavendelolie bij. Terwijl de ruimte met een heerlijke, pittige geur wordt gevuld, kleed ik me uit. Met ingehouden adem laat ik me in het water zakken, leun achterover tegen de rand en sluit mijn ogen.

Goddelijk. Nooit heb ik een bad zo gewaardeerd als nu. In de gevangenis heb ik ook gedoucht, maar dat voelde niet hetzelfde. Het lukte me niet om me echt schoon te voelen. Met bijna rituele bewegingen schrob ik de gevangenisgeur, die als een onzichtbare laag op mijn huid ligt, van me af.

Ik was mijn haar drie keer en onderdruk de neiging om voor de vierde keer een dot shampoo erop te gooien. Ik laat mijn hoofd weer op de rand van het bad zakken en geniet van de heerlijke geuren om me heen.

De telefoon gaat. De huistelefoon, niet mijn mobiel.

Ik ben nog niet klaar om uit bad te komen, terug de wereld in, maar het schelle gerinkel houdt aan. Koppig blijf ik zitten, tot ik bedenk dat het Rafik of Elvan zou kunnen zijn.

Haastig kom ik overeind, glijd uit en grijp me vast aan de radiator. Net als ik druipend mijn slaapkamer in kom en een greep naar mijn telefoon doe, valt hij stil. Het nummer is dat van mijn kapsalon. Terwijl ik me afdroog bel ik terug, met de telefoon op de speaker.

'Kapsalon Rosalie, goedemiddag. Kan ik u helpen?' klinkt Elvans zangerige stem.

'Elvan, met mij. Belde jij me net?'

'Roos! Je bent terug! Wat een goed nieuws! Ja, ik belde je, maar ik had niet echt verwacht dat je weer thuis zou zijn. Wanneer hebben ze je laten gaan?'

'Kan er niemand meeluisteren?' vraag ik terwijl ik een schone spijkerbroek aantrek.

'Ik sta bij de kassa. Wacht, ik neem de telefoon even mee naar achteren. Praat intussen maar door.'

'Ze hebben me vanmiddag vrijgelaten. Ik ben net thuis.'

'Gelukkig. En Rafik?' vraagt Elvan.

'Dat wilde ik net aan jou vragen. Heb je iets van hem gehoord?'

'Nee, voor zover ik weet zit hij nog vast. In de krant stond dat de verdachten die zijn opgepakt nog vastzitten.'

'Hij moet contact gezocht hebben met hen.'

'Hebben ze helemaal niets over hem gezegd?'

'Nee, alleen veel vragen gesteld. Ik ben bang dat hij goed in de nesten zit. Maar wat zei je nou net? Stond er iets over in de krant?' vraag ik.

'Ja, een heel stuk, in *De Telegraaf*. Op de voorpagina, met vette kop.'

'Wat stond erin?'

'Ze schijnen heel wat belastend materiaal gevonden te hebben in dat huis, want er werd van alles naar buiten gedragen.'

'Stond er ook iets in over de arrestanten?'

'Nee, alleen dat de politie een inval heeft gedaan op dat adres, dat er zes arrestaties zijn verricht en dat de arrestanten mogelijk een aanslag aan het voorbereiden waren. Je had het toch goed, Roos.'

Dat is duidelijk, ja. Het enige wat ik kan hopen is dat ze de hele cel hebben opgepakt en dat er niet nog iemand rondloopt die het plan voor een aanslag alsnog gaat uitvoeren.

Zodra ik heb opgehangen ren ik de trap af naar de gang beneden, waar de kranten van de afgelopen dagen onaangeroerd in de bus liggen. Ik had wel een berichtje over de inval verwacht, maar geen foto's. In de haast waarmee ik de eerste krant opensla, scheur ik de voorpagina. En daar staat het: TERREURCEL ONTMASKERD.

Aan de rest van de tekst besteed ik geen aandacht, met ingehouden adem kijk ik naar de grote foto waarop geboeide figuren uit de etagewoning aan de Pieter Calandlaan worden weggevoerd. Ik herken niemand. De foto is van enige afstand genomen en omdat de arrestanten naar de grond kijken of capuchons dragen, is hun gezicht niet te zien.

Met een zucht loop ik met de kranten in mijn hand naar boven en pak mijn telefoon. De batterij is opgeladen, maar er staat niets op mijn voicemail. Tot mijn verbazing heeft niemand me gemist tijdens mijn afwezigheid.

Twijfelend houd ik mijn vinger boven het voorgeprogrammeerde nummer van mijn ouders. Zal ik hen bellen? Vertellen wat er is gebeurd? Iets houdt me tegen en ik weet precies wat het is. Waar ik behoefte aan heb is steun en aandacht, een arm om me heen, iemand bij wie ik mijn verhaal kwijt kan. Maar dat is niet wat ik zal krijgen. Mijn ouders zullen het erg voor me vinden en er hevig van schrikken, maar vervolgens zal er een storm aan verwijten losbarsten. Ze zullen me eraan helpen herinneren dat ze altijd al gezegd hebben dat je je weg moet laten bepalen door God, dat het leed van de wereld Zijn verantwoordelijkheid is en niet de mijne, dat ik mijn paranormale gaven moet onderdrukken, dat het tegennatuurlijk is en alleen maar ellende geeft. Kortom, dat boontje om zijn loontje komt.

Op dat soort 'steun' zit ik niet te wachten, dus leg ik mijn telefoon weg. Mijn familie hoort het nog weleens. Of niet.

Om halfzeven gaat de bel en staat Elvan voor de deur. Ik druk op de knop die de deur beneden opent en wacht haar boven aan de trap op.

Zodra ze voor me staat, slaat ze haar armen om me heen en houdt me stevig vast.

'Ik ben zo blij dat ze je hebben laten gaan. Ik zat zo over je in! Wil je erover praten? Ik heb eten meegenomen: kebab.'

'Lekker,' zeg ik en laat haar binnen.

Aan de lange tafel in de woonkeuken vertel ik Elvan alles. Ook over de visitatie. Ik was het niet van plan, maar tijdens het eten komt het er in een stortvloed uit.

Tijdens mijn verhaal slaakt Elvan kreten van ongeloof en schudt ze vol medeleven haar hoofd.

'Dóén ze zoiets? Gadver! O, arme Roos! Helemaal alleen in zo'n cel, in zo'n pak. Het lijkt me verschrikkelijk. Zo...' Ze zoekt naar het juiste woord. 'Vernederend,' zegt ze ten slotte.

'Ja,' bevestig ik. 'Dat is precies het goede woord.'

'Weet je,' zegt Elvan aarzelend, voordat ze een hapje vlees neemt, 'ik blijf me maar afvragen wat Rafik in die woning in de Pieter Calandlaan te zoeken had.'

'Hij moet die mensen daar gekend hebben. Ik begrijp alleen niet waarom hij ons daar niets over heeft verteld.'

'Tja...' Elvan neemt een slokje water. 'Heb jij nooit aan hem getwijfeld?' vraagt ze voorzichtig.

'Nee, geen moment.'

Het is een paar seconden stil.

'Jij wel?' vraag ik op mijn beurt.

'Nee... niet echt. Maar het is allemaal wel erg toevallig. Ik bedoel dat jij over die aanslagen droomt en dat Rafik de mensen kent die erachter zitten. Best bizar als je erover nadenkt.'

Zo vreemd vind ik dat niet. Alles om ons heen staat in verbinding met elkaar, alles zendt uit en ontvangt en al die lijnen zijn nauw met elkaar verbonden. Met die wetenschap is het niet meer dan normaal dat ik iets opvang van wat Rafik bezighoudt of waar hij zich zorgen over maakt. Het zou vreemd zijn geweest als ik er niets van meegekregen had.

In tegenstelling tot wat ik net tegen Elvan zei, voel ik wel degelijk een spoortje twijfel. Omdat hij me niet in vertrouwen heeft genomen. Omdat hij heel belangrijke zaken voor me heeft verzwegen. Omdat hij blijkbaar mensen kent die aanslagen plegen.

Aan de andere kant denk ik hem goed genoeg te kennen om in hem te blijven geloven. Mijn gevoel zegt dat hij er niets mee te maken heeft en mijn intuïtie laat me zelden in de steek. Maar dat wil niet zeggen dat ik me niet kan vergissen, zeker niet als het gaat om mensen om wie ik geef. Ik zou er weleens veel te dicht bovenop kunnen staan om objectief te zijn.

Als kapster ben je ook een beetje psycholoog. Je hoort van alles en sommige klanten storten hun hart bij je uit. Ongelukkigerwijs hebben ze vandaag de behoefte om het over de inval in de Pieter Calandlaan te hebben. Elvan probeert steeds op subtiele wijze van onderwerp te veranderen, maar met iedere nieuwe klant die binnenkomt begint het opnieuw. Het houdt de hele stad bezig, de mensen kunnen over niets anders praten.

'Ze hebben allemaal explosieven in dat huis gevonden,' weet een mannelijke klant van een jaar of vijftig te vertellen. 'En troep om bommen te maken. Nitrobenzeen, bedrading, mobieltjes en horloges om de boel te ontsteken, de hele mikmak. Er schijnt zelfs een werkplaats gemaakt te zijn, een soort laboratorium. Een bommenfabriek. De politie is net op tijd binnengevallen, anders was half Amsterdam de lucht in gevlogen.'

'Ze hadden het op de metro gemunt,' zegt een ander. 'Je moet er toch niet aan denken? Ik reis iedere dag met de metro, maar voorlopig zie je mij daar niet meer. Ik ga wel lopen of fietsen.'

Over hun hoofden heen kijken Elvan en ik elkaar aan. We knikken, maken instemmende geluiden maar onthouden ons van commentaar.

Amber is op vakantie en dus hebben we het druk. De dag vliegt voorbij en als ik om halfzeven vermoeid de deur achter me op slot draai, heb ik niet eens meer de puf om mijn telefoon op te nemen als die gaat. Het nummer is me onbekend, maar dat prikkelt ook wel weer mijn nieuwsgierigheid.

'Met Rosalie Wesselink.'

'Mevrouw Wesselink, met commissaris Gerd van Wijk, van politiebureau Meer en Vaart. Bel ik ongelegen?'

Van schrik laat ik mijn sleutels op de grond vallen. 'Eh nee. Wat is er?'

'Niets ernstigs,' stelt Van Wijk me gerust. 'We wilden graag een keer met u praten in de hoop dat u ons informatie kunt geven.'

'Informatie waarover?' vraag ik terwijl ik me buk om mijn sleutelbos op te rapen.

'U hebt tijdens het verhoor beweerd dat u in staat was om verdachten aan te wijzen in ons fotobestand. We zouden u graag een aantal foto's willen voorleggen.'

'Maar u hebt toch al arrestaties verricht? Waar hebt u mijn hulp dan nog voor nodig?'

'Dat vertel ik u liever op het bureau, niet over de telefoon. Is het mogelijk dat u bij ons langskomt?'

'U gaat me niet weer insluiten? Want dan bel ik nu even een paar vrienden en familieleden om ze te waarschuwen,' kan ik niet nalaten te zeggen.

Commissaris Van Wijk neemt die opmerking bloedserieus. 'Nee, dat zijn we niet van plan. Anders zouden we u ophalen en niet verzoeken langs te komen.'

'Nou, goed dan. Wanneer?'

'Wat dacht u van nu?'

Het is een vreemde gewaarwording om zo snel na mijn vrijlating weer op het bureau te zijn. Gelukkig kom ik niet in de ruimtes waar ik zoveel heb doorstaan.

Deze keer zit ik in een heel wat gezelligere kamer, waarschijnlijk die van de commissaris. Seghers en Huijtinga zijn nergens te zien. Wel zit er een streng uitziende vrouw in een zwart broekpak achter de tafel. De commissaris stelt haar voor als Leontine Prins van de AIVD.

Niet helemaal op mijn gemak neem ik plaats. Er wordt koffie met gevulde koeken geserveerd, en de commissaris informeert belangstellend hoe het met me gaat. Of ik 'die vervelende ervaring' al een beetje achter me heb gelaten. Hij kan zich goed voorstellen dat het moeilijk voor me is om hier weer te zijn. Hij waardeert mijn komst dan ook zeer.

Ze willen iets van me, schiet het door me heen. Maar wat? En waarom is er iemand van de AIVD bij?

Ik laat hen praten, eet rustig de gevulde koek op en begin aan mijn koffie.

'Ik geloof dat rechercheur Seghers en Huijtinga u tijdens het verhoor duidelijk hebben gemaakt dat ze niet zoveel hadden met het paranormale,' komt de commissaris ter zake.

'Ze zeiden dat het bullshit was,' merk ik op.

Leontine Prins permitteert zich een glimlachje, waardoor ik haar meteen sympathiek vind.

'Ja,' geeft Van Wijk toe. 'Maar dat was om uw reactie te testen. Om te kijken of u dat verhaal vol zou houden. Verdachten hangen allerlei verhalen op en daar moeten wij doorheen prikken. Maar de waarheid is dat we wel vaker met paranormaal begaafde mensen samenwerken.'

'Niet heel vaak,' nuanceert mevrouw Prins zijn opmerking meteen.

'Nee, maar wel vaker dan vroeger. Natuurlijk zitten er een hoop idioten bij, maar ik moet zeggen dat we ook weleens resultaat hebben geboekt door de tips van een paragnost.'

'Dus nu willen jullie zeker alles van mijn dromen weten?' Mijn stem klinkt licht sarcastisch.

Ik kan er niets aan doen, ik heb hun die twee nachten in de cel nog niet vergeven.

'Ja,' zegt Leontine. 'U kwam bij ons in beeld door uw bewering dat de ramp met de Airbus 321 een aanslag was. Alle digitale informatie over die gebeurtenis komt automatisch bij ons binnen. Uw beschrijving van wat er gebeurd is, kwam nauwkeurig overeen met wat er bij ons bekend was.'

'Dus het was inderdaad een aanslag.'

'Het was een aanslag,' bevestigt Leontine. 'Er bevond zich een pakketje met de explosieve stof PETN aan boord. De aanslag is niet opgeëist. Tot nu toe hebben we het nieuws stil kunnen houden, maar u kunt zich onze verrassing voorstellen toen we hoorden dat u hiervan op de hoogte was. We hebben u lange tijd laten schaduwen.'

Dat bericht moet ik even op me laten inwerken.

'Waarom houden jullie het stil dat die vliegramp geen ongeluk was?' vraag ik dan.

'We leven in een zeer explosieve samenleving, mevrouw Wesselink,' zegt Leontine. 'Een samenleving waarin de onderlinge verhoudingen steeds meer op scherp komen te staan. Er gaat geen dag voorbij zonder berichten over terrorisme in de media. Angst en wantrouwen kunnen een land volledig ontwrichten. Daar hebben we niets aan. Onze taak is aanslagen te voorkomen. Er verslag van doen hoort daar niet bij.'

'Dus het kan zijn dat gebeurtenissen die wij voor ongelukken houden eigenlijk aanslagen zijn,' zeg ik.

'En omgekeerd. Niet iedereen die zich verdacht gedraagt is een terrorist en niet in iedere achtergelaten tas zit een bom.'

Ik denk aan het vergeten koffertje in de trein en onderdruk een glimlach.

'Maar we wilden u niet alleen spreken over de vliegramp,' neemt de commissaris het van Leontine over. 'Inmiddels zijn er urgentere zaken die onze aandacht vragen. In ons fotobestand komt een verdachte voor die aan de beschrijving uit uw droom voldoet. Ik heb het nu over uw droom over de aanslag in de metro. De persoon in kwestie bevond zich op het adres waar we zijn binnengevallen en hij staat onder arrest. Wat ik me afvraag, mevrouw Wesselink, is of de informatie in uw dromen altijd zo nauwgezet is.'

'Als ik lucide droom wel.'

'Lucide.'

'Helder,' leg ik uit.

De commissaris knikt. 'Ik denk dat u ons nog veel meer informatie kunt geven. Die droom is al van wat langer geleden, dus veel details bent u wellicht vergeten. Maar dat wil niet zeggen dat ze definitief uit uw geheugen verdwenen zijn.'

'Nee, waarschijnlijk niet,' zeg ik voorzichtig, terwijl ik me afvraag waar dit naartoe gaat. 'Maar wat maakt dat uit? De aanslag is toch voorkomen?'

Van Wijk staat op en tapt drie bekertjes koffie bij de automaat in de hoek van de kamer.

'Helaas was niet iedereen van die cel aanwezig op het moment van de inval. Het ging ons om het brein achter de aanslagen, al zou het mooi geweest zijn als we de hele cel hadden kunnen oppakken.'

'We hadden de Syriër die op dat adres woont al een tijdje op de korrel,' zegt Leontine. 'Een terreurcel vormt zich altijd rond een soort mentor die jonge jongens rekruteert. Jongens die op de een of andere manier vastlopen in de samenleving en steun en bevestiging zoeken. Die vinden ze bij een ouder en wijzer iemand, die hun wel even zal uitleggen hoe de islam in elkaar steekt. Langzaam maar zeker worden die jongens geïsoleerd van hun omgeving, hun familie en oude vrienden. Ze kijken met elkaar video's waarop tot jihad wordt opgeroepen, films die hun jonge hersenen vergiftigen tot ze een enorme haat koesteren tegen het Westen. Van goed geïntegreerde jongens veranderen ze in religieuze fanaten die letterlijk naar de regels van het geloof leven en elkaar scherp corrigeren. Ze letten op elkaar, steunen elkaar ook. Dat laatste is precies wat ze zoeken: eensgezindheid en solidariteit. De meesten hebben geen idee wat hun mentor met hen van plan is en beseffen niet dat ze aan zijn hand naar de dood worden geleid. Die jongens worden niet allemaal uit vrije wil zelfmoordterrorist, dikwijls worden ze erin geluisd. Ze gaan op pad met een rugzak met een bom die ze ergens moeten neerleggen en die onderweg afgaat. Bij de aanslagen in Londen in 2005 is het precies zo gegaan. Die jongens hadden geen idee dat ze zelf ook zouden omkomen. In hun portefeuilles werden hun treinkaartjes teruggevonden: retourtjes.'

Tijdens het verhaal van Leontine is de commissaris blijven staan, met twee bekertjes koffie in zijn hand. Instemmend knikkend zet hij ze op het bureau en haalt het derde.

'Je ziet het overal gebeuren,' zegt hij terwijl hij gaat zitten. 'Niet alleen in Amsterdam, maar ook in Rotterdam, Utrecht, Eindhoven, Groningen. In al die steden bevinden zich dergelijke cellen. Het is van het grootste belang om de leiders van die groepen op te pakken, want die onderhouden de contacten met cellen in Duitsland, Frankrijk en Engeland.'

Wat ze vertellen is nieuw voor me, ik wist niet dat het op deze manier werkte. Maar wat ik wel weet, is dat ze me dit alles niet zomaar vertellen.

Als ze zijn uitgesproken, kijken we elkaar een tijdje aan. Ik wacht af.

'We hebben u hier niet alleen naartoe laten komen om foto's te bekijken,' zegt Van Wijk ten slotte. 'Dat gaan we ook doen, maar er is meer.'

'Zegt u het maar,' zeg ik.

'Het leek er misschien niet op, maar we hadden vrij snel door dat u niets te maken had met die groep van de Pieter Calandlaan en dat de informatie die u gaf klopte. Hun plan was om tijdens de Uitmarkt op diverse plaatsen in Amsterdam bommen te laten afgaan. Zowel ondergronds als bovengronds. Als ik het me goed herinner, heeft u tijdens het verhoor gezegd dat u beelden had gezien van een aanslag tijdens een feestelijk evenement.'

'Ja,' bevestig ik. 'Ik wist alleen niet welk evenement dat was.'

'De Uitmarkt dus,' zegt Leontine. 'In die woning aan de Pieter Calandlaan zijn plattegronden en tot in detail uitgewerkte schema's aangetroffen van alle festiviteiten tijdens de Uitmarkt. Als we die inval niet hadden gedaan, zou het een bloedblad zijn geworden. Daarom willen we u een voorstel doen.'

Zowel de commissaris als Leontine kijkt me afwachtend aan, alsof we een raadspelletje doen en ik een gokje moet wagen.

'En dat is?' zeg ik als de stilte me te lang duurt.

'Dat we u aan ons team toevoegen,' zegt Leontine. 'Het speciale inlichtingenteam terrorismebestrijding.'

Het duurt wel even voor die laatste woorden zijn geland. Een erg intelligente indruk maak ik waarschijnlijk niet, met mijn mond halfopen en een glazige uitdrukking in mijn ogen.

'Het speciale inlichtingenteam?' herhaal ik. 'Dat meent u niet.'

'Zeker wel.' Er is geen spoor van een glimlach op het gezicht van Leontine Prins te zien, niets dat erop wijst dat ze een grapje maakt.

'Ik begrijp dat we u hiermee overvallen. U kunt er thuis ook rustig een paar dagen over nadenken. We verzoeken u wel om hier met niemand over te praten.'

In een poging mijn hoofd weer helder te krijgen, drink ik achterelkaar mijn koffie op.

'Voor we daar verder over praten, wil ik eerst iets vragen.' Ik zet mijn lege bekertje op tafel en kijk mijn gesprekspartners beurtelings aan.

'Hoe gaat het met Rafik? Zit hij nog vast?'

'Ik ben bang van wel,' zegt de commissaris. 'We hebben genoeg om een uitgebreid onderzoek naar hem in te stellen. Voorlopig kunnen we hem niet laten gaan.'

'Legt u mij eens uit waarom u wel in mijn onschuld gelooft en niet in die van hem.' Al zou ik liever met mijn vuist op tafel willen slaan, ik slaag erin mijn vraag op een zakelijke toon te stellen.

'Omdat we niemand van de arrestanten met u in verband kunnen brengen, en wel met Rafik Lamsayah. Niemand van hen is van uw bestaan op de hoogte. Rafik Lamsayah kennen ze wel, en hij kent hen. Al vele jaren zelfs.'

'Maar hij is onschuldig. Ik ken Rafik ook al jaren, hij is net zo Nederlands als u en ik. Waar kent hij die mannen van?'

'Mevrouw Wesselink, u zult begrijpen dat ik u eigenlijk geen informatie mag geven. Het enige wat ik kan zeggen is dat het blijkbaar oude schoolvrienden zijn met wie hij net weer contact had gezocht. Tot nu toe lijkt dat waar te zijn, als we de verklaringen van zijn vrienden mogen geloven.'

'Het ís waar. Ik weet zeker dat het precies is zoals hij zegt. Hij maakte zich natuurlijk zorgen toen ik hem over mijn droom vertelde en ik zijn vroegere schoolvriend beschreef. Daarom heeft hij contact met hen gezocht: om uit te zoeken of Abdullah zich inderdaad met terrorisme bezighield.'

'Mogelijk,' geeft de commissaris toe. 'Zoals ik al zei, we zoeken het uit. Maar voorlopig blijft de heer Lamsayah vastzitten. Denkt u intussen na over ons verzoek om deel te nemen aan het inlichtingenteam.'

'Als ik besluit om mee te doen, wil ik graag op de hoogte gehouden worden van Rafiks zaak.'

Zowel de commissaris als mevrouw Prins knikt instemmend, en al laat ik het hun nog niet weten, op dat moment is het pleit beslecht. Hoe zou ik kunnen weigeren?

Diep in mijn hart weet ik allang dat ik in dat team zal stappen. Het betekent wel dat ik mijn paranormale gaven niet langer kan onderdrukken. Ik zal uit die beschermende cocon moeten stappen en de krachten die ik zo lang op afstand heb gehouden op me af moeten laten komen. Maar ik ben geen kind meer, ik kan het aan. Het zal wel moeten.

Met een stevige handdruk neem ik afscheid van de commissaris en Leontine Prins. Beiden drukken me op het hart goed na te denken en hen zo snel mogelijk op de hoogte te stellen van mijn beslissing.

Dat doe ik, dezelfde dag nog. Vanaf dat moment ben ik lid van het speciale inlichtingenteam terrorismebestrijding. Een taak waar ik met geen mens over mag praten.

Je hoeft niet paranormaal begaafd te zijn om te weten dat dat niet gemakkelijk zal worden.

Marokko verandert. In korte tijd heeft er een omwenteling in het land plaatsgevonden. Het zou onzin zijn om te beweren dat het zich op het Westen richt, maar het begint wel het platgetreden pad van de islamitische staat te verlaten.

Nog altijd is bijna de helft van de Marokkanen analfabeet, maar alle kinderen vanaf zes jaar gaan tegenwoordig naar school. Ook de meisjes. Zelfs de salafisten, de meest conservatieve moslims, zijn het erover eens dat meisjes onderwijs moeten krijgen.

Aan de rechtsongelijkheid tussen man en vrouw is een einde gemaakt door het aannemen van de familiewetgeving in 2004, wat er onder andere voor heeft gezorgd dat de huwbare leeftijd van een vrouw op achttien jaar is gesteld en ze het recht heeft om van haar man te scheiden als ze dat wenst.

Steeds meer vrouwen zijn hoogopgeleid en hebben een betaalde baan. Op straat zie je evenveel vrouwen zonder als met hoofddoek lopen. In de winkelstraten van Casablanca, Rabat en Marrakech paraderen jonge meiden op hoge hakken, sexy gekleed en met hippe zonnebrillen in hun haar gestoken. Je kunt er moeders en dochters zien winkelen, arm in arm, de moeder met hoofddoek, de dochter met een kort rokje en blote benen.

De verandering gonst door de steden, als een wind waar iedereen zich door laat meevoeren.

Wanneer hij besloot de broederschap te verlaten weet hij niet meer. Waarschijnlijk op het moment dat hij zich realiseerde dat de plannen om een aanslag te plegen in Nederland geen loze praatjes waren, maar een voornemen dat echt uitgevoerd ging worden.

Stapje voor stapje distantieerde hij zich van de broeders. Hij ging weer naar zijn oude moskee, waar ze een gematigde islam verkondigden die goed bij zijn denkbeelden aansloot.

In vlot tempo maakte hij zijn horecaopleiding af en begon een klein Marokkaans restaurant in De Pijp. Binnen een jaar liep het al boven verwachting goed. Er kwamen Nederlanders, Marokkanen, Turken, Chinezen, Hindoestanen, Surinamers, maar vooral vrienden. Al gauw had hij het te druk om zich nog op te winden over discriminatie, de snelle groei van de PVV en de uitlatingen van Wilders. Hij had werk te doen.

En toen ontmoette hij Rosalie. Op een dag wandelde ze zijn zaak binnen en raakten ze aan de praat. Ze toonde interesse in hem, in zijn zaak en in zijn geloof. Die belangstelling ging zelfs zo ver dat ze een Nederlandse vertaling van de Koran kocht. Omdat ze zoveel tegenstrijdige verhalen over de islam hoorde, wilde ze de Koranteksten zelf weleens lezen.

Nog nooit had hij iemand ontmoet die zo open en onbevangen in het leven stond als Rosalie. Het duurde even voor hij in de gaten had wat die plotselinge warmte in hem veroorzaakte, het gevoel van gemis als hij haar een dag niet zag, de golf van vreugde als ze onverwacht voor hem stond.

Hij vroeg zich af of ze wist wat ze voor hem betekende. Waarschijnlijk niet, want hij heeft nooit iets laten merken van zijn gevoelens. Ze was getrouwd, hij prakkiseerde er niet over om de vrouw van een ander te veroveren. Hoe moeilijk hem dat viel wist alleen Allah. Ook toen ze haar man verloor, liet hij haar met rust. Ze was weduwe, in de rouw. Dat moest hij respecteren.

Nu zit hij hier, in zijn cel, en droomt zich bij haar. Hij heeft haar geschreven, maar aangezien hij in beperking zit, blijven zijn brieven in zijn cel liggen.

Had hij haar maar in vertrouwen genomen over zijn verdenkingen ten opzichte van zijn vroegere vrienden. Wat moet ze nu wel niet van hem denken?

Nachtenlang kan hij zichzelf kwellen met de gedachte dat ze hem als een terrorist ziet.

Maar op een dag komt hij vrij. Het kan dagen of weken duren, maar hij komt vrij. En dan zal hij haar alles uitleggen.

Het is een heerlijke zondag in augustus, zonnig en warm. Over een week is de zomervakantie afgelopen en zullen de straten weer gevuld zijn met jonge moeders met bakfietsen waarin ze hun kinderen naar school brengen, met toeterende Smarts, Ford Kaatjes en met fietsers die op levensgevaarlijke wijze overal tussendoor glippen en de stoplichten negeren. Maar vandaag ligt Amsterdam er rustig bij. Dat wil zeggen, in de buitenwijken. Het centrum barst bijna uit zijn voegen door de drukte vanwege de Uitmarkt.

De Uitmarkt is het jaarlijkse culturele hoogtepunt van Amsterdam dat zich over drie dagen uitstrekt. Van vrijdagavond tot zondagavond staat het hart van de stad vol met kraampjes en verrijst op ieder plein een groot of klein podium. Tienduizenden mensen bezoeken dit evenement. Een heel geschikt weekeinde dus om een aanslag te plegen, maar niemand lijkt zich daar zorgen over te maken. Niet meer. Nadat de kranten dagenlang hebben bericht over de afgewende ramp lijkt iedereen een statement te willen maken: wij zijn niet bang. Wij laten ons onze feesten niet afnemen.

Het Museumplein staat vol met mensen die naar de podiumoptredens komen kijken, op de Dam kan er niemand meer bij. De toeristendrukte, volle terrassen en levendige sfeer in de stad bezorgen me voor het eerst sinds lange tijd een bijna zorgeloze stemming. Ik loop zo licht dat het lijkt alsof ik zweef, verheven boven alle narigheid van de laatste tijd.

Bij het monument op de Dam zoek ik een plekje tussen de vele andere Uitmarktbezoekers die op de ronde trappen zitten. De augustuszon schijnt in mijn gezicht, duiven koeren en vliegen klapwiekend op. Over het Damrak komen vanaf het Centraal Station nog steeds bezoekers van buiten de stad aan.

Ik had met Sophie of Wout kunnen afspreken, of met Elvan en

Amber, maar ik ben alleen gegaan. Vandaag heb ik geen behoefte aan gezelschap. Vorig jaar liep ik hier nog met Jeroen rond. Ik mis hem, maar niet meer zoals in het begin. Niet met dat allesoverheersende schuldgevoel omdat ik leef en hij niet.

Rechts van me klinkt het geluid van vele voetstappen. Vanaf Centraal komt een hele menigte mensen aanlopen, maar zonder het bijbehorende rumoer dat wordt veroorzaakt door gepraat en gelach.

Schouder aan schouder, in doodse stilte, lopen ze over het Damrak.

Ik kom overeind om te zien wat er aan de hand is. Het lijkt wel een optocht, een soort mars. Hier en daar steken spandoeken boven de hoofdenzee uit.

KOM NIET AAN MIJN BUREN.

TUSSEN TERRORISTEN VOELEN WIJ ONS NIET THUIS!

WIJ ZIJN AMSTERDAMMERS. ALLEMAAL!

Verbaasd kijk ik naar de honderden mensen die in een indrukwekkend zwijgen aan komen lopen. Het zijn grotendeels allochtonen, vrouwen met boerka's aan, meiden in lange rokken en met een hoofddoekje om, jongens met sneakers en petjes, mannen in djellaba of spijkerbroek, jonge meisjes met donkere, losse haren.

In eerste instantie kijkt iedereen hen verbouwereerd na, maar als de strekking van de boodschap begint door te dringen, sluiten steeds meer mensen zich bij de optocht aan.

Ook ik loop mee. Mijn voeten lijken zich als vanzelf in beweging te zetten, voeren me het Rokin op en nog verder, langs de Munt, door de Leidsestraat. Overal waar we komen worden we nagestaard en zijn er mensen die zich bij ons aansluiten.

Met een enorm aantal komt de stoet op het Leidseplein aan. En dan zie ik hem. Rafik. Midden in het gedrang, maar zonder onder de voet gelopen te worden. De mensenmenigte lijkt als vanzelf uiteen te gaan, om achter hem weer samen te vloeien.

Hij staat met zijn handen in zijn zij en lacht naar me, alsof hij deze verrassing zorgvuldig heeft gepland.

Een glimlach plooit zich om mijn mondhoeken, verspreidt zich over mijn gezicht, tintelt door mijn lichaam en raakt mijn hart.

Als door een onbekende kracht worden we naar elkaar toe gezogen. Ik beweeg me voort als in een droom, gewichtloos. En dan staan we tegenover elkaar en kijken elkaar aan. Het volgende moment voel ik zijn armen om me heen en zijn lippen op de mijne, warm en stevig. Ik ruik zijn geur, proef hem, neem hem met elk zintuig in me op.

Onze kus lijkt eindeloos te duren. Niemand valt ons lastig, niemand stoort ons. De optocht vervolgt zijn weg, als een rivier die om ons privé-eilandje meandert.

Ik voel een merkwaardige helderheid in mijn hoofd, alsof ik buiten de werkelijkheid geplaatst ben. Ik kreun, want ik ken dat gevoel. Het is het eerste vleugje bewustzijn dat mijn brein bereikt.

Ik verzet me ertegen, houd Rafik stevig vast, bang dat hij me ieder moment kan ontglippen. Wat waarschijnlijk ook zo is.

Dit kan werkelijkheid zijn, maar ook een droom. Ik weet het niet, het is moeilijk om schijn en realiteit van elkaar te onderscheiden. Als je echt wakker bent weet je dat, dus zal dit wel een droom zijn.

Maar als dat zo is, maak me dan niet wakker.

## Met dank aan

Met dank aan Patricia Vlasman en Jaâfar Zahraoui, die de allereerste versie van mijn manuscript hebben gelezen en gecontroleerd op wetenswaardigheden over de Marokkaanse cultuur.

Ook wil ik Gerard de Roos bedanken die mij tijdens mijn onaangekondigde bezoek spontaan een rondleiding gaf door bureau Meer en Vaart en al mijn vragen uitgebreid beantwoord heeft. Eventuele fouten en misinterpretaties zijn voor mijn rekening.

Tijdens het schrijven heb ik veel gehad aan de volgende boeken: *Het zijn net mensen. Beelden uit het Midden-Oosten* van Joris Luyendijk, *Samir* van Arjan Erkel, *De Hofstadgroep* van Emerson Vermaat, *Moslima's. Emancipatie achter de dijken* van Ceylan Pektaş-Weber, *De Koran voor beginners* van Robbert Woltering en Michiel Leezenberg, *Jullie zijn anders als ons. Jong en allochtoon in Nederland* van Roanne van Voorst en *Tussen* hoofddoek en string. Marokko, de snelle modernisering van een Arabisch land van Kees Beekmans.

Zonder deze boeken had ik In mijn dromen niet kunnen schrijven.

**VERKRIJGBAAR ALS DWARSLIGGER®**

### SPANNING

Samuel Bjørk – *De doodsvogel*
Dan Brown – *Inferno*
Lee Child – *Achtervolging*
Harlan Coben – *Blijf dichtbij*
R.J. Ellory – *Bekraste zielen*
Nicci French – *Denken aan vrijdag*
Nicci French – *Als het zaterdag wordt*
Daniëlle Hermans – *Het tulpenvirus*
Camilla Läckberg – *Engeleneiland*
Camilla Läckberg – *Leeuwentemmer*
Arjen Lubach – *IV*
Clare Mackintosh – *Mea culpa*
Gilly Macmillan – *Laat me niet alleen*

Saskia Noort – *Debet*
Saskia Noort – *Huidpijn*
Alexandra Oliva – *De laatste deelnemer*
Frank van Pamelen – *De wraak van Vondel*
BA Paris – *Achter gesloten deuren*
Marion Pauw – *We moeten je iets vertellen*
Preston & Child – *Wit vuur*
Linda van Rijn – *Last minute, Viva España & Blue Curaçao*
Karin Slaughter – *Verbroken*
Tom Rob Smith – *Kind 44*
Esther Verhoef – *Déjà vu*
Esther Verhoef – *De kraamhulp*
Simone van der Vlugt – *Toen het donker werd*
Simone van der Vlugt – *Vraag niet waarom*
SJ Watson – *Tweede leven*
e.v.a.

LITERATUUR

Dante Alighieri – *De goddelijke komedie*
Jane Austen – *Trots en vooroordeel*
Eleanor Catton – *Al wat schittert*
J.M. Coetzee – *De kinderjaren van Jezus*
Adriaan van Dis – *Ik kom terug*
Renate Dorrestein – *Weerwater*
F. Scott Fitzgerald – *De grote Gatsby*
Jonathan Safran Foer – *Hier ben ik*
Péter Gárdos – *Ochtendkoorts*
Ronald Giphart – *Harem*
Anne-Gine Goemans – *Honolulu King*
David Grossman – *Een vrouw op de vlucht voor een bericht*
Nick Hornby – *Funny Girl*
Auke Hulst – *Slaap zacht, Johnny Idaho*
Murat Isik – *Verloren grond*

Arthur Japin – *Vaslav*
Oek de Jong – *Pier en oceaan*
Rachel Joyce – *De onwaarschijnlijke reis van Harold Fry*
Herman Koch – *Geachte heer M.*
Cynthia Mc Leod – *Hoe duur was de suiker?*
Amos Oz – *Onder vrienden*
Gustaaf Peek – *Godin, held*
Ida Simons – *Een dwaze maagd*
Silvia Tennenbaum – *De Wertheims*
P.F. Thomése – *De onderwaterzwemmer*
Thomas Verbogt – *Als de winter voorbij is*
Esther Verhoef – *Tegenlicht*
Dimitri Verhulst – *De helaasheid der dingen,
De laatste liefde van mijn moeder & Kaddisj voor een kut*
John Williams – *Stoner*
e.v.a.

## LEKKER LEZEN

Becky Albertalli – *Simon vs. de verwachtingen van de rest van de wereld*

Karin Belt – *De midlifeclub*

Jenna Blum – *Het familieportret*

Kiera Cass – *De Selectie, De Elite & De One*

Suzanne Collins – *De Hongerspelen-trilogie*

Brooke Davis – *De ongelooflijke zoektocht van Millie Bird*

Jozua Douglas – *De verschrikkelijke badmeester*

Marina Fiorato – *De glasblazer*

John Green – *Het Grote Misschien*

John Green – *Een weeffout in onze sterren*

Philippa Gregory – *De rozenkoningin*

Sjoerd Kuyper – *Hotel De Grote L*

Marique Maas – *Muren van glas - De ontmoeting*

Marique Maas – *Muren van glas - Harde grenzen*

Marique Maas – *Muren van glas - De bestemming*

Jill Mansell – *Je bent geweldig*
Jill Mansell – *Lang leve de liefde*
Santa Montefiore – *De vuurtoren van Connemara*
Jandy Nelson – *Ik geef je de zon*
Nora Roberts – *Begraaf het verleden*
Graeme Simsion – *Het beste van Adam Sharp*
Graeme Simsion – *Het Rosie Effect*
Graeme Simsion – *Het Rosie Project*
Kathryn Stockett – *Een keukenmeidenroman*
Simone van der Vlugt – *De amulet & De bastaard van Brussel*
Simone van der Vlugt – *De lege stad*
Simone van der Vlugt – *Nachtblauw*
Simone van der Vlugt – *Rode sneeuw in december*
Jess Walter – *Schitterende ruïnes*
Floortje Zwigtman – *Schijnbewegingen*
e.v.a.

### NON-FICTIE

Antony Beevor – *Het Ardennenoffensief*
Edith Bosch – *Expeditie Edith*
Philip Dröge – *De schaduw van Tambora*
Jan Geurtz – *Verslaafd aan liefde*
Ruud Gullit – *Kijken naar voetbal*
Femke Halsema – *Pluche*
Isa Hoes – *Toen ik je zag*
Zlatan Ibrahimović – *Ik, Zlatan*
Suzanna Jansen – *Het pauperparadijs*
Diederik Jekel – *Bèta voor alfa's*
Boris Johnson – *De Churchillfactor*
Wilfried de Jong – *De man en zijn fiets & Kop in de wind*
Guus Kuijer – *De Bijbel voor ongelovigen. Deel 1: Het begin. Genesis*
Steven D. Levitt & Stephen J. Dubner – *Think like a freak*
Wendy Lower – *Hitlers furiën*